OOK VAN COLLEEN CROSS

De Heksen van Westwick
Jong Gehekst is oud Gedaan
Een goede spreuk is het halve werk
Niet Getoverd is Altijd Mis
Kerstmis, heksen en een moord

Katerina Carter juridische thrillers
Nooduitgang
Met gelijke munt
Engel des doods
Groene schijn
In het rood
Blauwe Maandag

Wil je op de hoogte gehouden worden van Colleens nieuwste boeken,
schrijf je dan in voor haar nieuwsbrief!

www.colleencross.com

NIET GETOVERD IS ALTIJD MIS

DE HEKSEN VAN WESTWICK, #3

COLLEEN CROSS

NIET GETOVERD IS ALTIJD MIS

Er wordt een Hollywoodfilm opgenomen in het stadje Westwick Corners en journaliste Cendrine West is gebrand op een primeur. Als ze erin slaagt beroemde filmsterren te interviewen, kan ze haar noodlijdende lokale krant misschien nieuw leven inblazen. Haar twee heksentantes willen ook meedoen aan de film, maar wat een gouden kans voor het stadje lijkt, verandert al snel in een nachtmerrie. De lijken stapelen zich sneller op dan er tegenin valt te toveren en alles wijst in de richting van Cens familie...

Tante Amber en tante Pearl hebben er door hun hang naar beroemdheid een puinhoop van gemaakt en iemand de kans gegeven met moord weg te komen. Cen besluit haar eigen mix van bovennatuurlijke gerechtigheid en doodgewone journalistiek te gebruiken om haar familie in toom te houden én de moordenaar op te sporen, maar kan ze die wel ontmaskeren voordat hij weer toeslaat?

'Niet getoverd is altijd mis' is het derde deel in de Heksen van Westwick-serie, maar kan los gelezen worden.

HOOFDSTUK 1

Filmsterren kunnen zeurende, veeleisende wezens zijn. Ik had nooit verwacht dat tante Amber zo zou zijn. Niet alleen was ze een volleerde heks, maar ze was ook gewend om haar zin te krijgen als *senior executive* bij de Witches International Community Craft Association. WICCA was haar leven.

Toch had mijn workaholic van een tante haar carrière opgegeven voor een acteerrol. Ze had nooit interesse getoond in acteren en ging zelfs niet graag naar de film, dus het idee dat ze een hoofdrol in een grote Hollywood-blockbuster zou krijgen was belachelijk.

Toch had ze in minder dan een week een bijrol in *High Noon Heist* gekregen, het vervolg op de mega-succesvolle Hollywood blockbusterfilm *Midnight Heist*, én had ze een of andere hotshot Hollywoodproducer ervan overtuigd om de film híér, in Westwick Corners, te filmen. Ons bijna uitgestorven spookstadje kon absoluut een economische schop onder zijn kont gebruiken, maar ik kon me niet voorstellen waarom ook maar iemand ons verloederde stadje zou kiezen als filmset.

Ik zou er niet achter komen. Ofwel had tante Amber sterke banden met mensen in Hollywood, ofwel had ze haar toevlucht tot hekserij genomen, of beide. De details waren nog steeds vaag en ik had geen idee wie er tegenover tante Amber zou spelen, behalve dat het een of andere Hollywood-ster was.

Waarom die man bereid was om helemaal naar het oosten van de staat Washington te reizen? Geen idee. Maar één ding was duidelijk: de filmploeg kwam echt uit Hollywood, en zolang alles goed ging, zette de film Westwick Corners zeker weer op de kaart. De toeristen zouden terugkomen met hun dikke portemonnees en Westwick Corners zou weer financieel levensvatbaar zijn.

Al mijn informatie kwam uit de tweede hand, namelijk van mam, omdat ik tante Amber nog niet eens had gezien. Ze was gisteravond laat aangekomen uit Londen, waar ze tegenwoordig woonde. Ze was direct naar haar eigen trailer in de stad gegaan in plaats van ons te bezoeken. Dat leek een beetje vreemd, maar op de typische tante Amber-manier stond ze te popelen om een voorsprong te krijgen.

Mam en ik hadden de hele nacht doorgebracht met het klaarmaken van de *bed and breakfast* van onze familie, de Westwick Corners Inn, voor onze aankomende gasten. Zelfs heksen konden niet ontsnappen aan een bepaalde hoeveelheid handenarbeid. Er waren gewoon niet genoeg uren in de dag, of nacht in dit geval. Ik was rond één uur 's nachts in bed gestort, maar ik had niet goed kunnen slapen.

Mijn geest draaide door terwijl ik mentaal de hele lijst afging. De kamers waren schoongemaakt en mam had de tafels in de eetkamer laten dekken voor het ontbijt. Ik zou op de set aanwezig zijn als een soort van lokale hulp, om ervoor te zorgen dat de filmcrew alles had wat ze nodig konden hebben.

Ik hoopte ook een paar sterren te interviewen voor *The Westwick Corners Weekly*. Ik was de uitgever van de krant, maar dat klonk indrukwekkender dan het eigenlijk was. In werkelijkheid had ik de krant gekocht toen de vorige eigenaar met pensioen ging. Ik realiseerde me al snel dat het een krant was met een tamelijk lage oplage en waarschijnlijk niet de beste keus op financieel gebied in deze tijd. Zoals tante Pearl graag zei: het was gewoon een gratis krantje voor couponknippers.

Haar opmerkingen waren nogal gemeen, maar ze had wel gelijk. Mijn toegewijde couponknippers/lezers gaven geen moer om de artikelen waar ik urenlang aan schreef. Iets anders geloven grensde aan waanzin. Mijn steeds kleiner wordende bron van ouder wordende gepensioneerden wilden ook eigenlijk alleen maar coupons en flyers. Maar de reclame-inkomsten betaalden nog steeds de rekeningen en hielden mijn krant overeind.

Mijn enige andere opdracht was om tante Pearl in de gaten te houden. Dat was makkelijker gezegd dan gedaan. Tante Pearl haatte namelijk het idee dat er bezoekers naar de stad kwamen. Ze had ook een intense rivaliteit met tante Amber, dus ik hoopte dat ze voor één keer eens met elkaar door een deur konden.

Ik keek naar de klok en zag dat het net voor vijf uur 's morgens was. Ik had het gevoel dat ik de hele nacht geen oog had dichtgedaan en het was duidelijk dat ik nu ook niet meer in slaap zou vallen. Ik was te opgewonden over de film. Het leek te mooi om waar te zijn. Er moest hekserij aan te pas zijn gekomen en ik was bang dat de betovering elk moment verbroken zou worden.

Ik trok een spijkerbroek en een t-shirt aan en ging naar buiten. Ik daalde de trap van het boomhuis af en ademde de vochtige ochtendlucht in. Mijn grootvader had het boomhuis jaren geleden gebouwd aan de rand van het terrein met uitzicht op de wijngaard. Het was privé, maar ook slechts een paar honderd meter verwijderd van het hotel waar mama en tante Pearl op de begane grond woonden.

Ik liet mijn gedachten teruggaan naar tante Amber. Ze was zeker iets van plan, maar wat? Misschien probeerde ze gewoon ons hotel te helpen door deze film naar Westwick Corners te halen.

Of misschien niet. Ik wist dat ze over het algemeen alleen dingen voor zichzelf deed. Ze had de filmrol toch al, dus waarom moest de film dan híér worden opgenomen? Het zat me meer dwars dan ik wilde toegeven. Tante Amber zou geen verlof nemen van WICCA voor zoiets als dit – er was geen magie in het spel. Toch was er zo op het eerste gezicht niets verdachts aan, of in elk geval merkte ik er niets van.

Een meer volleerde heks zou gemakkelijk bovennatuurlijke zaken herkennen, maar ik was niet erg goed met mijn spreuken. Ik wilde altijd meer oefenen, maar het dagelijks leven kostte al genoeg moeite.

Vooral de laatste tijd. Toen de dingen tussen mij en Tyler ineens in een stroomversnelling raakten, leek al het andere naar de achtergrond te verdwijnen. De gedachte aan mijn sexy vriendje maakte me blij. Tyler Gates was ook onze sheriff. Hij zou het vandaag vast druk hebben met alle filmmensen in de stad.

Ik was van plan om bij tante Amber in haar trailer langs te gaan en te kijken wat ik nog meer te weten kon komen. Het hotel lag er rustig en donker bij toen ik voorbij liep, want onze gasten waren nog niet wakker voor het ontbijt. Dat zou nog een paar uur duren. Ik had dus best wat tijd om de filmset op Main Street te bekijken.

Ik liep de heuvel af, genietend van de vroege ochtendstilte. Het was nog steeds donker, dus ik gebruikte de zaklamp op mijn telefoon om mijn weg te vinden langs de met bomen omzoomde oprit die naar beneden slingerde. Ik bereikte de hoofdweg die naar het midden van het stadje leidde en sloeg af naar Main Street. Toen ik dichterbij kwam, zag ik allerlei mensen druk heen en weer lopen aan de over-kant van de straat. Blijkbaar was de filmploeg ook al de hele nacht op.

De normaal gesproken verlaten straten werden door de activiteit van de crew levendig gemaakt: er reden jeeps, iemand was bezig met het opzetten van de verlichting en de uitrusting... Aan de andere kant van het bankgebouw waren mobiele kleedkamerwagens geparkeerd. Ik scande de straat af naar mijn roodharige tante, maar zag haar nergens. Dan zou ze nog wel in haar trailer zitten.

Ik liep naar de set, die technisch gezien alleen de twee centrale blokken van Main Street was. Bakstenen gebouwen uit het begin van de twintigste eeuw stonden links en rechts van mij. Het drie verdie-pingen tellende bankgebouw was het hoogste gebouw in de stad en tevens het decor voor de eerste scène in *High Noon Heist*. Rondom het gebouw werden allerlei camera's, filmlampen en apparatuur opgesteld terwijl tientallen mensen heen en weer scharrelden.

Filmen in Westwick Corners had absoluut voordelen. De gebouwen waren in principe decennialang onaangeroerd gebleven. Niet uit drang om het verleden te eren of zo: er was domweg geen geld geweest om te renoveren of nieuwe gebouwen neer te zetten. Main Street was dus nogal pittoresk op een afgeragde, door de tand des tijds aangetaste manier. De verwaarloosde gebouwen hadden nog steeds dezelfde ramen en afwerking als een eeuw geleden. De dingen zagen er precies zo uit als toen, alleen armoediger. Bezoekers van onze stad zeiden vaak dat het was alsof ze een stapje terug in de tijd deden.

Behalve dat de baksteen nu gezandstraald was, het hout vers geverfd was en de gebouwen voorzien waren van straatnaambordjes die leken op de bordjes uit het begin van de twintigste eeuw. Zelfs de asfaltweg was momenteel bedekt met zes centimeter vuil, zodat hij op een ongeplaveide zandweg leek.

Dit alles was van de ene op de andere dag gebeurd. Ik kon niet geloven dat het alleen het werk van de filmploeg was. Ongetwijfeld was tante Ambers bovennatuurlijke talent er op een of andere manier toch bij betrokken. Hoe het ook gebeurd was, de *facelift* van onze opgeknapte stad zorgde voor een glimlach op mijn gezicht.

De weinige sporen van moderniteit waren ofwel verborgen ofwel verwijderd. Het leek net alsof de financiële problemen van onze bijna bankroete stad van de ene op de andere dag waren opgelost. De filmproducer had onze stad goed geld betaald voor de shoot, en de cast en de filmploeg brachten geld mee naar Westwick Corners. We hadden zelfs mensen van de crew in ons hotel en andere lokale bedrijven profiteerden er ook van.

Ik ging naar mams *food truck*, die een halve straat verderop geparkeerd stond. Het was een haastig in elkaar geflanste wagen uit de jaren zestig met belettering op de zijkant, waar *Ruby's Burgers* stond. Onder de letters was een soort loket dat de volledige roestvrijstalen keuken binnenin liet zien. Toen ik dichterbij kwam, ging de zijdeur open en kwam mam tevoorschijn.

Ik was verbaasd haar hier in de stad te zien en niet in het hotel, maar soms konden heksen op twee plaatsen tegelijk zijn. Of beter gezegd, doen alsof. Het was een illusie, maar een vrij effectieve.

'Cen, heb jij Amber gezien?' Mam had een met madeliefjes bedekt schort aan, dat haar tie-dye shirt en vervaagde, geborduurde jeans mooi aanvulde. Ze was altijd gekleed als een soort moderne hippie, maar zag er tegelijkertijd modieus uit. Haar eigenzinnige modegevoel was puur toeval. Ze gooide gewoon nooit iets weg en kleedde zich graag comfortabel.

Ik schudde mijn hoofd. 'Die zoek ik ook. Ik was net op weg om in haar trailer te kijken.' Ik hoopte ook te weten te komen waar de andere sterren waren. Misschien kon ik er al een paar interviewen voordat het filmen begint.

'Zeg haar dat ze langs moet komen als ze de kans krijgt. Ik heb iemand nodig om een tijdje op andere zaken te letten.' Dat was mama's manier om te zeggen dat ze op tante Pearl moest passen, zodat die de dingen niet zou verpesten met haar onheil. Tante Pearl haatte toeristen, ook al brachten ze geld naar onze stad. Dit hele filmgedoe maakte haar vast en zeker doodzenuwachtig.

Hoewel mam in principe op twee plaatsen tegelijk kon zijn, was het wel een beetje ingewikkeld om én naar het hotel te gaan, én de cateringwagen te bewerken en dan ook nog op tante Pearl te passen. Zelfs een seconde was al te lang om tante Pearl zonder toezicht achter te laten. Mams tovervaardigheden waren een beslist voordeel tijdens de cateringwedstrijden waar ze aan meedeed, maar ze stelden niets voor in vergelijking met de talenten van tante Pearl. En mijn tante had de neiging om haar talenten vooral níét productief te kanaliseren.

Mam gebaarde met haar hand naar het zitgedeelte rond de wagen. 'Wat vind je?'

Een tiental ronde tafels met stoelen werden op dit moment rechts van de truck opgesteld, in de schaduw van een grote wilgenboom. De tafels zagen er uitnodigend uit met roodgeruite tafellakens en vazen met witte en rode anjers die elke tafel sierden. Mams plan was om alles klaar te zetten bij de cateringwagen voor de ochtendsnacks en de lunch, om vervolgens terug te gaan naar het hotel en het ontbijt te serveren aan de gasten.

'Ziet eruit alsof je alles onder controle hebt. Heb je hulp nodig bij het eten klaarmaken?' Niet dat ze het nodig had, want haar kookkunsten waren fenomenaal.

Maar als tante Pearl de barbecue bemande, konden we op een regelrechte culinaire ramp afstevenen. Ze kwam net uit de trailer en liep naar de barbecue. Die stond links van de food truck, ongeveer drie meter verderop.

'Hou je erbuiten, Cen. Ik heb alles onder controle.' Tante Pearl draaide zich om en liep nu naar ons toe, terwijl ze zwaaide met een barbecuetang als wapen.

Ik stond op het punt om te vragen waarom ze zo vroeg in de ochtend aan het barbecueën was toen ik mam vanuit mijn ooghoek iets zag doen. Ze drukte een vinger op haar lippen om me het zwijgen op te leggen. De hamburgers zouden waarschijnlijk zwartgeblakerd worden, maar dat was een kleine prijs om tante Pearl bezig te houden.

'Cen, je bent net op tijd voor de lunch. Pak een broodje.' Tante Pearl bewoog zich naar een rechthoekige tafel naast de truck. Die was afgeladen met broodjes, kruiden en salades. 'Dit is mijn geheime recept voor hamburgers.'

'Het is nog niet eens tijd voor het ontbijt,' protesteerde ik. 'Wat dacht je van een koffie in plaats van een burger?'

Ze negeerde me en draaide zich van me weg. Gek genoeg leek ze de metershoge vlammen die achter haar opstegen van de barbecue niet op te merken. De vlammen kwamen heel dicht bij de wilgentakken die laag boven haar hoofd hingen.

'Kijk uit!' De onderste takken van de boom rookten en knetterden door de vonken. Ik keek om me heen om iets te zoeken om de vlammen mee te doven, maar mam was me te snel af. Ze fluisterde een paar woorden en binnen enkele seconden waren de barbecuevlammen geblust.

Pyromanische tante Pearl hield van een publiek en zou vast nog wel vaker de aandacht gaan trekken. Meestal ging het om magie, vuur, of helaas te vaak een combinatie daarvan. Ze hield er vooral van om me te irriteren, dus ik wilde haar negeren. Maar dat kon ik niet maken als de veiligheid van het stadje op het spel stond. Ik keek naar de medewerkers van de filmset. Gelukkig waren ze maar al te zeer druk met hun taken om de bijna-brand op te merken.

'Relax, Cen. Ik zou alles hebben gefixt wat uit de hand liep. Je overdrijft altijd zo.'

'Het is beter als er überhaupt niets gebeurt.' Ik bestudeerde het bord met zwartgeblakerde hamburgers op de tafel naast haar. 'Niemand gaat die dingen opeten. Het ziet eruit alsof ze in de hel zijn geweest.'

Mam pakte er een schaal bij. 'Sommige mensen houden van goed doorbakken hamburgers. Ik neem deze gewoon mee naar binnen, zodat ze alvast klaarliggen.'

Die hamburgers gingen linea recta de vuilnisbak in, maar dat wist tante Pearl niet. Ik berekende het aantal hamburgers per uur dat mijn tante vandaag kon barbecueën. Het was een dure manier om de rust te bewaren, maar het hield in ieder geval andere schade tot een minimum beperkt. En tante Pearl kon écht schade aanrichten als ze dat wilde. Als ze hier hamburgers stond te bakken, kon mam haar tenminste bij die taak in de gaten houden.

Ik durfde er niet aan te denken welke andere kleine rampen tante Pearl had ingepland om de filmcrew te laten stoppen met filmen. Ondanks haar behulpzame houding wist ik dat ze niets liever wilde dan deze indringers de stad uitjagen. Ik wilde niet eens weten wat voor plannen ze had voor ons volgeboekte hotel, waar zij tegenwoordig de hoofdhuishoudster was.

Die baan was het idee van mam geweest, die dacht dat ze daarmee de interactie met gasten tot een minimum kon beperken. Helaas gaf dit tante Pearl onbelemmerde toegang tot de gastenkamers, en onbeperkte mogelijkheden voor kattenkwaad uithalen met shampoo, zeep of het aanzetten van rare shows op betaalde kanalen waar gasten dan later voor moesten betalen. Ze had waarschijnlijk vreselijke dingen gepland, maar het was beter gewoon niet te weten wat zich afspeelde in dat hoofd van haar. *Ignorance is bliss.*

Ik was bang om het te vragen, maar deed het toch. 'Wat doe je hier eigenlijk? Ik dacht dat tante Amber je een baan op de set had bezorgd.' Hadden ze nu al ruzie gehad?

Tante Pearl negeerde me terwijl ze nog een half dozijn hamburgers op de barbecue kwakte. Ze draaide het gas omhoog.

Tante Amber had beloofd haar oudste zusje dag en nacht bezig te houden. En nu stond tante Pearl alsnog in het midden van het stadje te wachten tot ze problemen kon veroorzaken. Ze was een fragiel mensje, maar die veertig kilo van haar waren slechter nieuws dan een aanstormende tornado. Toeristen, filmmensen – ze waren allemaal de vijand in haar gedachten. Haar aanwezigheid bij mams food truck was geen toeval. Ik hoopte alleen dat ze niet zo ver zou gaan om mensen te vergiftigen.

'Amber heeft Pearl een geweldige baan bij de rekwisieten aangeboden, maar Pearl weigert hem aan te nemen.' Mam stopte een verdwaalde blonde lok onder haar fuchsia en turquoise bandana. 'Ze beweert dat ze daar te goed voor is.'

'Je hebt het mis, Ruby. Ik heb nooit geweigerd.' Tante Pearl zwaaide met haar barbecuetang in de lucht en spietste daarbij zowat een boomtak. 'De baan paste gewoon niet bij mij. Ik hoor toch zeker hoofd van de pyrotechniek te zijn, gezien mijn talenten, niet een of andere slaaf die een speelgoeddoos bewaakt? Geen wonder dat Amber me ontwijkt. Ze gaat hiervoor boeten.'

'Je kunt helemaal geen hoofd pyrotechniek worden. Je hebt geen enkele filmervaring.' Ik zuchtte. De rivaliteit van mijn tante en haar zus kende geen grenzen. 'Ik weet zeker dat tante Amber alleen maar probeerde te helpen.'

Tante Pearl snoof laatdunkend, terwijl ze vloeistof uit haar heupfles op de barbecue strooide. De vlammen schoten een fractie van een seconde later van de grill omhoog. Ze keek liefdevol naar de vlammen terwijl ze steeds hoger oplaaiden. Ze leek in trance te zijn.

'Kijk uit!' Het haar op de achterkant van mijn nek stond omhoog. Mijn ieniemienie vuurvlieg van een tante had een hekel aan autoriteitsfiguren, zowel formeel als informeel. Ze was ook een afkickende pyromaan, dus het idee dat ze nu wéér iets met vuur te maken had maakte me bang.

De vlammen daalden toen de brandstof eenmaal op was en tante Pearl kwam uit haar trance. 'Zei je iets?' Ze lachte lief naar ons.

'Bij de rekwisieten werken is een grote kans, Pearl. Je moet ergens beginnen.' Mam zette de barbecuevlam zachter. 'Je kunt die ervaring toevoegen aan je cv.'

'Amber heeft ook geen ervaring.' Tante Pearl snoof. 'Hoe komt het dan dat zij een hoofdrol krijgt?'

Dat vroeg ik me ook af. In plaats daarvan zei ik: 'Je bent gewoon jaloers.'

'Echt niet.'

Ik rolde met mijn ogen. 'Móéten jullie altijd met elkaar wedijveren?' Mama's twee oudere zussen waren nu in de zestig en zeventig, met tante Pearl als oudste. Hun intense rivaliteit was met de jaren niet afgenomen. Sterker nog, het werd elk jaar erger. Ze konden geen vijf minuten in dezelfde kamer zijn voordat ze elkaar probeerden op te zoeken. Mam kalmeerde altijd hun ruzies en speelde bemiddelaar, ook al was ze de jongste.

'Ik wou dat jij en Amber niet zo concurrerend waren,' zei mam. 'Jullie zijn gewoon goed in verschillende dingen, dat is alles. Jullie vullen elkaar aan.'

Ik schoot onwillekeurig in de lach en ze staarden me allebei aan.

'Ik heb levenservaring, Ruby,' zei tante Pearl door opeengeklemde kaken. 'Ik ben een heks en een verdomd goede ook. Ik ga niet werken voor een incompetent iemand die niet weet wat hij doet.'

'Je bedoelt Bill, de rekwisietenmanager? Natuurlijk weet hij wel wat hij doet. Hij heeft jaren ervaring, net zoals iedereen hier. Het zijn allemaal professionals.' Mam gebaarde met haar hoofd in de richting van de set.

'Ik kan een paar écht goede *special effects* regelen. Die van hem zijn te triest voor woorden.' Tante Pearl zwaaide met haar hand en de barbecuevlammen schoten weer op.

Mama plette ze met een beweging van haar hand. 'Hou gewoon een paar dagen je trucjes in toom, oké? Niemand van de crew weet dat we heksen zijn en dat moeten we zo houden.'

'Maar Bill weet niet wat hij doet. In dit tempo zullen ze voor eeuwig blijven filmen.' Ze zuchtte. 'Ik wilde alleen maar een handje helpen, zodat ze de boel snel kunnen afronden. Maar wat ik ook voorstel, het wordt afgeschoten.'

'Probeer niets uit te halen, tante Pearl.' Ik had geen idee wie die Bill was of waarom ze hem incompetent noemde, maar ik geloofde dat iedereen die aan zo'n grote film meewerkte, goed moest zijn in zijn werk. Waarschijnlijk zelfs uitstekend. Filmregie was een industrie waar iedereen in wilde werken en de concurrentie om een baan te bemachtigen was hevig.

'Cen heeft gelijk. Je mag onze dekmantel niet in gevaar brengen,' zei mam. 'Doe gewoon goed werk en verdien hun respect. Amber heeft tenminste een baan voor je.'

Tante Pearl schudde haar hoofd. 'Nee, ik doe het niet. Ik kan niet achter slechte kwaliteit staan. Ik heb normen en waarden, hoor.'

Ik had geen idee over welke kwaliteitsnormen ze het had. Misschien was een extra baan gewoon te stressvol voor haar. Westwick Corners was zo klein dat de meeste *locals* een paar baantjes naast elkaar hadden. We moesten allemaal ondernemer zijn omdat de lokale economie zo goed als niet bestond.

De familie West was daarin niet anders, aangezien we allemaal de Westwick Corners Inn én onze bar, *The Witching Post*, moesten runnen, naast andere bezigheden. We hadden altijd extra geld nodig om de eindjes aan elkaar te knopen. Dat was waarschijnlijk de reden waarom tante Amber ons in de eerste plaats allemaal bij deze film had betrokken.

Iedereen behalve mij, dan. Ik voelde me een beetje in mijn wiek geschoten dat tante Amber mij niet ook een baan had gegeven, maar in zekere zin was ik opgelucht. De meeste plannen van de familie West hadden de neiging om nogal chaotisch uit te pakken. Nu kon ik gewoon van een afstandje toekijken.

Maar toch.

Waarom was ik niet gevraagd? Was het omdat ik mijn hekserij niet genoeg geoefend had? Oké, ik had inderdaad veel gespijbeld bij *Pearl's Charm School*, maar mij straffen omdat ik een incompetente heks was, leek me wat extreem. Misschien vond tante Amber me niet goed genoeg, maar tante Pearl een baan toevertrouwen en mij niet was zowel verrassend als verontrustend. Misschien was het tante Ambers manier om me wakker te schudden, maar haar harde aanpak deed pijn.

Ik keek toe hoe tante Pearl houtskoolzwarte hamburgers van de grill haalde en op een bord gooide. Ze liet meteen nog een half dozijn hamburgers op de grill belanden.

'Misschien moet je toch niet aan de film werken. Wat moeten je leerlingen zonder jou?' zei ik tegen haar. Pearls hekserijschool had nul studenten en stond op het punt te sluiten, ondanks tante Pearls beweringen dat dit niet het geval was. In feite waren al onze ondernemingen in ernstige problemen, inclusief de Westwick Corners Weekly. Deze filmshoot was het meest belangrijke ding dat in decennia in de stad was gebeurd en we wilden er allemaal deel van uitmaken, vooral uit noodzaak.

'Ik heb een pauze nodig van het lesgeven. Je weet hoe ik me anders verveel,' snauwde tante Pearl. 'Die leerlingen stellen mijn geduld soms ook op de proef.'

'En hoe is dit beter?' Ik keek mijn grijsharige tante aan. 'Je staat nu hamburgers op een barbecue om te draaien. En je ziet er niet uit alsof je er erg blij van wordt.'

'Het is helemáál niet beter, Cendrine. Dat is nu juist het punt,' snoof tante Pearl. 'De special effects zouden me een uitlaatklep hebben gegeven, mijn creativiteit hebben gestimuleerd. Amber beloofde me volledige creatieve zeggenschap. Ze zei dat als ik haar hielp de filmshoot te regelen, ze het de moeite waard zou maken. En nu heeft ze me voor gek gezet door me een baantje te geven dat mijn talenten en mogelijkheden totaal niet benut.'

Ik kwam in de verleiding om te vragen hoe ze tante Amber dan precies had geholpen om de filmlocatie naar Westwick Corners te halen, maar dan zouden we weer op een zijspoor belanden. Daar ging het nu niet om.

'Je mag niet eens hekserij gebruiken. Of vuur.' Ik had het nare vermoeden dat wat voor hulp tante Pearl ook had gegeven, er een addertje onder het gras zat.

'Je weet dat ik dat niet zou doen, Cendrine.' Tante Pearls onderlip stak uit in een valse pruillip en haar ooglid trilde, zoals altijd als ze loog. 'Ik volg altijd de regels.'

Ik beet op mijn tong, want ik wilde geen ruzie maken. Tante Pearls teleurstelling betekende dat we weer eens wraakacties konden verwachten. Wat die wraak zou zijn was niet helemaal duidelijk, maar we waren allemaal bang voor de "creativiteit" van tante Pearl. De grens tussen toegeven aan haar eisen en haar uit de problemen houden was nogal vaag. Geen wonder dat tante Amber haar de rol van assistent-rekwisiteur had toebedeeld.

Dat was ook de reden waarom mam haar de barbecue liet bemannen. Als tante Pearl dan met vuur zou gaan spelen, zou ze tenminste onder toezicht staan.

HOOFDSTUK 2

*M*am en ik hadden met frisse tegenzin tante Pearl bij de cateringwagen achtergelaten terwijl we in het hotel het ontbijt verzorgden. Het was zeldzaam dat onze *bed and breakfast* zo volgeboekt was als vandaag. De meeste mensen van de cast en de crew hadden gekozen voor modernere accommodatie op een uurtje afstand in Shady Creek, maar sommigen hadden besloten om in de stad te verblijven. Onze gasten waren in sommige gevallen VIP's en we wilden alles uit de kast halen om een goede indruk te maken. We hoopten dat ze nog eens terug zouden komen en ons misschien zelfs wat gratis publiciteit konden bezorgen.

Ik raspte kaas voor de omeletten, terwijl mam groenten sneed. We waren net in ons ritme aan het komen toen een schrille stem ons onderbrak.

'Hoe konden jullie me hier zomaar alleen achterlaten?' Oma Vi's spookachtige vorm fladderde heen en weer door de keuken. 'Ik hou niet van al die indringers. Wat doen ze hier?'

'Ze maken een film, oma. Het is maar tijdelijk.' Ik was verbaasd dat tante Amber haar niet op voorhand had verteld over de film, maar aan de andere kant: tante Amber had niemand van ons veel laten weten.

'Ik heb geen boodschap aan tijdelijk. Ik wil dat je je ontdoet van al deze mensen.' Haar verschijning flakkerde zoals die altijd deed als ze echt van streek raakte. Oma had mam nooit vergeven dat ze ons huis in een kleine bed and breakfast had veranderd, en dit was de kers op de taart.

'Je bent een spook, oma. Je hebt alle tijd van de wereld.' Oma woonde nu bij mij in het boomhuis. Hoewel een spook als huisgenoot misschien een ideale situatie leek, was oma Vi echt moeilijk om mee samen te wonen. Ze bedelde constant om mijn aandacht als ik gasten had en klaagde vervolgens over de stilte als we nog maar met z'n tweeën waren.

'Blijf me er niet aan herinneren. Richt het huis tenminste weer in zoals het was.'

Ze bedoelde het hotel, dat in feite naast de aanwezigheid van gasten onveranderd was. 'We moeten op een of andere manier de kost verdienen, oma. Ze zijn heus weer snel weg.' Ik voelde me er slecht bij, maar onze financiële behoeften waren belangrijker dan haar gevoelens over de huidige situatie. Of we moesten de kamers verhuren, óf we moesten verhuizen naar een andere stad met meer kans op werk.

'Snel is nog steeds een paar dagen te lang voor mij. Ik probeer geduldig te zijn, maar ze zijn al te lang gebleven. Ik heb hier genoeg van. Tijd om "geestig" te zijn.' Ze ging naar de deur die naar buiten leidde, naar de eetkamer.

Ik racete naar de deur en blokkeerde haar met mijn lichaam. 'Kom op, oma. We weten dat je een geest bent. Ga alsjeblieft niet naar binnen, laat jezelf niet zien. Ik zal het op een of andere manier goedmaken, dat beloof ik.' Ik keek naar mam, maar die stond met haar rug naar me toegedraaid terwijl ze het ontbijt klaarmaakte.

'Je weet dat ik dwars door je heen kan, Cen.' Ze zweefde een paar centimeter van mijn gezicht. 'Dwing me niet om het te doen.'

'Oké, prima. Waarom maken we later niet samen gezellig wat drankjes?' Omkoping was het enige wapen dat ik had. Oma kon een ware ravage aanrichten als ze haar zin niet kreeg. 'Dat hebben we al een tijdje niet meer gedaan.'

Oma's aura helderde onmiddellijk op tot een vrolijk, zonnig geel. 'Dat zou ik graag willen. Dan maken we liefdesdrankjes en betoveren we al die filmmensen.' Ze giechelde als een tiener. 'Stel je eens voor wat een chaos dat zou geven!'

'Dat klinkt leuk!' Mijn stem kwam er wat hoger uit dan normaal, dus ik hoopte dat ik overtuigend klonk. Ik was echt niet van plan om magie op mensen te gebruiken zonder hun toestemming, maar oma Vi hoefde dat niet te weten. 'Misschien kunnen we het morgen doen, als het een beetje rustiger is.'

Ze schudde haar hoofd langzaam. 'Nee. Je zult iets beters moeten bedenken dan dat. Wat moet ik in de tussentijd doen?'

'Waarom kies je niet wat shows en films uit om te kijken? We kunnen alle oude *Bewitched* en *I Dream of Jeannie* afleveringen vanavond bekijken. Gewoon, om inspiratie op te doen.' Ik stak mijn hand uit om haar op haar arm te kloppen, maar natuurlijk ging mijn hand dwars door haar heen.

'Dat is alles wat je te bieden hebt? Dat is nauwelijks de moeite waard,' zei oma Vi. 'Trouwens, ik ben niet echt in de stemming voor comedy. Heel eerlijk gezegd zou ik het niet erg vinden om wat stoom af te blazen en mensen bang te maken. Misschien creëer ik wel mijn eigen dramashow.'

'Niet doen, oma.' Ik hield protesterend mijn hand omhoog. Het was duidelijk waar tante Pearl haar recalcitrante houding vandaan had, maar het was ook duidelijk dat oma Vi's grenzen waren over-schreden. Ik liet mijn stem zakken tot een fluistering, zodat mam het niet kon horen. 'Misschien kunnen we een betovering uitspreken over Amber en Pearl. Je weet wel, zodat ze beter met elkaar kunnen opschieten.'

'Hmmm.' Ze zweefde naar het plafond toe, diep in gedachten. Een paar seconden later dook ze twee centimeter voor me op. 'Dat is een héél goed idee, Cen. Jij zou iets nieuws leren en mijn dochters zouden voor een enkele keer eens met elkaar kunnen opschieten.'

'Deal,' zei ik. 'Ik haal wat kruiden uit de tuin en zie je later vanavond weer bij het boomhuis.' Het maken van drankjes was het enige onderdeel van alle hekserij waar ik me echt bij op mijn gemak voelde, al betwijfelde ik of er een drankje was dat sterk genoeg was om de randjes van de sterke persoonlijkheden van mijn tantes af te halen. Ach, het leek oma Vi tevreden te stellen, althans voor even.

'Toedels.' Oma Vi's gestalte vervaagde in het niets.

Ik keerde in gedachten terug naar tante Pearl. Haar onbeheerd achterlaten bij de filmploeg was geen goed idee, maar we hadden niet veel keus. Het was tenminste nog vroeg in de ochtend, een tijd waarin ze meestal in een beschaafdere bui was en minder geneigd was om streken uit te halen. De barbecue had haar innerlijke honger naar vuur voorlopig bevredigd.

We hadden twee mensen nodig in het hotel; een iemand om te koken en een om het ontbijt te serveren. Als serveerster had ik een bijbedoeling, namelijk om interviews te regelen met enkele van onze bekendere gasten. Dan zou misschien, héél misschien, een van mijn artikelen eens aanslaan bij de lezers en kon ik er echt werk van maken. Ik had al verschillende artikelen gepland over de filmopnames en filmsterren. Het enige wat ik nodig had was om een aantal van hen persoonlijk te ontmoeten terwijl ik het ontbijt serveerde.

Ik wilde vooral Steven Scarabelli ontmoeten, de legendarische producent die bij ons verbleef. Maar zo liep het helaas niet, tenminste nóg niet. Het bleek dat ik hem op enkele minuten na had gemist, want hij had het ontbijt overgeslagen en was naar de set vertrokken terwijl wij aan het koken waren.

Gelukkig duurde het niet lang voordat mam en ik de gasten hadden verzorgd en we waren al snel weer op weg naar de food truck. De hoofdstraat werd druk bezocht en er waren nog meer gebouwen geschilderd terwijl we weg waren. De frisse, nieuwe gevels van de straat stonden in schril contrast met de zijstraten. Daar waren de verwaarloosde gebouwen dichtgetimmerd en bladderde de verf van de houten gevels af.

Ik voelde een golf van hoop bij het zien van de hoofdstraat. Ik was tevreden dat de film Westwick Corners al nieuw leven had ingeblazen, ook al was het filmen nog niet eens begonnen. Het aantal inwoners van het stadje was de afgelopen tien jaar gedaald van duizenden naar slechts een paar honderd, en het gebrek aan banen dreef jonge mensen weg zodra ze hun school hadden afgemaakt. Sommigen gingen naar het nabijgelegen Shady Creek, anderen verhuisden nog verder weg, naar Seattle. Maar deze film kon dat tij keren. Nu stond het geluk op het punt ons toe te lachen.

Als de filmploeg onze stad leuk vond als locatie, zouden ze terugkomen. We zouden ons kunnen profileren als een soort Hollywood-Noord. De film was een enorme economische boost, een gouden kans die ons ten deel was gevallen. Deze ene film kon leiden tot een andere, en dat bracht banen en geld met zich mee. Heksen konden een heleboel dingen doen, maar we konden geen geld tevoorschijn toveren. Succes was verzekerd, zolang we het maar niet verprutsten.

Ik schrok me rot toen we de cateringwagen naderen. Een flits van rood viel me op. Het was zo helder dat het op de zijkant van de witte truck reflecteerde en ik moest mijn ogen afschermen. Toen ik dichterbij kwam, zag ik waar het door veroorzaakt werd. Een platinablonde deerne in een rode avondjapon poseerde voor de food truck.

Eerst dacht ik dat het een van de actrices was, maar toen we dichterbij kwamen zag ik dat dat niet het geval was. Er vormde zich een misselijk gevoel in mijn maag.

Mam zag het ook. 'Oh nee! Ik heb Pearl verteld dat Carolyn hier niet welkom is. Waarom moet ze altijd dingen verpesten?'

Ik had geen antwoord. Carolyn Conroe was tante Pearls alter ego, een dertigjarige Marilyn Monroe lookalike-creatie waar tante Pearl in veranderde wanneer ze aandacht wilde. Vooral mannelijke aandacht.

Tante Pearl beweerde dat ze mannen haatte, maar tegelijkertijd leek ze via Carolyn Conroe in een of andere rare fantasie te leven. Ik schaamde me dood toen ik zag wat ze stond te doen, hoewel alle toeschouwers zich niet bewust leken te zijn van hoe pijnlijk dit allemaal was.

Haar strakke jurk met lovertjes zat als gegoten om haar rondingen terwijl ze sierlijk een schaal met hamburgers op haar vingertoppen liet balanceren. Ze riep als een ware sirene naar de gestage stroom aan mannelijke bewonderaars, die bijna zombie-achtig naar de cateringwagen toeliepen. Ik telde er minstens twintig en ik kende er geen een, dus ik nam aan dat ze deel uitmaakten van de filmploeg. Ik betwijfelde of er op dit moment veel werk werd gedaan.

Carolyn had de complete opname tot stilstand gebracht met slechts een stapel burgers en platinablond haar. Als we indruk wilden maken op de Hollywoodmensen, moesten we dit soort gedoe vermijden. Onze toekomst hing af van het feit of de film probleemloos zou verlopen.

Toen we dichterbij kwamen, kon ik een betere blik werpen op Carolyns bewonderaars. Een paar van hen kwijlden praktisch over haar heen terwijl ze als in een trance naar haar staarden. 'Nou ja, nu weten we tenminste waar ze mee bezig is,' merkte ik zuur op.

'Dat is waar,' zei mam. 'En op deze manier kunnen we haar weghouden van Amber. Hun concurrentiestrijd kan uit de hand lopen en alles verpesten.'

Ik knikte. Een bovennatuurlijke schoonheidswedstrijd waarbij de ene zus probeerde de andere te overtreffen was wel het laatste wat we nodig hadden. Meestal was het tante Pearl die aanleiding gaf tot dit soort dingen. Ze vond het vervelend dat haar jongere zusje er beter uitzag en een veel succesvollere carrière had.

Ik was verbaasd dat tante Pearl haar Carolyn Conroe-act durfde op te voeren met tante Amber in de buurt. Technisch gezien was haar magische vermomming een overtreding van de WICCA-regels. Er waren maar weinig gevallen waarin een heks zich mocht voordoen als een verzonnen persoon. Omdat tante Pearl voortdurend de regels brak, was ze eerder in het jaar al op haar vingers getikt. Als VP van WICCA was tante Amber een voorstander van de regels naleven. Het laatste wat we nodig hadden was een krachtmeting tussen die twee.

'Ik ga tante Amber zoeken. Ik moet met haar praten.' Ik speurde de straat af en was opgelucht dat ik geen teken van haar zag. Ik kon haar tenminste opsporen voordat zij Carolyn ook zag.

Carolyn was op een van de tafels in het eetgedeelte gaan zitten en poseerde suggestief met een flinke glimp van de huid die uit de dijhoge split van haar avondjurk tevoorschijn piepte.

Ik kon mam niet op deze manier alleen laten met haar. 'Ga jij haar maar zoeken,' zei ik tegen haar.

Het aantal tafels was verdubbeld terwijl we weg waren. Dit was duidelijk een gevolg van tante Pearls magische capriolen die bedoeld waren om mannen te lokken. Ze waren afgeladen met hamburgers, broodjes, salades en koude dranken. Een paar van de mannen aten van de snacks, maar de meesten stonden gewoon met ontzag naar Carolyn te kijken. Ze hadden geen idee dat ze voor de gek werden gehouden. Dit was een hele prestatie als je erover nadacht, want deze filmcrew zag aan de lopende band prachtige Hollywood-actrices op de set. Mijn tante had ze waarachtig betoverd.

Ik liep naar Carolyns tafel en stak mijn arm door de hare. Ik loodste haar weg van haar mannelijke bewonderaars. 'Waarom doe je dit? Je verpest het opnameschema.'

Carolyns felrode mond vormde een onschuldig uitziende O toen ze met haar vingers haar lippen aanraakte. 'Ik doe niets. Ik kan het niet helpen als die mannen trek hebben.'

'Ze hebben geen trek. Ze hebben... oh, laat ook maar.' Ik keek haar boos aan. 'Je houdt me niet voor de gek, tante Pearl. Ik weet wat je van plan bent.'

'Stop met me zo te noemen, mijn naam is Carolyn. En ik heb geen flauw idee waar je het over hebt.' Ze bracht haar platinablonde haar met een gemanicuurde hand in model. Haar nagels hadden dezelfde rode kleur als haar lippenstift en jurk. 'Oh, ik snap het. Je moet met Amber gepraat hebben. Nu mag ik niet eens meer koken voor de crew? Ze is duidelijk jaloers en bezorgd dat ik haar zal overtreffen.'

'Nee, ik heb tante Amber nog niet eens gezien, maar ik betwijfel of ze jaloers op je is. En verander alsjeblieft nú terug naar je normale zelf voordat ik iets drastisch doe.'

'Oh, stop met klagen, Cendrine. Laat me eens een beetje plezier maken. Jij hebt tenminste een baan die bij je past.'

Mam kwam weer uit de trailer van tante Amber en voelde meteen aan dat we problemen hadden. Ze ging naast Carolyn staan en draaide haar gezicht naar me toe, zodat alleen ik haar uitdrukking kon zien.

Ik wist dat ik beter niet kon vallen voor een van tante Pearls afleidingstechnieken, maar ik kon het niet helpen. 'Waarom zeg je ineens dat mijn baan bij me past? Je noemde mijn krant een doodlopende weg.'

'Het ís ook een doodlopende weg, net als je hele leven.' Carolyn haalde haar schouders op. 'Je hebt geen ambitie voor iets groters. Je oefent je toverkunsten niet, je hebt genoegen genomen met die waardeloze sheriff als vriendje en je bent gewoon lastig. Je zou dit nu wel moeten weten, maar ik zeg het nog maar eens: je oogst wat je zaait.'

Alsof hij ons had horen praten, kwam sheriff Tyler Gates op dat moment ons af. Toen hij dichterbij kwam, zag ik dat mijn normaal gesproken zo kalme vriendje boos was. Zijn gebruikelijke glimlach was afwezig en vervangen door een frons. Hij was niet de enige die zich vandaag opwond.

Ik draaide me weer naar tante Pearl en keek haar woedend aan. 'Het feit dat ik niet naar jouw school wil, maakt me nog geen klaploper. En me afleiden gaat ook niet werken. Je wéét hoe belangrijk deze film is voor de hele stad. Kun je niet voor een keer gewoon jezelf zijn?'

'Nee, niet op die manier...' Mam stopte in het midden van haar zin toen er ineens vlammen omhoog schoten van de barbecue.

'Oh-oh.' Carolyns hand vloog naar haar mond. 'Help!'

Ik trok haar weg van de barbecue toen de vlammen drie meter de lucht in schoten. 'Tante Pearl!'

'Ik heb je gezegd me niet zo te noemen...'

Ik negeerde haar en trok haar weg. 'Je steekt de hele stad nog in de fik op deze manier!'

Twee van de mannen die in de buurt stonden, trokken hun truien uit en renden naar de barbecue om ze als branddekens te gebruiken. Samen doofden ze de vlammen.

'Oh wauw!' zwijmelde tante Pearl met haar beste Scarlett O'Hara-stem.

Een van de mannen haastte zich naar Carolyn toe. 'Is alles goed met u, juffrouw?' Hij legde een beschermende arm om haar heen en leidde haar weg van de barbecue.

'En wij dan?' Mam keek me verstoord aan.

'Wij zijn onzichtbaar.' Ik bestudeerde de verkoolde resten van de barbecue en vroeg me af hoe vaak dit vandaag nog zou gebeuren.

'Nee hoor.' Tyler sloeg zijn arm om me heen. Hij kende ons familiegeheim, wat het een beetje makkelijker maakte om een heks te zijn.

'Ik denk dat je Pearl beter een nieuwe baan kan geven. Iets waarbij ze geen toegang heeft tot licht ontvlambare substanties.'

Mama schudde haar hoofd. 'Ik weet niet wat ik moet doen, Tyler. Ze weigert de baan die Amber voor haar heeft geregeld, en ze kan niet met mij werken als ze met het eten gaat knoeien. De manier waarop ze die barbecue heeft aangestoken...'

'Laat het maar aan mij over. Ik verzin wel iets,' zei ik. 'En ik zal haar ook in de gaten houden.'

'Mooi zo,' zei Tyler. 'Want Brayden houdt me met argusogen in de gaten. En hij heeft beloofd me op mijn donder te geven als er iets misgaat.'

Brayden Banks was onze burgemeester en mijn voormalige verloofde. Hij vond het vervelend dat Tyler en ik een relatie hadden en zocht voortdurend naar een excuus om Tyler te ontslaan.

'Hij wil alleen maar problemen veroorzaken.' Ik had medelijden met Tyler. Hij kon niet winnen, wat er ook gebeurde. Als er problemen waren tijdens de filmopname, zou Brayden hoe dan ook een manier vinden om Tyler de schuld te geven. Als het een succes was, zou Brayden met alle eer strijken.

Tyler moest door. Ik nam afscheid van hem en concentreerde me weer op tante Pearl en de vraag waar we haar aan het werk moesten zetten. Ik moest haar bezig houden, maar hoe? Een getalenteerde heks als tante Pearl kon heel wat schade aanrichten en haar capriolen konden ervoor zorgen dat er in de toekomst niet nog meer films naar Westwick Corners zouden komen. Daar had niemand iets aan.

Al met al was tante Ambers idee van haar een baan op de set geven waarschijnlijk onze beste gok, ook vanwege het korte lontje van tante Pearl. Ik kon haar begeleiden en tegelijkertijd naar de opnames kijken. De baan bij de rekwisieten betekende ook dat ze weinig interactie met andere mensen zou hebben. Ik moest tante Pearl ervan overtuigen dat die baan net zo belangrijk was als de rol van tante Amber.

'Ik zal met tante Amber praten,' zei ik tegen mam. 'Ik weet zeker dat we iets kunnen regelen.'

We zouden toch vuur met vuur moeten bestrijden.

HOOFDSTUK 3

Ik kon het niet helpen dat ik me een beetje zelfvoldaan voelde toen ik tante Pearl langzaam de straat uit zag lopen richting haar school. Nadat ik een vergeetspreuk had uitgesproken om haar kortetermijngeheugen te wissen, stuurde ik haar met een verzonnen opdracht naar *Pearl's Charm School*. Dat zou me wat tijd geven om tante Amber op te sporen en tante Pearls eerdere baan terug te krijgen.

Alleen zou ik deze keer een valse herinnering planten bij mijn tante: dat het in de eerste plaats haar eigen idee was geweest om bij de rekwisieten te helpen. Ik voelde me een beetje schuldig, totdat ik besefte dat tante Pearl aan de lopende band dit soort dingen met me deed. Tot zover haar opinie over mijn zogenaamd slechte toverkunsten. Hoewel ik mezelf als een beginnende heks beschouwde, had ik de afgelopen maanden wel in het geheim met spreuken geoefend. En dat begon eindelijk vruchten af te werpen.

De vergeetspreuk was lastig omdat ook andere betrokkenen betoverd moesten worden. De mannelijke bewonderaars van mijn tante herinnerden zich nu dat ze bij de food truck aankwamen, maar dat er niemand was geweest om ze te bedienen. Het was een moeilijke bezwering, die ik maar een paar keer eerder had geoefend. Ik had hem niet perfect uitgevoerd, maar ik had het behoorlijk goed gedaan.

Ik was zojuist een doorgewinterde heks te slim af geweest met een spreuk die ik zelf had bedacht. Ik was natuurlijk apetrots op mezelf.

Mijn spreuk had de laatste tien minuten van haar leven uitgewist. De eettafels, de mannen... allemaal weg. Zelfs Carolyn was weg. Tante Pearl was ook spontaan weer veranderd in haar knorrige oude zelf. Het enige overgebleven bewijs van Carolyns hamburgerslachtpartij was de verkoolde barbecue, iets wat mam in een handomdraai kon repareren. Tante Pearl zou trots op me zijn, ware het niet dat ze ook woedend zou zijn als ze wist dat zij zelf het slachtoffer van mijn betovering was.

Tante Pearl gedroeg zich soms als een tweejarige in een zeventigjarig lichaam. Haar Carolyn alter ego was haar manier om zich af te reageren. We waren altijd bang dat ze ofwel als Carolyn te veel aandacht van de gasten zou trekken, ofwel hen zou afschrikken als haar chagrijnige zelf.

Ik was bang dat ik haar verveling eigenlijk had moeten zien aankomen, aangezien mam en ik tijdelijk haar huishoudelijke taken in het hotel hadden overgenomen en haar te veel vrije tijd hadden gegeven. Te veel tijd om in de problemen te komen. En te veel tijd om te piekeren over tante Ambers glorieuze filmrol. Geen wonder dat ze van streek was.

Ik besloot om een koffie te halen bij de cateringwagen voordat ik naar de filmset liep. Ik had me net omgedraaid toen ik een luchtstroom over mijn rug voelde gaan.

'Cendrine!' Tante Amber kwam ineens voor me staan en blokkeerde de weg naar mijn broodnodige cafeïneshot. Haar rode haar was opgestoken om haar duur uitziende diamanten oorbellen en een bijpassende ketting te laten zien. Zelfs in haar zijden kamerjas had ze alle glamour van een filmster uit 1950.

Behalve dat de film een western in het jaar 1900 was. Haar diamanten en hoge hakken leken totaal ongeschikt voor deze stoffige straat. 'Moet je je niet klaarmaken voor je scène?' vroeg ik.

Ze zwaaide met haar hand. 'Ik heb je hulp dringend nodig. Ik kan mijn assistent niet vinden.'

'Dat is jammer.' Ik besloot om de koffie maar te laten voor wat het was en met haar mee naar de set te gaan. Ik stapte over elektriciteitskabels terwijl ik de straat afspeurde, half verwachtend dat er een door paarden getrokken Assepoesterkoets zou opduiken om tante Amber te redden. Gelukkig gebeurde dat niet, maar een paar van de mannen die eerder voor Carolyns barbecueshow waren gevallen, waren in de buurt bezig met spullen klaarzetten. Ze schenen ons niet op te merken.

'Misschien kan tante Pearl je helpen. Ze kan elk moment terugkomen.'

Tante Amber snoof. 'Serieus? Mijn zus heeft het concentratievermogen van een mug. Ik heb iemand nodig die op details is gericht. Iemand die ik kan vertrouwen om haar werk goed te doen.'

Ik keek rond. 'Ik probeer je assistent te vinden.'

'Iemand zoals jij.' Tante Amber duwde een arm vol jurken in mijn armen en liet me bijna omver vallen. 'Breng deze dingen naar mijn trailer. Ik moet ze binnen een uur gestreken en klaar hebben hangen.'

'Het spijt me, tante Amber. Ik heb geen tijd.' Ik probeerde de jurken terug in haar armen te duwen, maar ze duwde gewoon harder terug. Ik wankelde op mijn benen tot ik mijn evenwicht terugvond. Ik leunde tegen haar aan met al mijn gewicht, maar ze gaf geen krimp.

'Dan maak je tijd, Cendrine. Dit is belangrijk.

'Ik weet zeker dat je assistent vroeg of laat wel weer komt opdagen.' Tante Amber had tenminste niet met haar heksenkrachten gepatst om haar jurken te laten strijken. Ik keerde me om naar de cateringwagen, maar ze blokkeerde me de weg.

'Ik heb hier geen tijd voor. Neem ze gewoon mee.' Ze knikte in de richting van de trailers.

Ik hief mijn armen op in protest, maar ze duwde ze domweg naar beneden. De avondjurken waren gemaakt van dikke wol en waren ongelooflijk zwaar. Ik wankelde naar achteren van het gewicht.

'Ik heb mam beloofd dat ik haar zou helpen met de schoonmaak na het ontbijt.' Ik voelde me schuldig over deze leugen, maar ik had noch de tijd noch de wens om tante Ambers garderobe-assistent te spelen. Ze nam nooit genoegen met nee als antwoord. Op het moment dat ik ja zei, zou ze me nog een hele berg onplezierige taken toewijzen. Ik moest mijn mannetje staan.

'In godsnaam, Cen. We zijn heksen. Gebruik gewoon een spreuk.'

'Dat kan je dan net zo goed zelf doen,' zei ik. De jurk bovenop bestond uit verschillende lagen petticoat. Behalve dat hij ongelofelijk zwaar was, kon ik nauwelijks over de stapel heenkijken. Elke keer als ik de jurk naar beneden duwde om te zien, floepte hij gewoon weer omhoog. Ik zette me schrap en schoof de jurken op één schouder, zodat ik in ieder geval kon zien waar ik heen ging.

Ik zocht de straat af naar iemand die tante Ambers kleren van me kon overnemen, maar iedereen negeerde me terwijl ze als mieren op topsnelheid rondliepen. Ik snapte nog steeds niet hoe een zestigjarige heks zonder acteerervaring een hoofdrol in een grote Hollywoodfilm had gekregen. Er was iets vreemds aan de hand, en ik wist niet zeker of ik dat wel leuk vond.

'Doe het gewoon, oké? Ik moet me klaarmaken voor mijn overval-scène.' Ze staarde me aan en trok de band van haar kamerjas wat aan.

'Je kunt niet zó gaan,' zei ik. 'Je moet toch naar je trailer om je om te kleden, dus waarom neem je de jurken niet zelf mee? Trouwens, ik weet niet eens waar je trailer is.'

Helaas. Tante Amber ging snel achter een gebouw staan en fluisterde op een lage toon. Seconden later kwam ze uit haar schuilplaats tevoorschijn, gekleed in een lange blauwe jurk uit 1900 met een hoge kanten kraag. Haar diamanten sieraden waren weg, maar nu had ze een grote wit met blauwe hoed op en droeg ze een bijpassende parasol. Ze verdween onmiddellijk door de deuren van het oude bankgebouw zonder nog een woord te zeggen.

Mijn armen deden pijn, maar ik kon de jurken natuurlijk niet zomaar ergens neersmijten. Ze zagen er duur uit en ik wilde niet dat ze beschadigd zouden raken. Misschien kon ik ze aan iemand op de set afgeven. Ze zouden hier vast een plekje hebben om ze netjes te houden. Tante Ambers assistent zou vroeg of laat wel weer opduiken.

Ik wilde mijn handen vrij hebben om iemand te kunnen interviewen, of misschien zelfs meerdere iemanden, voordat deze filmopname voorbij was. Ik was bang dat als de betovering van tante Amber eenmaal was verbroken, alles net zo plotseling zou eindigen als het was begonnen. De regisseur stond duidelijk onder invloed van een of andere bezwering als die had besloten om te gaan filmen in onze aftandse stad. De filmsterren en de crew zouden vertrekken en wij zouden terugkeren naar het leven van alledag, zonder de extra centen die deze mensen meebrachten. Ik moest de sterren interviewen voordat ze zich realiseerden dat ze een fout hadden gemaakt, hun spullen pakten en vertrokken.

Ik wilde met name een interview regelen met de regisseur. Een voorraad verhalen over zijn werkwijze zou The Westwick Corners Weekly weleens overeind kunnen houden. Het enige wat ik nodig had waren een paar goede verhalen om alles in mijn voordeel te laten keren.

Maar om dat voor elkaar te krijgen moest ik aan de slag, en dat betekende dat ik van die jurken af moest zien te komen. Ik begon te glimlachen toen ik bij de trailers aan de andere kant van de set aankwam. Tante Ambers trailer moest hier in de buurt zijn.

'Heb je hulp nodig?' Een man van in de dertig glimlachte naar me en reikte naar de stapel in mijn armen.

Ik nam zijn hulp graag aan en legde ze in zijn armen. 'Bedankt. Ik moet ze naar Amber Wests trailer brengen.'

'Amber West?' De man fronste. 'Die naam zegt me even niets.'

'Lang, slank, roodharig, ongeveer zestig jaar oud?' *De heks die deze filmopname naar Westwick Corners heeft gebracht,* voegde ik er in gedachten aan toe.

Hij fronste en kreeg een verbaasde uitdrukking op zijn gezicht.

Een van de hoofdrolspelers, wilde ik zeggen, maar hield mezelf tegen. Misschien had ze gelogen of overdreven. Wie wist wat echt was en wat niet?

'Amber West... oh ja, juist. Nu weet ik het weer.' Hij knikte naar een andere groep trailers die verderop in de hoofdstraat geparkeerd stonden op het braakliggende terrein. 'Haar trailer is deze kant op. Kom op, ik zal het je laten zien.'

Ik volgde hem, verbijsterd door zijn gebrek aan bekendheid met tante Amber, aangezien zij een hoofdrolspeler zou moeten zijn. Aan de andere kant: volgens mam was het een last-minute beslissing geweest. Tante Amber was pas gisteren in die rol gecast nadat de oorspronkelijke hoofdrolspeelster was uitgevallen.

Ik volgde hem het trappetje van een trailer op die absoluut kleiner en ouder was dan die ernaast. Tante Ambers naam was in blokletters op een klein wit kartonnen bordje gedrukt dat aan de deur was bevestigd. Het gaf zeker niet de indruk alsof een ster hier bivakkeerde, en er was geen teken van een assistent. De trailer was leeg.

'Hier is het.' De man liet de kleren op de uitklapbare keukentafel vallen en stak zijn hand uit. 'Sorry, ik heb mezelf niet voorgesteld. Ik ben Rick Mazure. De scenarioschrijver.'

Ik schudde zijn hand. 'Wauw, jij hebt *High Noon Heist* geschreven? En *Midnight Heist* ook?'

Hij knikte.

'Ik ben Cendrine West. Ik ben een verslaggever voor *The Westwick Corners Weekly*.' Ik vergat het feit te vermelden dat ik tevens de uitgever, reclamemanager, redacteur en hoofd koffiezetapparaat was. 'Bedankt dat je helemaal bent meegelopen. Ik wist niet dat het twee straten verder zou zijn.'

'Geen probleem. Ik weet zeker dat je hier veel sappige verhalen zult vinden, zowel op als naast de set,' zei Rick. 'Ik zou je best op weg willen helpen, maar ik heb haast. Ik heb een deadline voor een aantal last-minute scriptwijzigingen en sommige mensen hier krijgen een beetje last van stress als dingen niet gisteren al klaar zijn, zeg maar.'

Ik lachte. 'Ik weet precies wat je bedoelt.' Ik was niet van plan om op tante Amber te wachten, dus ik volgde hem naar buiten en keek hoe hij snel terug naar de set liep. Ik had geen zin om over koetjes en kalfjes te praten en schatte zo in dat Rick er hetzelfde in stond, dus ik wachtte tot hij een halve straat weg was en liep toen dezelfde kant uit.

Mijn kantoor was in de buurt van het stadhuis en de cateringwagen, dus de snelste manier om daar te komen was door deels over de set te lopen. Als ik geluk had, zou ik een van de sterren kunnen tegenkomen en een gesprek kunnen aanknopen.

Westwick Corners was getransformeerd tot een Wild West stadje uit de laat-negentiende eeuw, of in ieder geval de Hollywoodversie ervan. De crew had zich in het laatste uur zodanig ingespannen dat het nu vol stond met oude auto's, paarden en mensen in historische kostuums. Terwijl ik de fris geschilderde gebouwen wel wist te waarderen, miste ik de vroegere armoedige pracht en praal van de stad toch een beetje. Het was als een favoriete spijkerbroek die precies versleten en gerafeld was op de juiste plekken. Plotseling leek Westwick Corners een vreemde, steriele versie van zijn vroegere zelf.

De kleine parkeerplaats bij de supermarkt tegenover de bank was gevuld met rekwisieten, decorstukken en mensen van de filmcrew, die druk bezig waren met het leggen van kabels, het opzetten van verlichting en het plaatsen van rekwisieten. Een groep mannen en vrouwen in historische kostuums stond ertussenin. De mannen droegen allemaal hoge hoeden en de vrouwen droegen lange jurken met alarmerend smalle wespentailles.

Ik zag tante Amber op hetzelfde moment dat ze mij zag. Ze had zich op de een of andere manier weer omgekleed, dit keer in een van de periodejurken die ik net in haar trailer had gelegd. Hekserij, natuurlijk. Voor iemand die zo hooggeplaatst was bij WICCA, was ze zeker aan het spelen met de regels. Ik vroeg me af hoeveel ze er gebroken had om deze rol te krijgen.

'Cendrine! Help me eens met mijn tekst.' Ze rende naar me toe en hield haar petticoat omhoog om hem niet over de stoffige straat te laten slepen.

'Ik heb je al gezegd dat ik mam moet helpen.' Ik verlaagde mijn stem. 'Je bent een heks, toch? Jij kunt je tekst in een oogwenk onthouden.' Ik knipte met mijn vingers om die woorden nadruk te geven.

'Goede acteurs leren geen tekst uit hun hoofd. Ze wórden het personage.' Ze snoof. 'Elk gebaar, elke nuance en elk accent is reuze belangrijk. Ik wil dat je me feedback geeft. Ik ben de hoofdrolspeelster, dus ik moet het wel goed doen.'

'Ik weet niets van acteren, tante Amber. Misschien kan een van de andere acteurs helpen. Trouwens, ik moet er echt vandoor.' Ik wilde eraan toevoegen dat ze misschien niet tot de laatste minuut had moeten wachten om haar tekst te oefenen, maar ik wilde niet dat ze boos op me werd.

Tante Amber zuchtte. 'Oké, prima. Maar loop tenminste met me mee om Steven te ontmoeten.' Ze gaf haar haren met een handgebaar wat meer volume. 'Hij is zo blij dat ik hem ervan heb overtuigd om hier te filmen. Vooral omdat de hoofdrolspeelster plotseling doodging en hij in de rats zat over zijn film. Hij wilde dat ik haar plaats innam.'

'Wacht even... ze is dóód? Ik dacht dat ze zich gewoon teruggetrokken had.' Ik had geen idee dat tante Amber de rol had gekregen omdat er iemand was overleden. Tante Amber als vervangster van de hoofdrolspeelster was al groot nieuws voor de lokale bevolking omdat ze in Westwick Corners geboren was. De dood van haar voorgangster maakte het des te intrigerender.

Tante Amber wuifde mijn woorden weg. 'Lang verhaal, maakt nu niet uit. Het belangrijkste is dat Steven zegt dat ik puur talent heb. Hij gaat van mij een ster maken!'

Ik keek naar iedereen die over de set heen en weer liep. Ik had Steven Scarabelli nog niet gezien, of überhaupt iemand die toezicht hield op de activiteiten. Iedereen leek precies te weten wat hij of zij moest doen, alsof ze het al honderd keer eerder hadden gedaan. 'Westwick Corners lijkt me nogal laag gegrepen voor hem.'

Ik was geen grote filmliefhebber, maar zelfs ik wist dat Steven Scarabelli een groot regisseur was. Zijn films waren niet meer zo populair als een paar decennia geleden, maar ze wonnen nog steeds Oscars en Golden Globes. Hij was een Hollywood-grootheid en acteurs leken het fijn te vinden om met hem te werken.

'Dat is juist een van de redenen waarom hij ervoor koos. Hij zei dat het zo... authentiek is.' Tante Amber pakte mijn hand. 'Kom met me mee, dan zal ik je voorstellen.'

HOOFDSTUK 4

Tien minuten later zat ik naast tante Amber in de trailer van Steven Scarabelli, die hij als kantoor gebruikte. Ik was onder de indruk van de legendarische Hollywoodregisseur en -producent, maar de man die tegenover me zat leek zo gewoon, helemaal geen iconische grootheid. Zijn vermoeide uitdrukking deed hem ook veel ouder lijken dan de man die ik op televisie had gezien. Hij zag eruit alsof hij goede nachtrust nodig had.

Hij stond en leunde over het bureau om mijn hand te schudden en me een warme, vriendelijke glimlach te geven. Zijn nonchalante kledij (een wit katoenen overhemd en een donkere spijkerbroek) deed hem meer lijken op een lid van de crew dan op een topregisseur.

'Welkom in Westwick Corners.' Het klonk een beetje suf, maar ik wist niet wat ik anders moest zeggen. Als er één stad was die leed aan het bedriegerssyndroom, dan was het de onze wel, verstopt achter een nieuwe verflaag. Ik was er nog steeds zeker van dat Steven Scarabelli elk moment bij zinnen kon komen en de hele film zou afblazen. We waren niet bepaald Hollywood-materiaal.

'Het is geweldig om hier te zijn. Ik zou zelfs nooit van dit kleine juweeltje hebben geweten als Amber er niet was geweest. Je tante en ik gaan ver terug.' Hij knikte naar tante Amber.

Tante Amber straalde. 'Deze film gaat onze stad op de kaart zetten, Cen. *High Noon Heist* zal nog groter worden dan *Midnight Heist*. Het is gegarandeerd een goede bron van inkomsten voor Steven en zijn investeerders.'

'Ik reken erop.' Steven Scarabelli duwde een contract naar tante Amber toe. 'Hier is het definitieve contract dat je moet ondertekenen. Iedereen heeft getekend behalve Dirk, die kan hier elk moment zijn. Als ik zijn handtekening eenmaal heb, zijn we klaar om van start te gaan.'

Mijn mond viel open. Steven Scarabelli's laatste kaskraker bleek een van Hollywoods grootste sterren in de hoofdrol te hebben. 'Dirk... bedoelt u Dirk Diamond? Hij komt hier zo naartoe, naar úw trailer?' Mannen hielden van Dirk Diamond-films vanwege de cheesy actie-scènes. Vrouwen hielden van zijn films vanwege... nou ja, vanwege Dirk Diamond.

Steven grinnikte. 'Hij kan maar beter snel komen, anders zit ik in de problemen.'

Ik was verbaasd dat Steven zijn acteurs niet al had vastgelegd met ondertekende contracten, maar aangezien deze film een vervolg was, was dat misschien slechts een formaliteit. Of misschien was het wat informeler in Hollywood. Ik twijfelde daar op de een of andere manier aan, maar wat wist ik er nu helemaal van?

Ik wendde me tot tante Amber. 'Verblijft Dirk in de stad?' Ik vroeg me vooral af of hij een van onze gasten was in The Westwick Corners Inn. Ik had zijn naam niet op de lijst gezien, maar soms checkten beroemdheden in onder valse namen.

'Natuurlijk,' zei ze. 'Steven verblijft ook bij ons, samen met een paar andere castleden. De rest verblijft in Shady Creek.' Ze zette haar handtekening op het contract en duwde het over de tafel naar Steven terwijl ze naar hem glimlachte. 'Voilà. Ik sta geheel tot je dienst.'

Steven grijnsde. 'Ik heb gisteravond laat bij jullie ingecheckt. Het ziet er prachtig uit.'

Ons gezellige hotel kwam niet eens in de buurt van een chique Beverly Hills hotel. Het was waarschijnlijk een paar niveaus onder wat Steven gewend was, dus het was erg aardig van hem om ons te complimenteren. Ik hoopte alleen dat hij niet teleurgesteld zou worden. De dichtstbijzijnde luxe accommodaties waren een uurtje verderop in Shady Creek, dus ik vermoedde dat gemak het in dit geval gewonnen had van luxe.

'Onze kleine stad wordt beroemd, Cen!' Amber stond op en wenkte naar me. 'Kom op, ik zal je de set laten zien.'

Ik stelde me al voor dat filmfanaten bedevaartstochten zouden maken naar Westwick Corners, om hier geld uit te geven en in ons hotel te verblijven. Ik volgde mijn tante naar buiten en was blij dat haar humeur was verbeterd. We kwamen abrupt tot stilstand na een bijna-botsing met een kleine, donkerharige vrouw. Ik verontschuldigde me toen ze ons passeerde en Stevens trailer binnenstapte.

Ik wees opgewonden. 'Dat is Arianne Duval! Nog een beroemde Hollywoodster!'

Tante Amber mepte mijn hand naar beneden. 'Niet wijzen, Cen! Je brengt me in verlegenheid in het bijzijn van mijn collega's.'

Ik draaide me naar haar toe. 'Hoe ben jij nou precies terechtgekomen in deze film? Je hebt zelfs nooit acteerlessen genomen.'

'Steven zegt dat ik natuurlijk talent heb. Daarom heeft hij me samen met Dirk gecast.'

Ik trok een wenkbrauw op. Tante Amber had nooit zelfs maar in een toneelstuk geacteerd. Tenminste, niet dat ik wist. 'Je hebt hem zeker behekst?'

Tante Amber gaf geen antwoord.

'Je wéét dat het niet telt, tenzij het op natuurlijke wijze is gebeurd.'

'Het ís op natuurlijke wijze gebeurd. Steven heeft de vaardigheden gezien die ik van nature heb, hoor.' Tante Amber snoof en draaide zich om, wat betekende dat de discussie voorbij was.

Ik verstijfde toen ik Dirk Diamond ineens onze richting op zag komen. Zijn bruine haar was grijs geworden bij de slapen en hij was korter dan ik had verwacht, maar nog steeds ongelooflijk knap. Hij droeg een westernshirt, cowboylaarzen en een spijkerbroek.

Een vrouw liep naast hem in hoge hakken. Ze droeg een witte blazer over haar trendy bloemetjesjurk en haar bruine haar was opgestoken in een losse knot. Ze was niet in kostuum, dus ik nam aan dat ze geen deel uitmaakte van de cast. 'Dat is hem! Dat is...'

'Dirk Diamond,' maakte tante Amber mijn zin af. 'Hij is mijn mede-ster. Die vrouw bij hem is zijn agent, Kim Antonelli.'

'Ik geloof het gewoon niet,' brabbelde ik. Ik had filmsterren altijd beschouwd als doodgewone mensen en ik had fans die zich dom gedroegen als ze hun idool tegenkwamen altijd een beetje triest gevonden. En nu deed ik verdorie hetzelfde. Dirk Diamond had dat beroemdheden-aura om zich heen hangen, zelfs als hij niet op tv was. Hij had een soort magnetische uitwerking op me.

Ik grijnsde als een idioot en was totaal sprakeloos.

'Hallo, dames.' Hij knipoogde en glimlachte naar me voordat hij zich tot tante Amber wendde. 'Tot straks, Amber.' Hij zwaaide en liep langs ons naar Scarabelli's trailer.

'Dirk Diamond knipoogde gewoon naar me!' Het hele idee van tante Amber die met een megaster als Dirk Diamond in een film zou spelen kwam me plotseling zo bizar voor. 'Je hebt magie gebruikt,' zei ik dreigend. 'Op de een of andere manier heb je de hele cast en crew betoverd en die denken nu dat je een ster bent.'

'Natuurlijk ben ik een ster.' Tante Amber pruilde. 'Twijfel je soms aan mijn talent?'

'Hoe ben je precies "ontdekt", dan?' Ik maakte aanhalingstekens in de lucht. Er moest meer aan de hand zijn. Dat was altijd zo als er een heks bij betrokken was.

'Steven en ik kennen elkaar al lang. Hij zei altijd dat ik moest gaan acteren, dat ik charisma had.' Tante Amber haalde haar schouders op. 'Hij verloor zijn vrouwelijke hoofdrolspeler op het allerlaatste moment. Het is een vriendendienst. Het maakt echt niet uit hoe het allemaal is gebeurd. Wat telt is dat ik er deel van uitmaak.'

Ik was sceptisch over haar versie van de gebeurtenissen. 'Waarom nu, na al die jaren? Je bent nooit geïnteresseerd geweest in acteren.'

'Steven had een probleem toen Rose plotseling stierf. Ik help hem alleen maar. Het zou eeuwig hebben geduurd als ze nieuwe audities hadden moeten houden en dan onderhandelen over een nieuw contract. Steven kan zich geen vertragingen of nieuw talent veroorloven. Hij is al ver over het budget van de film heen gegaan. Dus heb ik me aangeboden.'

'Rose? Rose wie?'

'Rose Lamont.'

Ik hapte naar adem. 'De vrouw van Dirk Diamond? Wanneer is dit gebeurd?' Ik had niets gehoord op het nieuws en Dirk zag er niet bepaald uit alsof hij in rouwstemming was. Aan de andere kant was hij een acteur, dus wist hij hoe hij zijn emoties moest maskeren. Ik draaide me net op tijd om om hem de trailer van Steven nog in te zien gaan.

'Ongeveer een week geleden. Rose Lamont had een hersenbloeding. Dirk heeft het heel stil gehouden. Het is nog niet eens in het nieuws geweest,' zei tante Amber. 'Net zevenendertig jaar oud. Zo tragisch.'

'Dirk lijkt er niet al te overstuur van,' zei ik. 'Ik ben verbaasd dat de film niet is uitgesteld vanwege haar dood.' Ik vond het ook maar vreemd dat de verandering van locatie op het laatste moment was geweest. Was er een verband? Wat het ook was, de timing leek verdacht. De ene ster was dood en de andere ster, die nota bene met haar getrouwd was geweest, ging gewoon door met zijn werk.

'Dirk, die dappere man, heeft besloten om door te zetten,' zei tante Amber. 'Na een peptalk van mij, natuurlijk.'

'Was je erbij toen het gebeurde?' Rose Lamont was jong, atletisch en het toonbeeld van gezondheid geweest. Hersenbloedingen waren zeldzaam, maar ze konden inderdaad voorkomen bij schijnbaar gezonde mensen. Toch vond ik het verdacht en ik wilde er zeker van zijn dat tante Amber er niet bij betrokken was, zelfs niet indirect.

'Natuurlijk niet! Cen, insinueer je soms dat ik iets sinisters heb gedaan om deze rol te krijgen? Ik ben nu echt beledigd.' Ze schudde haar hoofd. 'Ik was in Londen en ik heb getuigen om dat te bevestigen.'

Voor ik daarop kon reageren, kwam er plotseling geschreeuw uit Stevens trailer.

Ik draaide me als de bliksem om. De boze stemmen van Steven en Dirk galmden over het hele terrein terwijl ze nog in de trailer stonden met de deur half open. Ze hadden zo te horen ruzie over het contract. Kim stond net buiten de trailer. Ze kromp ineen telkens als Dirks stem te horen was.

Ik fronste. 'Als ze zijn agent is, moet ze dan niet in de trailer zijn en met Steven onderhandelen?'

Tante Amber gaf geen antwoord.

Dirk kwam bruusk de trap afgestampt en wendde zich tot Kim. 'Laten we gaan.'

Kim volgde een paar meter achter hem en stopte toen plotseling. Ze draaide zich om en keek Steven aan toen hij na Dirk van het trappetje af kwam. Ze hield haar handen omhoog. 'Het spijt me echt, Steven.'

'Kom mee, Kim. Je hebt hem niets meer te zeggen.' Dirks gezicht was rood van woede. 'Laten we gaan.'

Kim volgde Dirk als een getrapte puppy met een gepijnigde uitdrukking op haar gezicht.

Steven stormde achter de twee aan. 'Je kunt me dit niet aandoen, Dirk.'

'Er is iets mis,' fluisterde tante Amber. 'Dirk zou dat contract gewoon ondertekenen. Ik denk niet dat dat is gebeurd.'

Kim pakte Dirks arm en dwong hem op een paar meter afstand van ons tot stilstand te komen. 'Je maakt een fout, Dirk. Je hebt Steven al mondeling toegezegd dat je dit zou doen. Wil je de voorwaarden veranderen? Laat me dan met Steven praten en kijken wat ik kan doen.'

Steven Scarabelli stond een paar meter verderop duidelijk te twijfelen of hij Dirk en zijn agent zou achtervolgen of terug zou gaan naar zijn trailer.

'Vertel me niet wat ik moet doen, Kim.' Dirk rukte zijn arm los. 'Tenzij je ook ontslagen wilt worden. Ik werk niet voor Scarabelli of voor wie dan ook. Ik begin mijn eigen bedrijf. Ik heb recht op een groter deel van de winst.'

'Maar Steven heeft een ster van je gemaakt.' Kim was duidelijk gefrustreerd over haar cliënt. 'Je wéét gewoon dat dit vervolg een kassucces wordt, net als de eerste film. Het is gemakkelijk geld verdienen en je kent je tekst al. Je hoeft alleen maar een paar weken te komen opdagen, de scènes te schieten en de film af te maken. Het is een uitgemaakte zaak.'

Dirk stampte met zijn voet. 'Helemaal niet! Steven heeft mij heus geen ster gemaakt, of wie dan ook. Mensen zetten hem veel te veel op een voetstuk. En het is helemaal geen uitgemaakte zaak. Ik heb nooit getekend, dus ik heb het recht om van gedachten te veranderen.'

'Maar Steven vertrouwde je. Je vond alles prima toen we vorige week de voorwaarden bespraken.' Kim gebaarde met haar arm naar de set. 'Steven ging te goeder trouw door, op basis van jouw toezegging. Hij heeft alles wat hij had in deze film geïnvesteerd. De hele cast en filmploeg zal zonder werk komen te zitten als je niet doorgaat. En Steven gaat ze wel gewoon betalen, dat geld is hij kwijt.'

'Kan me niet schelen. Dat is Stevens probleem. Dat script is een stuk stront en ik wil niet dat mijn naam ermee geassocieerd wordt.' Dirk maakte een "bel me"-gebaar en wuifde Kim weg. 'Bel me later maar.'

We keken allemaal toe hoe Dirk Diamond naar zijn trailer stormde. Hij leek in niets op de man die ik op het scherm zo aanbeden had. Als ik eerlijk was, vond ik hem nu vooral een humeurige zak. Hij was het toonbeeld van een veeleisende primadonna. Wat een eikel! Maar hij was de persoon die kijkers naar de bioscoop haalde en hij wist het. Iedereen moest doen wat hij zei en zijn grillen op de koop toe nemen. Ze hadden geen keus als ze deze film wilden laten doorgaan.

Kim Antonelli zei geen woord. Dat hoefde ook niet. De uitdrukking van walging op haar gezicht zei genoeg.

Steven liep naar Kim toe. 'Kun jij hem niet ompraten, Kim? Ik zal álles doen wat nodig is om hem gelukkig te houden, dat beloof ik. Tijd is geld en ik heb al mijn mensen op de set klaarstaan. Zoek alsjeblieft uit wat Dirk wil. Wat het ook is, ik zal het doen.'

'Ik zal het proberen, Steven.' Kim knikte meelevend. 'Maar je weet hoe onvoorspelbaar hij is.'

Steven zag er wanhopig uit. 'Dat is wat me zorgen baart. Ik heb de investeerders die in mijn nek hijgen en ik ben te laat met mijn betalingen. Ik ga failliet zonder deze film.'

'Doe niets overhaast,' fluisterde ik tegen tante Amber. Ze wilde deze rol zo graag dat ik me levendig kon voorstellen hoe ze een andere acteur uit het niets zou toveren om Dirk te vervangen.

'Het spijt me, Steven. Ik heb geprobeerd met hem te praten, maar hij wil niet luisteren,' zei Kim. 'Ik voel me er vreselijk over, maar wat kan ik eraan doen? Je weet dat ik alleen op papier zijn agent ben. Hij doet gewoon waar hij zin in heeft. Ik heb ook geen geld meer, en ik heb nu echt mijn salaris nodig.'

Op dat moment kwam een man naar ons toegerend met een script in zijn hand. Het was Rick Mazure, de man die me eerder had geholpen met de jurken van tante Amber. 'Hé, Steven, ik heb die herschrijvingen gedaan. Het heeft me de hele nacht gekost, maar ze zijn klaar. Ik vind het best goed geworden. Kun je ze goedkeuren?'

Steven wuifde hem weg. 'Niet nu, Rick. Ik heb geen tijd om ze te lezen, want Dirk is net van de set weggelopen. Tenzij we hem kunnen kalmeren, wordt er überhaupt geen film opgenomen.'

'Alweer? Ik begrijp het niet.' Ricks schouders zakten naar beneden. 'Ik heb Dirk in alles zijn zin gegeven met deze herschrijvingen.

'Ik weet het. Ga je gang en geef het script maar aan de acteurs. Ik weet zeker dat wat je hebt goed is, dus ik hoef het niet te checken. Laten we hopen dat Dirk snel terugkomt zodat we kunnen beginnen met filmen.'

'Oké, baas.' Rick vertrok in dezelfde richting als Dirk.

'Misschien kan ik Dirk wat verstand bijbrengen.' Tante Amber wendde zich tot Steven. 'Ik zal zien wat ik kan doen.'

'Het is het proberen waard. Anders verlies ik miljoenen.' Steven veegde met een hand over zijn voorhoofd. 'Wat je ook doet, het kan niet erger worden dan het nu is.' Hij draaide zich om en liep met hangende schouders langzaam terug naar z'n trailer alsof de wereld net was vergaan.

'Kom op,' zei ik, terwijl ik tante Ambers arm pakte. We liepen naar de set en haalden al snel Rick in. 'Je moet wel teleurgesteld zijn dat je al die herschrijvingen voor niets hebt gedaan,' zei ik tegen hem.

Rick haalde zijn schouders op. 'Je weet nooit wat er met Dirk gaat gebeuren. Hij is onvoorspelbaar, maar uiteindelijk komt het wel goed. Ik werk samen met Dirk aan een ander project, een spannende thriller. Ik ben ook net klaar met het script voor die film. Ik heb al zijn eisen alleen maar geaccepteerd omdat zijn naam op de poster zo'n beetje garant staat voor het succes van de film.'

We liepen met Rick naar de set toe, waar Dirk onderweg naar zijn trailer was gestopt om ruzie te maken met een van de leden van de filmploeg.

'Dirk is in elk geval nog niet weg.' Tante Amber ging naar hem toe en ik volgde.

Toen we dichterbij kwamen, draaide Dirk zich naar Rick toe met een uiting van minachting op zijn gezicht. 'Wat moet je?'

'Heb je al de kans gehad om naar mijn vernieuwde script te kijken?' Rick zwaaide met de papieren voor Dirks neus heen en weer. 'Ik heb hier een kopie voor je.'

'Doe geen moeite, Rick. Je script is vreselijk slecht. Ik ben nooit voorbij de eerste paar pagina's gekomen. Je zogenaamde thriller laat me gewoon in slaap vallen.'

Ricks gezicht verstrakte. 'Ik sta open voor suggesties. Vertel me gewoon welke stukken ik...'

Dirk hield zijn hand omhoog en onderbrak hem. 'Het hele stuk is gewoon rotzooi. Verspil mijn tijd niet. Ik heb het gehad met jullie allemaal. Ik begin mijn eigen productiebedrijf, met mijn eigen scripts. Geen parasieten meer die rijk worden van mijn talent.'

Kim dook naast Dirk op een gepijnigde blik op haar gezicht. Als zijn agent kreeg ze een percentage van alles wat Dirk Diamond verdiende, maar te oordelen naar haar gezichtsuitdrukking maakte haar dat niet per se heel gelukkig.

'Dirk, we moeten praten.' Tante Amber glimlachte. 'Kom op. Je kunt dit met je ogen dicht. Onthoud wat ik je verteld heb over professionaliteit.'

Dirks frons maakte plaats voor een zachtmoedige glimlach. 'Je hebt gelijk zoals gewoonlijk, Amber. Ik wou dat ik meer was zoals jij.'

Mijn mond viel open. Tante Amber had duidelijk een soort van bezwering over Dirk uitgesproken, alleen was er deze keer geen sprake van magie. Als het een spreuk was geweest, zou ik het gevoeld hebben. Maar er was geen magnetische aantrekkingskracht, geen gevoel van iets anders dan een sterk persoonlijk aura. Wat tante Amber natuurlijk wel had. Toch was het een beetje moeilijk te geloven.

Kim zuchtte, duidelijk opgelucht dat iemand haar helse baas had laten bijdraaien.

'Dirk is mijn protegé. We kennen elkaar al zo lang, toch, Dirk?' Tante Amber wendde zich tot mij. 'Ik heb Dirk met zijn eerste grote doorbraak in de showbusiness geholpen. Zijn allereerste film was trouwens ook met Steven Scarabelli. We kennen elkaar al heel lang.'

'Ja,' zei Dirk. 'We hebben een hele geschiedenis samen.'

'Steven heeft ons deze keer nodig.' Tante Amber klopte op Dirks arm. 'Ga nou gewoon naar hem toe en maak het weer goed. Daarna voel je je vast en zeker beter.'

Dirk tuitte zijn lippen en dacht even na. 'Oké dan, Amber. Kom op, Kim.'

Kim rende achter hem aan toen hij zich omdraaide en terugging naar de kantoortrailer van Steven.

Ik wierp een onderzoekende blik op mijn tante, verbaasd over de invloed die ze blijkbaar op Dirk had. Hij had naar haar geluisterd toen hij naar niemand anders meer wilde luisteren.

Ze keek op en glimlachte. 'Wat is er?'

'Niets.' Ze wilde vast een compliment, maar ik had geen zin om haar ego te strelen. Ik wilde haar eigendunk niet nog meer opblazen dan hij al was.

'Heb jij geen werk te doen?' Tante Amber tikte met haar voet op de grond terwijl ze me aanstaarde.

'Huh? Oh ja, dat is ook zo.' Ik dacht dat mijn plan om mensen te interviewen voor de krant niet eens op tante Ambers radar was beland.

'Mijn jurken gaan zichzelf niet strijken,' vervolgde ze.

Oh, God. 'Ja, ja, ik ga er meteen aan beginnen.' Ik was echt niet van plan om voor haar garderobe te zorgen, maar het laatste wat ik wilde was een nieuwe ruzie op de set. Ik had geen idee waar de kameleon-achtige stemmingswisselingen van tante Amber vandaan kwamen, maar mijn normaal gesproken zo evenwichtige tante was inmiddels bijna net zo onvoorspelbaar als Dirk.

Of zo onvoorspelbaar als tante Pearl. Ik besefte dat ik haar nog steeds niet had gevraagd naar Tante Pearls baan.

'Goed. Ik moet op de set zijn.' Tante Amber wuifde me met een zwaai van haar hand weg en draaide zich om. Ze stak de straat over en liep naar het oude bankgebouw.

Ik was opgelucht dat ik geen spoor van Dirk of Kim meer zag. Ze moesten al in gesprek zijn met Steven, in zijn trailer. Ik bleef staan en wachtte tot tante Amber het gebouw binnenstapte. Toen sloop ik terug naar Stevens trailer, in de hoop iets te kunnen afluisteren. En als Dirk en Kim eenmaal weg waren, hoopte ik Steven een paar minuten te pakken te krijgen voor een artikel.

Ik had nog maar een paar passen gezet toen ik stemmen vanaf de zijkant van het bankgebouw hoorde komen. Ik kon niet zien wie het waren, maar ik herkende de stem van Dirk Diamond en hij sprak duidelijk met Steven Scarabelli. Ik kwam dichterbij terwijl hun stemmen luider werden.

'We kunnen het script veranderen, de voorwaarden, wat je maar wilt,' zei Steven.

'Oké, prima. Ik wil dat deze... en deze dingen in het script worden veranderd.' Papieren ritselden en iemand schraapte zijn keel.

'Geen probleem,' zei Steven. 'Bedankt, Dirk. Ik ben echt blij dat we dit konden oplossen.'

'Oh, en nog één ding,' zei Dirk.

'Zeg het maar.'

'Ontsla die oude tang. Het is óf Amber West, of ik.'

Ik hapte naar adem. Als tante Amber dát ter ore zou komen...

HOOFDSTUK 5

High Noon Heist begon steeds meer te lijken op een gijzelneming in plaats van een overval. Ik stond aan de overkant van de straat en keek hoe de vaste crew de wijzigingen in het script tot zich namen en dingen aanpasten. Ik was nog nooit achter de schermen op een filmset geweest. De hysterische activiteit die ik eerder voor chaos had aangezien, was in feite een fijn afgestemde balans van cast en filmploeg. Ze drentelden heen en weer en voerden honderden taken tegelijkertijd uit om de set klaar te maken voor de eerste scène. En waarschijnlijk honderd onnodige handelingen, allemaal vanwege de arrogantie en onredelijke eisen van Dirk Diamond.

Ik had niet verwacht dat de scriptwijzigingen veel meer zouden inhouden dan wat kleine veranderingen in de tekst van de acteurs, maar Dirk had blijkbaar geëist dat de bank een andere kleur blauw zou krijgen! De verfdampen dreven door de lucht terwijl de schilders hun steigers opruimden en afbraken.

Ik had opnieuw respect voor de crew, die werd gedwongen om aan de grillen van een verwende filmster tegemoet te komen. Ondanks Dirks last-minute herschrijvingseisen was de set nu toch klaar voor de opname. Het enige dat overbleef waren een paar snelle scriptupdates van Rick Mazure; kleine continuïteitswijzigingen die voortvloeiden uit Dirks commentaar. Gelukkig ging het alleen om een wijziging in de tekst van Dirk Diamond. De rest van de bankroofvluchtscène bleef onveranderd.

Ik keek rond en was verrast toen ik tante Pearl een paar meter verderop zag staan. Ik was blij dat ze nog niet met tante Amber had gepraat, omdat ze dan misschien nog meer zouden kibbelen en het filmen zouden vertragen. Het was niet duidelijk of tante Pearl van gedachten was veranderd of gewoon was gekomen om iedereen in actie te zien. Hoe dan ook, het was goed zo. Als de camera's eenmaal liepen, zou ze vast inzien hoe interessant de baan van rekwisietenassistent wel niet was.

Iedereen leek nu ontspannen en enthousiast om aan de slag te gaan. Behalve Dirk, die eruitzag alsof hij liever ergens anders zou zijn. Zijn ongeduld groeide met de minuut en ik hoopte maar dat hij niet van de set af zou stormen voordat Rick weer met de laatste herschrijvingen op de proppen kwam.

Het verbaasde me nog steeds dat Dirk had besloten door te werken, gezien de plotselinge dood van zijn vrouw. Zou het kunnen dat hij meer toegewijd was aan deze film dan aan zijn vrouw? Na zijn tirade bij Stevens trailer twijfelde ik daar nogal aan. Rose Lamont was zowel zijn vrouw als mede-ster geweest. Hij was óf erg stoïcijns of... iets anders dat te gruwelijk was om over na te denken.

Aan de andere kant: misschien keek ik gewoon naar te veel misdaadprogramma's. Daarom ging ik altijd uit van het ergste. Toch verbaasde haar dood me omdat Rose tientallen jaren jonger dan Dirk was geweest, en bovendien een fitnessliefhebber. Je verwachtte gewoon niet dat dat soort mensen plotseling zouden overlijden. Ik nam me voor het toch wat grondiger voor mezelf uit te zoeken.

Maar wat zo mogelijk nog vreemder was, was dat mijn pensioengerechtigde tante als vervanger van Rose Lamont was gevraagd. Die twee leken zowel in leeftijd als in jaren ervaring totaal niet op elkaar, en ik betwijfelde of tante Amber wel dezelfde aantrekkingskracht zou hebben als een beroemde vrouw van in de dertig. En nu ik wist dat Dirk haar ook al wilde laten ontslaan, voorzag ik het ergste.

Vreemd genoeg leek tante Amber niet eens in de openingsscène te zitten. Ze stond een paar meter verderop en poseerde voor foto's. Ze had haar eigen fotograaf ingehuurd om foto's te regelen voor haar portfolio. Misschien was ze uit de openingsscène geschreven door een van de last-minute aanpassingen van het script. Of misschien had ze haar belangrijkheid overdreven. Iets vertelde me dat het het laatste was.

'Draai eens een beetje naar links.' De fotograaf stelde zijn camera in. 'Ja, dat is mooi. Blijf daar staan.'

'Zorg dat je mijn goede kant er mooi op krijgt.' Tante Amber grijnsde naar de camera. Ze had al tientallen foto's van haar goede kant, plus haar slechte kant, plus eigenlijk alle kanten. Ze had ook foto's met Dirk, Arianne, en een paar andere onwillige castleden die zich steeds meer ergerden aan haar gezeur. Zoveel zelfs dat Steven haar op haar kop had gegeven vanwege het ophouden van de productie.

'Hier zijn de aanpassingen.' Rick Mazure liep gehaast de set op, helemaal buiten adem en verfomfaaid. Zijn jasje was gekreukt, zijn hemd was losgeknoopt en zijn voorhoofd glansde van het zweet. 'Vrij grote veranderingen, dus controleer je tekst, iedereen.' Hij gaf elk lid van de cast en de crew een exemplaar van het script van een grote stapel blauwe papieren die hij in zijn armen had.

De zware, kale man naast me vloekte binnensmonds. Het was de rekwisietenman, Bill Kazinsky. Hij zag er precies zo uit als tante Pearl hem had beschreven, maar incompetent leek hij me zeker niet. Ondanks zijn gevloek en geklaag paste hij in zijn eentje de rekwisieten voor elk van Dirk Diamonds scènes zonder dralen aan.

'Ik dacht dat het maar kleine aanpassingen zouden zijn.' Bill haalde het laatste exemplaar van Ricks stapel af en bladerde de pagina's door. Hij wees met zijn wijsvinger op het script. 'Wat is dit in godsnaam? Het moeten messen zijn, geen geweren. Hoe moet ik dit nu weer oplossen?'

'Is dat echt zo belangrijk?' vroeg ik.

'Ja, het is een heel gedoe.' Hij gromde. 'Ik ben honderden kilometers verwijderd van de studio en al mijn rekwisieten zijn verdomme verkeerd. Waarom kunnen ze het niet gewoon goed doen?'

Rick stak zijn handen bezwerend naar hem uit. 'Sorry, Bill. Ik heb het gewoon herschreven zoals mij is verteld. Als je vragen hebt, praat dan met Steven. Hij is de baas.'

Wat ik tot nu toe gezien had, liet me daar erg aan twijfelen. Dirk Diamond trok hier duidelijk aan de touwtjes.

'Ja, dat zal wel.' Bill vloekte weer zachtjes en stampte weg naar een plek een paar meter verderop. Rekwisieten en uitrusting waren daar in een halve cirkel opgestapeld met slechts een kleine opening van een meter breed om in het fort van alle opgestapelde uitrusting binnen te kunnen stappen.

Ik liep hem achterna en stopte net buiten Bills "rekwisietencirkel". Deze miniversie van Stonehenge liet slechts één persoon tegelijk toe. Bill draaide zich opzij en schuifelde door de opening naar binnen. Hij bekeek zijn inventaris met een gefrustreerde uitdrukking op zijn gezicht.

'Waar moet ik nou zes vroeg twintigste-eeuwse pistolen vandaan halen? Die dingen liggen niet zomaar voor het oprapen.' De zwaarlijvige man ging op een kruk in het midden van zijn fort zitten en wreef over zijn voorhoofd.

'Heb je wapens nodig? Ik heb pistolen.' Tante Pearl stond ineens naast me. Ze zwaaide met twee pistolen die ze in haar handen had. 'Ik kan in een handomdraai meer krijgen.'

Ik keek haar indringend aan en vormde het woord "nee" met mijn mond. Dit was niet het moment of de plek om met haar toverkunsten te pronken, óf de indruk te wekken dat ze in nauw contact stond met wapenhandelaars. Een bewapende tante Pearl vond ik maar niks. Dat was zo mogelijk nog erger dan als ze met vuur speelde.

'Hm... laat me die eens zien.' Bill kwam uit zijn fort en pakte een van de pistolen aan. Hij draaide het om in zijn hand. 'Dit zou weleens kunnen werken. We hebben er zes nodig.'

'Geen probleem, momentje.' Tante Pearl verdween om de hoek en kwam in minder dan een minuut terug met een koffer in haar handen. Hij was zo zwaar dat haar schouder naar beneden zakte. Ze gaf Bill de tas aan. 'Probeer deze eens.'

Ik was blij dat tante Pearl weer geïnteresseerd leek in de baan bij de rekwisieten.

Bill haalde een pistool uit de koffer. 'Hé, deze zien er echt oud uit. Waar heb je die nou weer vandaan?'

'Niet belangrijk, zolang je ze maar goed vindt.' Tante Pearl maakte een halve buiging en knipperde met haar wimpers. 'Tot je dienst, Bill.'

Ik wendde me tot Bill. 'Moet je de wapens niet eerst testen om er zeker van te zijn dat ze werken?' Tante Pearls verdacht lieve houding betekende vast dat ze iets van plan was. Ik vermoedde dat het een manier was om tante Amber te ondermijnen.

'Oh ja, je hebt gelijk. Behalve dat er niet genoeg tijd is om dat nog te doen.' Bill fronste. 'Nu ik er aan denk, ik heb nog een paar handwapens die misschien werken. Waarom kan Rick de scène niet gewoon goed schrijven?' Bill wierp een geïrriteerde blik in Ricks richting. De scriptschrijver kon hem ofwel niet horen, ofwel negeerde hij hem met opzet.

Bill knielde neer en rommelde rond in een grote doos. 'Verdomme, ik heb ze niet in mijn rekwisietendoos. Ik moet terug naar de trailer om ze te halen.'

Tante Pearl stak haar hand op. 'Ik ga ze wel halen, vertel me maar waar ze liggen.'

Bill schudde zijn hoofd. 'Ze liggen ergens veilig achter slot en grendel.' Hij wees naar tante Pearl. 'Houd jij deze spullen maar in de gaten. Laat niemand iets meenemen.' Hij draaide zich om en rende naar zijn trailer.

Tante Pearl keek chagrijnig. 'Ik doe al het werk en krijg geen respect. Ik heb hem die pistolen toch gegeven? En nu moet ik verdorie zijn spullen bewaken. Ze betalen me hier niet genoeg voor.'

'Je bent net begonnen. Je hebt eigenlijk nog niets gedaan. Trouwens, niemand betaalt je iets. Je hebt je vrijwillig aangemeld om te helpen met de rekwisieten, weet je nog?' Het was duidelijk dat Bill haar hulp niet echt nodig had.

'Ja, nou... Ik verwachtte veel meer opwinding bij de opnames van een actiefilm. Ik begin hier echt spijt van te krijgen. Ik moet misschien zelf maar voor een beetje opwinding zorgen.' Tante Pearl wreef over haar kin, diep in gedachten.

Er ging een rilling door me heen. Die peinzende blik beloofde niet veel goeds.

'Waag het niet om meer pistolen te toveren. Mensen krijgen dan misschien het verkeerde idee.' Niemand zou tante Pearl ooit verwarren met een terrorist, maar mensen zouden vast flippen als ze tot de tanden bewapend was met een half dozijn pistolen.

'Ik kan iedereen anders een hoop tijd besparen. Bill is niet bepaald snel. Er is hier een duurbetaald talent dat gewoon staat te niksen.' Ze kruiste haar armen en tikte met haar voet op de grond. 'Ik bied aan om te helpen, maar hij wil het niet aannemen. Hij voelt zich duidelijk bedreigd door mij.'

'Dat betwijfel ik,' zei ik. 'Hij doet dit al heel wat jaren. Hij is misschien niet zo snel, maar hij weet wat hij doet.'

Tante Pearl schudde langzaam haar hoofd. 'Als hij het script had gelezen, zou hij weten dat er in de laatste versie explosieven zijn toegevoegd.'

'Hoe weet jij dat nou weer?'

Tante Pearl rolde met haar ogen en haalde een vel papier uit haar achterzak. 'Laten we eens kijken... hier, op pagina drie.' Ze tikte met haar wijsvinger op de pagina.

'Waar heb je dit vandaan?' Ik leunde dichterbij om het beter te zien. In de voettekst stond "versie vijf", die een versie verder was dan de kopie die Rick net aan Bill had gegeven.

'Rick heeft dit aan mij gegeven.' Ze rukte het script weg en hield het boven haar hoofd. 'Het is een latere versie.'

'Weet je zeker dat je het goed hebt gelezen?' Haar zelfvoldane glimlach vertelde me dat ze loog. Over het script, de explosieven of allebei, ik wist het niet zeker. Waar ik absoluut zeker van was, was dat haar hierbij betrekken een grote fout was geweest.

'Natuurlijk weet ik het zeker. Rick gaf me het script uit voorzorg, omdat hij weet hoe ongeorganiseerd en incompetent Bill is. Misschien stap ik zelf wel naar Steven Scarabelli toe. Hij zal me waarschijnlijk ter plekke inhuren als hoofd rekwisieten en pyrotechniek. Ik kan het veel beter.'

Ik kon me geen pyrotechniek in een western voorstellen, totdat ik me herinnerde dat ze toen ook al dynamiet hadden. Ik rilde terwijl ik me voorstelde dat Dirk Diamond een bankkluis zou opblazen en ons oude bankgebouw zou instorten. Ik had zo het gevoel dat het dynamiet van tante Pearl écht zou zijn. Het gebouw was veel te oud om zo'n klap te kunnen weerstaan en reparaties konden we niet betalen. Ik hoopte maar dat tante Pearl loog, maar daar kon ik niet vanuit gaan. Ik moest Rick Mazure vinden om te vragen of er echt een versie vijf van het script bestond.

Of tante Amber. Zij was waarschijnlijk de enige die de meedogenloze zoektocht naar macht van haar zus kon indammen.

Ik keek naar waar ze had geposeerd voor haar foto's, maar ze was weg. Alleen de fotograaf stond er nog te prutsen met zijn spullen.

Ik keek goed rond en zag haar aan de andere kant staan; al pratend, of liever gezegd schreeuwend, met Steven Scarabelli. Te oordelen naar haar betraande gezicht had ze het nieuws gehoord. Steven was gezwicht voor de eisen van Dirk Diamond en had haar ontslagen.

Ik onderdrukte de neiging om naar mijn tante toe te lopen en haar te omhelzen. Als ze besefte dat ik het al wist zou dat haar alleen maar verder vernederen. Ik had haar over het gesprek tussen Dirk en Steven kunnen vertellen, maar wat zou dat opleveren? Niets wat ik zei of deed zou de uitkomst veranderen.

Ik wilde de film ook niet nóg verder in gevaar brengen. De cast en de crew brachten geld in het laatje in Westwick Corners. Ons hotel was volgeboekt en mam verdiende ook nog eens met de cateringinkomsten. Het zou een ramp zijn voor ons allemaal als Steven Scarabelli de stad zou verlaten om ergens anders te filmen. Als er ooit nog eens daadwerkelijk gefilmd zou worden, tenminste. Wat een drama.

'Je gaat hier spijt van krijgen!' Tante Amber draaide zich om en stormde van de set af, in de richting van haar trailer. Ze botste bijna tegen Bill aan, die net terug was komen lopen met een houten koffer in zijn armen. Ze vloekte en beende langs hem heen.

Bill stapte met een grom aan de kant. Hij liep naar de castleden op de set, legde zijn houten koffer op de grond en ontgrendelde hem voordat hij de pistolen eruit trok en ze één voor één aan elk van de acteurs uitdeelde. Daarna sloeg hij de kist dicht en liep naar ons toe. Hij zette het ding met een klap bovenop de grote kist waarin hij eerder had gekeken.

Het hoofd van de fotograaf schoot omhoog. Hij was duidelijk opgeschrikt door het lawaai en fronste toen hij tante Amber zag wegstormen.

'Cen? Luister je?' Tante Pearl trok aan mijn arm. Ze was blijkbaar nog niet op de hoogte van tante Ambers ontslag.

'Hm?' Ik knikte, hoewel ik geen woord had gehoord van wat ze had gezegd. Gelukkig werd ik gered doordat de regisseur iedereen opriep om klaar te gaan staan. Ik keek hoe de acteurs hun plaats innamen en nam me voor om even bij tante Amber te gaan kijken nadat de scène was geschoten.

Het filmen was eindelijk begonnen.

'Plaatsen, iedereen.' Steven Scarabelli was teruggekeerd naar de set, rood aangelopen en buiten adem. Hij zwaaide met zijn hand en zag er niet langer compleet wanhopig uit.

'Dit kan maar beter de laatste aanpassing zijn. Let op de spullen, Pearl. Ik heb een sigaret nodig.' Bill wees naar tante Pearl voordat hij naar de overkant van de straat liep.

'Wat moet ik..?' begon mijn tante.

Ik klemde een hand over de benige schouder van mijn tante en hield een vinger tegen mijn lippen. Ze keek boos, maar bleef stil.

'Actie!' riep Steven.

De deuren van de bank vlogen open en Dirk Diamond stormde het gebouw uit. Hij rende de straat op in de richting van een zwarte Ford Model T die met draaiende motor stond te wachten. Zijn lange zwarte jas flapperde achter hem aan. Hij hield een pistool in de ene hand en een tas met buit in de andere. Een man in spijkerbroek en een suède jasje volgde hem en zwaaide met zijn pistool in alle richtingen om hen beiden te dekken toen ze de straat overstaken.

De bestuurder van de Model T sprong uit de bestuurdersstoel en ging naast de auto staan, met de ene hand verwoed zwaaiend naar Dirk en met de andere hand een mes vastgrijpend.

Toen sprongen drie mannen van achter een gebouw aan de overkant van de straat tevoorschijn. Ze zwaaiden met pistolen naar Dirk en de andere man. De voorste opende het vuur en raakte Dirks medeplichtige. De man liet zijn pistool vallen en schreeuwde. Hij wankelde naar de auto toe en hield zijn arm vast terwijl hij op de achterbank dook.

Arianne Duval liep schreeuwend van de bank weg. Ze bleef als bevroren op de houten *sidewalk* staan toen ze de mannen zag. De chauffeur met het mes sprong weer in de bestuurdersstoel van de Ford, net toen de hele hoofdstraat uitbarstte in een spaghettiwesterngevecht. Kogels vlogen in het rond, paarden hinnikten en honden blaften terwijl ze verwoed rondrenden. Toen het stof eindelijk was neergedaald, lagen vijf mannen roerloos op de grond.

'Nee!' schreeuwde Arianne. Ze rende naar Dirk toe en knielde naast hem neer. Toen draaide ze zich naar de camera en fluisterde: 'Hij is dood.'

'*Cut!* Geweldig werk, iedereen!' schalde Stevens stem. Hij gaf een duim omhoog terwijl hij zich naar de trailers haastte.

De acteurs stonden op en veegden het stof van hun kostuums.

Iedereen, behalve Dirk Diamond.

Die bleef liggen waar hij lag.

HOOFDSTUK 6

'Dirk is neergeschoten!' schreeuwde Arianne.

'Rustig aan, Arianne. We hebben pauze, hoor.' Een lange, blonde acteur, een van de schutters in de scène, gebaarde dat ze van de set af moest komen.

Tante Pearl snoof. 'Natúúrlijk is hij neergeschoten. Hij was deel van een schietpartij, domkop. Dat is wat er hoorde te gebeuren.' Ze wendde zich tot mij. 'Niemand hier weet wat ze aan het doen zijn, geloof ik.'

'Hou op, tante Pearl! Dit is niet de tijd om sarcastisch te doen.' Dirk droeg een wit cowboyshirt onder zijn jas. Vanaf waar ik stond, zag ik een rode cirkel langzaam op zijn hemd verschijnen. Ik besefte met afschuw dat die vlek geen deel uitmaakte van de scène. Voor een nepfilm was nepbloed nodig, maar aangezien de scène eindigde zodra de schoten waren afgegaan, was nepbloed totaal overbodig.

En Arianne had het ook gemerkt.

Mijn hand ging naar mijn mond terwijl de waarheid tot me doordrong. Alle andere acteurs behalve Arianne liepen weg. Dirk bleef roerloos op de grond liggen. Hij had nog geen centimeter bewogen.

'Ik heb het gehad met dit gedoe.' Tante Pearl zuchtte diep. 'Je hebt geen idee hoe het is om orders aan te nemen van die incompetente baviaan. Ik vraag Steven om opslag. Ik kan het zelfs met mijn ogen dicht nog veel beter doen dan Bill.'

Ik staarde naar haar. Gelukkig was iedereen zo afgeleid door Ariannes geschreeuw dat ze de driftbui van tante Pearl niet hadden gehoord.

Tante Pearl schudde haar hoofd en haalde haar schouders op. 'Ik probeer hem te helpen, maar hij is te koppig om zijn fouten te zien.'

Ik negeerde haar. Dirk had nu zeker weten al op moeten staan.

We waren net getuige geweest van een tragisch ongeluk, of misschien wel moord.

Arianne racete verwoed heen en weer tussen het gebouw en de straat waar Dirks levenloze lichaam op de stoffige straat lag. 'Help! Iemand! Hij ademt niet!'

Een fractie van een seconde was het stil toen de ernst van Ariannes woorden tot de crew doordrong. Toen haastte iedereen zich naar Dirk toe.

'Te laat.' Een van de acteurs knielde naast Dirk neer. 'Ik denk dat hij dood is.'

Het twintigtal leden van de cast en de crew, die zich in een losse halve cirkel rond Dirk hadden verzameld, leken allemaal tegelijk naar adem te happen. Hoewel niemand zo'n verdrietig gezicht had als Arianne, waren er genoeg bange gezichten. Iedereen was in shock.

'Hij is écht neergeschoten. Hij acteert niet.' Ik wendde me tot tante Pearl naast me, maar ze was weg.

Ik draaide me om en zag haar snel weglopen van de set. Ze was al een half blok verderop, waar ze Steven inhaalde. Hij moest de set onmiddellijk na afloop van de scène hebben verlaten. Te oordelen naar zijn ongedwongen, ongehaaste loopje was hij zich totaal niet bewust van wat er zojuist met Dirk was gebeurd.

Bill rende naar me toe, een sigaret bungelend in zijn mondhoek. Hij inhaleerde diep voor hij de peuk op de grond gooide en uitstampte. 'Wat is er verdomme net gebeurd? Waarom staat de hele crew om Dirk heen?'

Ik schudde mijn hoofd. 'Dirk heeft een kogel in zijn borst. Hij is dood.'

Zijn ogen vernauwden zich. 'Probeer je grappig te zijn of zo?'

'Het is geen grap.'

'Ik geloof er niks van. Het is zeker weer een scriptwijziging?' Bills blik schoot heen en weer tussen Dirks levenloze lichaam en mij.

'Ik ben bang van niet.' Ik keek naar zijn gezicht om te zien of hij soms loog, maar hij leek oprecht verrast.

Bill begon met een bleek gezicht heen en weer te ijsberen. 'Hoe heeft dit kunnen gebeuren? Wie heeft hem neergeschoten? Waar zijn ze?'

Ik verlaagde mijn stem. 'Dat weet ik niet, maar de kogel lijkt uit een van jouw pistolen te zijn gekomen.'

'Dat is onmogelijk,' zei Bill. 'Mijn pistolen waren niet geladen, dat zijn ze nooit. Er zitten geen kogels in, alleen losse flodders.'

'Weet je dat zeker?' Ik speurde de straat af waar ik tante Pearl en Steven voor het laatst had gezien. Ze hadden een verhitte discussie over iets en waren zich schijnbaar onbewust van de tragedie die zich had afgespeeld. Ik draaide me terug naar Bill.

'Natuurlijk weet ik het zeker,' zei hij. 'Ik heb elk pistool zelf gecontroleerd voordat ik ze uitdeelde. Ik heb niet eens kogels.' Hij staarde me aan. 'Denk je dat ík iets te maken heb met het feit dat Dirk is neergeschoten? Waarom zou ik zoiets doen?'

Ik wuifde zijn woorden weg. Ik kon een hoop redenen bedenken, maar daar ging het niet om. 'Niemand beschuldigt jou. Ik meld gewoon de feiten. Dirk is neergeschoten.'

Arianne liep snel naar ons toe. Ze kwam abrupt voor Bill tot stilstand en wierp hem een boze blik toe. 'Je hebt ons geladen pistolen gegeven? We zouden allemaal wel dood kunnen zijn. Hoe kon je zo stom zijn?'

'Natuurlijk heb ik je geen geladen wapens gegeven. Wat denk je dat ik ben, een idioot? Die pistolen hadden alleen losse flodders.' Bill krabde aan zijn hoofd. 'Ik snap het niet.'

'Je hebt veel uit te leggen, Bill,' zei Arianne. 'Jij bent de enige die die pistolen heeft aangeraakt.'

'We weten niet of ze allemaal geladen waren. Er werd maar één kogel afgevuurd,' zei ik. Het was niet zeker of dat zo was, en het zou pas later kunnen worden geverifieerd, maar ik wilde niet dat iedereen in paniek zou raken en tot allerlei voorbarige conclusies zou komen.

Bill stak zijn handen bezwerend omhoog. 'Ze waren niet geladen, ik zweer het. Iemand heeft het pistool geladen nádat ik het had uitgedeeld.'

'Als iemand ermee geknoeid had, zouden we dat gezien hebben,' zei ik. 'Je deelde ze uit vlak voordat het filmen begon. Alle ogen waren op de set gericht.'

'Nou, iemand heeft er iets mee gedaan. Misschien had Pearl er iets mee te maken. Waar is zij?'

'Ze heeft de pistolen niet aangeraakt. Daar ben ik zeker van.' Bills wanhopige poging om de schuld op iemand anders af te schuiven irriteerde me. Ik kon het hem niet kwalijk nemen dat hij boos of radeloos was, of beide, maar dat was geen excuus om van tante Pearl een zondebok te maken voor zijn onzorgvuldigheid. Ik was blij dat ze zijn beschuldigingen niet had gehoord. Ze kon absoluut voor zichzelf zorgen, maar dat was nu juist waar ik bang voor was. Ik wilde haar geen excuses geven om iets in brand te steken.

Zijn gezicht werd rood van nauwelijks ingehouden woede. 'Je hebt vast even weggekeken.'

'Nee, ik heb haar de hele tijd gezien. Ga het haar zelf maar vragen. Misschien zag ze iets wat ik niet zag.' Ik knikte met mijn hoofd in de richting waarin ze was gelopen. 'Ze is nu aan de overkant van de straat aan het praten met Steven.'

Tante Pearl was ongetwijfeld aan het bedelen om Bills baan te krijgen, maar dat was nu zinloos. Zonder Dirk Diamond kon de film niet doorgaan. Bill was dus ook niet meer nodig. Een dode megaster betekende een dode film, althans wel op korte termijn.

Arianne stond te beven en smoorde haar gesnik in haar handen. 'Hoe heeft dit kunnen gebeuren? Dirk rende nog maar een minuut geleden springlevend rond. En nu is hij dood.'

De timing was eerlijk gezegd nogal verontrustend. Eerst Rose Lamont, Dirks vrouw en mede-ster, en nu Dirk zelf. Terwijl Rose zogenaamd was gestorven aan een hersenbloeding, leek het te toevallig – en ronduit vreemd – dat een echtpaar in de bloei van hun leven binnen een paar dagen van elkaar de dood vond. Was Dirks dood een tragisch ongeluk, of wilde iemand ze allebei dood hebben?

Een geladen pistool en echte kogels in plaats van losse flodders betekende dat iemand met de pistolen geknoeid had. Toch hield Bill vol dat hij ze allemaal had gecontroleerd en ik had hem de pistolen zien uitdelen. Afgezien van tientallen getuigen was de hele zaak ook nog eens op film vastgelegd. Het zou makkelijk moeten zijn om de beelden te bekijken en de schutter te identificeren.

Stel dat het een moord was, waarom zou je die daad dan plegen waar tientallen mensen bij stonden en waar er zelfs gefilmd werd? De moordenaar was óf extreem brutaal, óf ongelooflijk dom. Of... misschien probeerde hij een onschuldig persoon in de val te lokken.

Ik slikte de prop in mijn keel weg, in de hoop dat ik het bij het verkeerde eind had.

HOOFDSTUK 7

Ik pakte mijn telefoon en belde het nummer van Tyler. 'Kom naar de filmset, snel. Dirk Diamond is neergeschoten,' zei ik tegen hem.

Tientallen castleden stonden in verbijsterde stilte en in een brede cirkel rond het levenloze lichaam van Dirk Diamond. Het nieuws had zich snel verspreid onder de crew. Iedereen was teruggelopen naar de set, stomverbaasd over de enorme omvang van wat er zojuist was gebeurd. De realiteit was dat iemand de hoofdrolspeler had neergeschoten en daarbij ook nog eens elke hoop op toekomstige loonstrookjes had weggenomen. De kans dat Westwick Corners op korte termijn Hollywood-Noord zou worden was zojuist tot nul procent gereduceerd.

'Hier ben ik al.' Tylers stem weerklonk toen hij naar mij en Dirks levenloze lichaam toe liep, dat een paar meter verderop lag. Zijn uitdrukking was blanco, maar zijn mond was een dunne harde lijn. 'Amber vertelde me net wat er is gebeurd.'

'Tante Amber?' Ik fronste. 'Ik dacht dat ze de set al had verlaten toen het gebeurde.'

Tyler knikte met zijn hoofd naar de plek waar Amber stond. 'Ze zei dat ze hier was toen het gebeurde. Ze is naar het bureau gerend om me te halen.'

Ik volgde Tyler terwijl hij naar Dirks lichaam liep. Hij belde het forensisch team op zijn telefoon. Westwick Corners was te klein om zijn eigen forensisch en opsporingspersoneel te hebben, dus als sheriff moest hij vertrouwen op de CSI-eenheid in Shady Creek, een uurtje verderop. Tyler zou het in zijn eentje moeten redden tot er back-up arriveerde.

Ik was opgelucht maar verward toen ik tante Amber weer op de set zag staan. 'Ik was zo druk met het kijken naar de opnames dat ik haar niet heb gezien,' mompelde ik.

'Er moet veel zijn gebeurd tijdens het filmen,' zei Tyler. 'Vertel me eens wat er is gebeurd?'

Ik vertelde wat ik had gezien. 'Er was niets mis voor zover ik kon zien. De schietscène volgde het script, behalve dat Dirk Diamond niet meer opstond toen de opname klaar was.'

Bill kwam bij ons staan om Tylers aandacht te krijgen. 'Voor het geval dat iemand me gaat beschuldigen, ik was het niet. Ik heb Dirk niet vermoord.'

'Niemand heeft dat beweerd.' Tyler wreef aandachtig langs zijn kin. 'Waarom denk je dat?'

'Omdat iemand een van mijn wapens heeft gesaboteerd door het te laden met echte kogels.' Bill wreef over zijn halfkale hoofd. 'Ik weet niet hoe of wanneer het gebeurd is, maar ik word erin geluisd. Mijn wapens waren echt niet geladen.'

Tyler trok zijn wenkbrauwen op. 'Waar was je toen de schietpartij plaatsvond?'

Bill zag er schaapachtig uit. 'Ik stond een sigaret te roken. Maar pas nadat ik de pistolen had uitgedeeld. Ik controleerde persoonlijk elk pistool om er zeker van te zijn dat ze alleen losse flodders bevatten. Iemand moet daarna met ze geknoeid hebben.'

'Zijn er getuigen?' Tyler haalde een notitieblok uit zijn borstzakje. 'Wie had toegang tot de wapens?'

Bill keek zenuwachtig rond. 'Nou, eh... Pearl hielp me.'

'Ze heeft echter jouw wapens met geen vinger aangeraakt.' Ik staarde naar Bill, woedend over zijn insinuatie dat tante Pearl er op een of andere manier bij betrokken was. Ik was ook een beetje geërgerd dat ze net dit moment had gekozen om spoorloos te verdwijnen, waardoor ík haar moest verdedigen.

In feite was ik zo boos op Bill dat hij tante Pearl als zondebok gebruikte dat ik in de verleiding kwam om hem te betoveren. Maar het hem op die manier betaald zetten zou niet helpen. Ik kende in ieder geval alleen maar witte magie, dus een boze vloek was onmogelijk. Kende ik maar een waarheidsspreuk die ik over alle mensen hier kon uitspreken. Tante Pearl zou het weten als zoiets echt bestond.

Aan de andere kant was het onverantwoordelijk om te knoeien met wat waarschijnlijk een moordonderzoek was. Ik vroeg me af wie er een motief had. Hoewel zowat iedereen Dirk Diamond haatte, was hij de enige reden dat ze nog iets verdienden. Door zijn dood zouden mensen alleen maar voordeel verliezen.

Tenminste, de mensen die ik kende.

Ik focuste me opnieuw op Bill en Tyler. Hun discussie werd steeds heviger.

'Ik bedoelde alleen maar dat Pearl me in het algemeen hielp,' gaf Bill toe. 'Ik heb de pistolen bij de trailer gecheckt voordat ik ze hier op de set bracht. Ga je gang en doorzoek mijn trailer als je wilt. Je zult geen kogels vinden.'

'Dat zal ik doen,' zei Tyler. 'In de tussentijd ga je nergens heen. Ik heb een verklaring van je nodig als ik eenmaal de hele boel verkend heb.' Hij noemde het expres geen plaats delict, maar te oordelen naar zijn uitdrukking had hij al geconcludeerd dat Dirks dood geen ongeluk was.

'Uh-oh.' Ik keek naar de overkant van de straat en zag burgemeester Brayden Banks hard op ons afkomen. Hij leek niet op zijn plaats tussen de sjofel geklede crew. Zijn schoenen, broekspijpen en zelfs zijn donkere jasje hadden een beige laagje stof van de stoffige straat.

Het laatste wat onze burgemeester wilde was slechte publiciteit. Het op een na laatste wat hij wilde was dat Tyler Gates hier bleef werken als sheriff. Tyler en ik waren een paar maanden nadat ik mijn verloving met Brayden had verbroken gaan daten. In een kleine stad als de onze kon het niet veel pijnlijker worden.

'Cen.' Brayden knikte naar me voordat hij zich naar Tyler draaide. 'Zijn er al aanwijzingen, sheriff?'

Brayden viel in Westwick Corners ook zonder het filmen al behoorlijk op, maar zijn gelikte imago was dan ook zorgvuldig opgebouwd. Ik wist er alles van. Mijn ex-verloofde had altijd het gevoel gehad dat hij voor grotere dingen bestemd was dan Westwick Corners.

'Ik ben net begonnen,' zei Tyler. 'De CSI-mensen uit Shady Creek zijn onderweg.'

'Goed. Je hebt alle hulp nodig die je kunt krijgen.' Braydens minachtende toon was niet te missen door mij of Tyler. Hier burgemeester zijn was gewoon een opstapje op de ladder die leidde naar politieke grootsheid. Zo zag Brayden de wereld tenminste. Elk obstakel in zijn weg moest snel worden verwijderd.

Braydens blik verschoof naar Dirks levenloze lichaam en vervolgens naar de set. Hij zwaaide met zijn rechterarm in een vloeiende beweging. 'Ik wil dat al deze camera's worden weggehaald en iedereens mobiel in beslag wordt genomen. De pers zal hier als haviken bovenop duiken. Het laatste wat we nodig hebben is een mediacircus dat overal een sensatie van wil maken.' Burgemeester Banks wilde geen sensatie in Westwick Corners. Niet vanwege het imago van de stad, maar vanwege het zijne. En hij zou alles doen wat nodig was om een treedje omhoog te kunnen klimmen.

Tyler leek Braydens bevelen op te willen volgen, maar ik had bijna stoom uit mijn oren. Ik maakte óók deel uit van de pers. Ik wist niet wat erger was: dat Brayden vergat dat ik een journalist was of dat ik werd uitgescholden voor roofvogel.

Ik moest me er maar overheen zetten. Tyler had mijn hulp nodig om zijn baan te behouden. Brayden stond klaar om elke kans die hij had om Tyler te ontslaan aan te grijpen als het onderzoek niet snel werd afgerond.

Brayden keek de set rond om er zeker van te zijn dat niemand anders binnen gehoorsafstand was. 'Je hebt tot morgen om de moordenaar te vinden en te arresteren. Als je hem niet vindt, ben je ontslagen.'

HOOFDSTUK 8

$\mathcal{H}$et team uit Shady Creek kwam in recordtijd aan om de plaats delict te onderzoeken terwijl de lijkschouwer Dirks lichaam onderzocht. Terwijl de politie van Shady Creek hulp verleende aan het forensisch team, was Tyler de enige die daadwerkelijk op onderzoek uit kon gaan.

Moord of geen moord, onze kleine stad had gewoonweg niet het budget voor meer mensen, of ze nu werden ingehuurd of geleend uit Shady Creek. Het lag er deels aan dat we het ons gewoon niet konden veroorloven, maar het was vooral te wijten aan een duisterder reden. Brayden Banks stuurde erop aan dat Tyler hier zou mislukken en ik kon dat niet laten gebeuren.

Ik wendde me tot Tyler, die er na Braydens onredelijke verzoek verslagen uitzag. 'Je gaat toch niet echt iedereens telefoon in beslag nemen zoals Brayden heeft gevraagd, of wel soms? Ik weet dat hij dat wil, maar dat zal zeker een opstand veroorzaken. Ik denk dat het een averechtse uitwerking zal hebben en we juist daardoor slechte publiciteit zullen krijgen.'

Tyler schudde zijn hoofd. 'Het zal heel even de schijnwerpers op ons richten, maar ik moet voorkomen dat hij zich ermee gaat bemoeien.' Hij knipoogde naar me. 'Misschien kun je me een beetje "helpen"?'

'Natuurlijk.' Ik zou mijn magie nooit lichtzinnig gebruiken, maar als er ooit een gelegenheid was geweest om het te rechtvaardigen, was deze dat wel. Ik richtte mijn blik op mijn voormalige verloofde en bedacht me dat het niet vaak voorkwam dat ik twee keer op één dag een spreuk gebruikte. Ik keek rond om er zeker van te zijn dat niemand binnen gehoorsafstand was en richtte me daarna weer op Brayden.

Ik fluisterde de spreuk:

Mistige geest, mistige getallen
Vergeet je zorgen, slaap en sluimer...
Binnenkort word je wakker en weet je niet meer wat je wist,
Geen zorg in de wereld, geen problemen,
De laatste tien minuten allemaal gewist.

Het werkte op Brayden, net als eerder op tante Pearl. Ik voelde me trots en tegelijkertijd schuldig toen ik Brayden zag weglopen. Hij slenterde langzaam naar de overkant van de straat in de richting van het stadhuis en wreef over de zijkant van zijn hoofd.

'Goed gedaan, Cen.'

Ik sprong op door het geluid van tante Pearls stem. Ik had haar en Steven niet opgemerkt terwijl ze terug naar ons toe liepen. Als ik Stevens gezicht zo zag, was hij zich totaal niet bewust van wat er net met Dirk was gebeurd.

'Je lessen werpen hun vruchten af,' zei ze met een zachte stem. 'Misschien kun je toch een goede heks zijn.'

Ik greep haar arm toen ze voorbij liep. 'Ik moet met je praten. Dirk Diamond is écht dood.' Ik wees naar Dirks lichaam, dat nu bedekt was met een deken.

Tante Pearl draaide zich om en keek me aan. Haar gezicht was uitdrukkingsloos, dus ik kon niet zien of ze een grapje maakte of serieus was. 'Wat zien de mensen in hemelsnaam in die Dirk

Diamond? Hij overdrijft zoveel dat het niet eens echt lijkt. Zelfs zijn lichaamshouding is belabberd.'

'Hij zit niet op yogales, tante Pearl. En hoor je wel wat ik zeg?' zei ik. 'Dirk is echt dood.'

'Ik ben niet verbaasd, met die houding van hem.' Tante Pearl schudde haar hoofd. 'Deze film gaat zó floppen.'

'Wacht. Heb ik je goed gehoord? Dirk Diamond is dóód?' Stevens gezicht werd rood toen hij eerst naar mij keek en toen naar tante Pearl. 'Dat kan niet kloppen. We hebben net een scène geschoten.'

'Dat is precies het moment waarop het gebeurde. Een van de pistolen was geladen met echte munitie.' Ik vertelde hem wat ik wist.

Steven ging in gedachten de hele scène nog eens na. 'Dat is onmogelijk! Hij kan niet dood zijn.' Hij zag eruit alsof hij ter plekke ging flauwvallen. 'Dit verandert alles.'

Ik bedwong de neiging om weg te vluchten en tante Amber te vinden. Wat we net allemaal hadden zien gebeuren was óf een afschuwelijk ongeluk óf een moord. De volgende paar minuten waren cruciaal voor het verzamelen van bewijs en getuigenissen. Dat was een klusje voor Tyler en de politie van Shady Creek, maar ik moest op zijn minst iedereen tegenhouden zodat ze nergens heen konden.

Tante Pearl zag er zorgeloos uit. Ze wrong zich langs me heen en liep direct door naar Bill, die bij zijn dozen met rekwisieten en uitrusting rond bleef hangen.

Ik volgde haar en greep haar bij haar arm om haar tegen te houden, zodat ze Bill niet zou lastigvallen. 'Heb je tante Amber gezien?' Het kwam bij me op dat ik niet meer wist wat echt was en wat magisch. Ik wist dat tante Amber magie had gebruikt om de film in Westwick Corners op te laten nemen. Was ze verder gegaan dan dat?

Er was een kans, hoe klein ook, dat de schietpartij die Dirk had omgelegd niet echt was. Maar in mijn hart wist ik dat dat niet het geval was. Tante Amber hield zich altijd aan de regels en deed alles volgens het boekje. Tenminste, bijna altijd. Hoewel ze magie had gebruikt om de film naar de stad te halen, had ze zich niet met het lot bemoeid toen Steven haar ontsloeg. Ze had geen magie gebruikt om haar baan terug te krijgen, en ze zou zéker geen magie gebruiken om iemand te vermoorden.

En toch moest ik haar vinden. Misschien was er een manier om deze tragedie ongedaan te maken.

'De laatste keer dat ik Amber zag, was ze bij de trailers,' zei tante Pearl. 'Ik denk dat niemand nu nog langer werk heeft, niet alleen zij niet.'

Ik richtte mijn aandacht weer op de set. Er moesten bijna vijftig mensen rondlopen. De stemming was somber. Hoewel iedereen in shocktoestand verkeerde, leek niemand er kapot van, of zelfs maar verrast door de dood van Dirk. Dat leek me vreemd, want ze hadden allemaal jarenlang samen aan tal van films gewerkt.

'Hoe kan dit?' Het zweet brak Steven Scarabelli inmiddels uit.

'Ik kan het niet geloven. Hij is écht dood.' Rick Mazure schudde zijn hoofd toen hij bij ons kwam staan en naar Dirks lichaam staarde. 'In één klap weg. Wat doen we, Steven?'

'We komen er wel uit,' zei Steven, al zag hij er allesbehalve overtuigd uit.

Arianne was hysterisch aan het schreeuwen. 'Wat is er verdomme net gebeurd, Bill? Heb je je wapens niet gecontroleerd voordat je ze aan ons gaf? In dat pistool zat een echte kogel. Ieder van ons had geraakt kunnen worden.'

'Het kan niet een van mijn wapens zijn geweest,' zei Bill. 'Die hadden alleen losse flodders.'

'Ik weet niet wat we zonder Dirk gaan doen.' Rick schudde zijn hoofd. 'Ik kan hem moeilijk uit het script schrijven. Hij was de ster.'

'Er moet een manier zijn om dingen op een of andere manier te fixen. Misschien de film combineren met een aantal oude outtakes?' Arianne wendde zich tot Bill. 'Je hebt het deze keer echt verpest, Bill. Die wapens kwamen van jou en niemand anders. Hoe kon je nou niet weten dat een van de pistolen echt geladen was? Controleer je ze nooit voordat je ze uitdeelt?'

Tante Pearls mond viel open. 'Uh-oh,' mompelde ze.

Ik draaide me om en keek haar boos aan. 'Wat heb je nu weer gedaan?' Wat als het fatale schot een verkeerd afgelopen spreuk was geweest? Tante Pearl gaf geen fouten toe, zelfs niet voor zoiets tragisch als een schietpartij. Hekserij of niet, Bill werd waarschijnlijk ontslagen. Tante Pearl was ongetwijfeld op zijn baan aan het azen en dat was een ramp in wording.

Behalve dat er zonder Dirk geen film zou komen, dus hoe groot was de kans dat tante Pearl kreeg wat ze wilde?

Nul procent.

'Ik begrijp hier niets van. Ik heb de wapens wel degelijk gecontroleerd.' Bill keek boos naar tante Pearl, maar die bleef zwijgen. Hij leek hetzelfde te denken als ik: misschien had tante Pearl even haar aandacht laten verslappen terwijl ze de rekwisieten bewaakte. Of misschien had ze dit met opzet gedaan.

Bill begon te zweten en Arianne schuifelde naar een stoel die ergens op de set stond om te gaan zitten. Ze huilde zachtjes met haar hoofd in haar handen. Steven en Rick stonden samen een paar meter verderop. Rick stond met zijn rug naar me toe, maar ik kon aan Stevens paniekerige uitdrukking zien dat ze aan het discussiëren waren over wat er nu moest gebeuren.

De rest van de cast en de bemanning stond een paar meter verderop, ineengedoken met zachte stem te praten. Hun woorden dreven naar ons toe en ik hoorde hoe ze speculeerden over wat er zojuist was gebeurd en wat er hierna zou gebeuren.

Dirk Diamond was populair in de bioscoop, maar daarbuiten had hij blijkbaar meer vijanden dan vrienden. Maar alle aanwezigen waren voor hun levensonderhoud afhankelijk van Dirk, dus het had voor niemand hier zin om hem te vermoorden. Zijn sterrenstatus was de hoofdreden voor het succes van de film. Wat een snel gemaakt vervolg had moeten zijn, stond plotseling op losse schroeven. Zonder Dirk zou de film waarschijnlijk helemaal niet gemaakt worden. Als iemand op de set hem echt dood wilde, waarom zou die persoon dan niet wachten tot de film af was? Al was het maar omdat er dan veel minder getuigen zouden zijn geweest.

Tyler gebaarde naar de partytent die een half dozijn tafels in de buurt van de voedseltrailer tegen de zon beschermde. 'Iedereen moet van de set af. Ga daar maar uit de zon zitten. Cen, zorg ervoor dat niemand weggaat. Ik neem over een paar minuten iedereens verklaring op.'

Ik knikte, hoewel Steven de cast en de crew al in beweging had gebracht en ze hem volgden. Ze verzamelden zich aan de tafels en keken allemaal onze kant op. Inmiddels hadden de meeste mensen de ernst van de situatie ingezien. De andere mannen in de achtervolgingsscène zagen er verbijsterd uit, nadat ze zich hadden gerealiseerd dat ze zelf ook slachtoffers van het fatale schot hadden kunnen worden.

Ik bleef ervan overtuigd dat de kogel al die tijd bedoeld was voor Dirk. Maar hoe bewees ik zoiets?

Bill bleef op de set. 'Je kunt mij hier maar beter niet de schuld van geven. Mijn wapens hadden zeker weten allemaal losse flodders. Ik heb ze dubbel gecontroleerd voordat ik ze uitdeelde, zoals ik altijd doe.'

'Wat zeg je nou precies, Bill? Beweer je soms dat ik die pistolen heb geladen?' Tante Pearl stond uitdagend voor Bill met haar handen op haar heupen.

'Het is nog veel te vroeg om conclusies te trekken.' Tylers gezicht bleef uitdrukkingsloos toen hij het omhulsel van de kogel bestudeerde. 'Iemand had een geladen pistool. Of het was een van jouw wapens, Bill, of het was een pistool dat iemand anders de set op heeft gesmokkeld. Weet je zeker dat je ze allemaal hebt gecontroleerd?'

'Natuurlijk weet ik het zeker. Ik heb niet eens kogels.' Bill zwaaide met zijn hand naar zijn rekwisieten. 'Ga je gang en controleer al mijn spullen. De pistolen zitten in een koffer in die grote houten kist daar.'

'Dat ga ik zo doen.'

Bill ademde zichtbaar opgelucht uit. Hij keek verlangend naar de cateringwagen, waar iedereen zat te wachten. 'Goed. Ik ga een koffie halen.'

Tante Pearl wees naar Bill toen hij naar de cateringwagen toe liepen. 'Hij is heus niet zo goed in het bijhouden van zijn spullen, hoor.'

Bill draaide zich om. 'Ik heb alles gehoord wat je net zei. En jij zou zéker geen beschuldigingen moeten uiten, Pearl.'

Tyler stak zijn hand omhoog. 'Blijf in de buurt, Bill. Ik heb nog wat vragen over de wapens.'

'Barst maar los.' Tante Pearl keek Tyler aan. 'Ik kan je vragen prima beantwoorden. In tegenstelling tot Bill hier, was ik er de hele tijd bij.'

'Ik wilde Bill spreken. Ik kom later bij jou.' Tyler fronste en zijn normaal gesproken kalme uitdrukking was vervangen door een blik van frustratie. Hij had genoeg te doen zonder dat tante Pearl ook nog eens problemen veroorzaakte.

Ik staarde naar tante Pearl en trok mijn wenkbrauwen op. Ze was helemaal niet de hele tijd bij de rekwisieten geweest zoals ze beweerde. Ik had haar zien weglopen van de set, samen met Steven, vlak voordat de schoten afgingen. Het is duidelijk dat ze loog, al kon ik me niet meer precies herinneren wanneer ze was vertrokken.

Toen Bill weer terug was met een kop koffie, gebaarde Tyler dat we hem moesten volgen en we liepen naar de plek waar Bills spullen lagen. Tyler wees naar de houten kist. 'Die zit op slot. Heb je een sleutel?'

Ik ademde opgelucht uit. Het slot betekende in ieder geval dat tante Pearl er niet bij had gekund. Tenzij ze een bovennatuurlijke inbraak had gepleegd, maar waarom zou ze? Ze had geen enkel motief om een filmster te doden die ze nooit had ontmoet.

Bill knikte. Hij trok een sleutelhanger uit zijn voorzak en gaf die aan Tyler.

Tyler ontgrendelde de kist met een gehandschoende hand. Hij opende hem en tuurde naar binnen. Hij haalde een kleinere koffer tevoorschijn. Die was ook op slot.

'Probeer die kleine gouden sleutel aan de sleutelhanger,' zei Bill.

Tyler ontgrendelde de doos en keek wat erin zat. De binnenkant van de koffer was van rood fluweel en er zaten zes pistoolvormige mallen in. 'Er is plek voor zes pistolen, maar er zitten er maar vijf in.'

'Dat was al zo toen ik de wapens uitdeelde,' zei Bill. 'Een van mijn pistolen zat er niet meer in.'

'Dat had je weleens eerder mogen zeggen.' Tyler koos een pistool uit de koffer, draaide het wapen in zijn hand om en bestudeerde het. Hij opende het magazijn en keek wat erin zat. Hij herhaalde de stappen met elk pistool. 'Net zoals je zei. Deze geweren zijn allemaal geladen met losse flodders.'

Bill ademde zichtbaar opgelucht uit. 'Iemand anders heeft dus zijn eigen pistool meegenomen. Of die van mij eerder gepikt.'

'Wie heeft er een sleutel van deze koffer?' vroeg Tyler.

'Alleen ik en Steven. Zijn sleutel is alleen voor het geval ik de mijne verlies.' Bill knikte naar de cateringwagen waar Steven met de anderen stond.

'Zou me niets verbazen als jij je sleutel verloor,' mopperde tante Pearl. 'Je kunt niets bijhouden, geen wapens of sleutels of wat dan ook.'

'Laten we niet afdwalen,' zei ik streng. Tante Pearl kon het hele onderzoek dwarsbomen en daar hadden we geen tijd voor.

Bill vloekte binnensmonds. 'Jíj werd verondersteld alles in de gaten te houden, Pearl. Het is net zo goed jouw schuld als die van mij.'

Ik trok tante Pearl naar me toe, net toen ze haar mond opende om te reageren. 'Nu is niet het moment voor een ruzie, tante Pearl. Laat hem het laatste woord hebben.'

Ze rukte haar arm los uit de mijne en schudde met haar vuist naar Bill. 'Ik ga niet jaren de nor in voor de fout van díé man daar.'

'Niemand gaat naar de gevangenis.'

Maar was dat wel zo? Het was net alsof ik een fractie van een seconde vóór de inslag van een enorme kettingbotsing stond toe te kijken. Ik wist dat een ramp op het punt stond te gebeuren en ik kon het niet verhinderen. Behalve dat ik dat misschien wél kon, aangezien ik een heks was. Zo machteloos was ik dus niet.

HOOFDSTUK 9

l die mensen die ronddwaalden, dingen aanraakten en chaos veroorzaakten maakten me een beetje ongemakkelijk. Tyler kon onmogelijk alles controleren, zelfs niet met mijn hulp. Dus ik deed wat elke vriendin in paniek zou doen: ik nam het voortouw.

Door de omstandigheden had ik geen andere keuze dan iedereen in de tijd te laten stilstaan.

Ik kneep mijn ogen dicht en sprak de woorden die ik me herinnerde van het lezen van *Pearls of Wisdom*, het gigantische spreukenboek van tante Pearl. Ik betreurde het op dit moment ten zeerste dat ik er recentelijk niet meer in had gekeken en hoopte maar dat ik het niet erger zou maken dan het al was.

Mijn gebrek aan vertrouwen in mijn tovervaardigheden had al eens wat mini-rampen veroorzaakt met verkeerd afgelopen spreuken, vooral door mijn neiging om de dingen te zwaar te overpeinzen. In feite deed ik het 't beste onder druk, in situaties als deze waar ik meteen moest ingrijpen. Ik had gewoonweg geen tijd om aan mezelf te twijfelen, hoewel het misschien roekeloos leek om mijn bovennatuurlijke krachten te gebruiken zonder er al te lang over na te denken.

Ik opende langzaam mijn ogen, angstig en hoopvol tegelijkertijd.

Wat zou er gebeuren als ik een woord verkeerd had uitgesproken? Tot mijn verbazing had de betovering gewerkt!

Iedereen inclusief tante Pearl was bevroren. Het gebruik van hekserij was een laatste redmiddel, maar ik vond het in dit geval gerechtvaardigd. Ik moest ervoor zorgen dat Bill en tante Pearl stopten met kibbelen, zodat we het onderzoek goed op poten konden zetten.

Ik had meer spreuken in één dag uitgesproken dan in het hele jaar ervoor en het was nog niet eens middag. Als we niet zo'n tragedie hadden gehad, had ik misschien even kunnen pauzeren om mijn bovennatuurlijke prestatie te vieren.

Maar er was geen tijd voor feesten, realiseerde ik me vol afschuw. Tante Pearl ontwaakte alweer uit mijn betovering. Het was niet zo effectief op haar geweest als op alle anderen.

Ze wreef over haar hoofd en keek verward, alsof ze net wakker was geworden op een vreemde plek. Haar ogen ontmoetten de mijne. 'Wat is er verdorie aan de hand? Heb je soms net...'

'Getoverd? Ja. Sorry, maar je liet me geen keus.' Ik keek rond, dankbaar dat de andere vijftigtal mensen om ons heen op hun plaats bleven staan. Toverspreuken werkten anders op ieder individu, en op een of andere manier had tante Pearl een tolerantie opgebouwd. Waarschijnlijk door tante Amber die in hun jeugd constant op haar had geoefend.

Tante Pearl grimaste alsof ze net iets zuurs had geproefd. 'Ik denk dat je toch iets van mij hebt opgestoken.'

Nu volledig alert klapte ze in haar handen van vreugde toen ze het schouwspel van alle mensen zag die bevroren waren in de tijd. 'Goed gedaan, Cen! Zie je wat er mogelijk is als je je best maar doet?'

'Laten we één ding duidelijk stellen. Je moet dat conflict met Bill laten gaan, oké? Laat de sheriff zijn onderzoek doen en je wordt vrijgesproken. Het is niet nodig om ruzie te maken.'

'Sheriff Gates? Tante Pearl snoof. 'Hij haat me. Ik sta op het punt om er ingeluisd te worden, dus ik moet mezelf verdedigen.'

Ik keek naar Tyler, die roerloos naast Bill stond. 'Dit draait niet om jou, tante Pearl. Werk eens mee, alsjeblieft. Voor het welzijn van de stad.' Vanuit mijn ooghoek zag ik beweging. Een paar mensen waren begonnen met bewegen, waaronder Bill. De betovering was verbroken.

Bill schudde zijn hoofd en keek in verwarring rond voordat hij zich naar Pearl draaide. 'Oh ja... en nog één beschuldiging uit jouw mond en ik laat je van de set halen.'

'Oh ja?' Tante Pearl stond maar een halve meter van Bill vandaan, met haar handen op haar benige heupen.

Ik staarde naar haar. 'Tante Pearl, we hebben hier geen tijd voor.'

'Oké, nu ben ik het zat.' Bills gezicht werd rood. 'Je bent ontslagen. En nu wegwezen.'

Tante Pearl mompelde binnensmonds: 'Steven heeft me anders ingehuurd. Jij hebt geen zeggenschap over...'

'Stop ermee, allebei.' Ik ontplofte. 'Niemand gaat ergens heen totdat de sheriff het zegt!' Ik voelde alle ogen op me gericht en realiseerde me dat iedereen weer bij bewustzijn was.

Tyler keek naar ons met een verwarde uitdrukking op zijn gezicht. 'Heb ik iets gemist? Ik dacht dat we het over de wapens hadden.'

Ik wendde me tot hem en haalde mijn schouders op. 'We waren een beetje op een zijspoor beland.'

Maar Tyler luisterde niet. Hij plaatste de kleinere koffer op de werkbank van Bill, leunde daarna voorover en haalde iets uit de rekwisietenkist. 'Wacht eens even. Er zit nog iets anders in de bodem van de kist. Waarom zat dit pistool niet in de koffer?' Hij ging recht staan met een pistool in zijn hand dat identiek was aan de andere.

Bill fronste. 'Hé, dat is mijn vermiste pistool. Hoe is dat in de kist beland? Het was er daarnet zeker niet.'

'Weet je dat zeker?' Tyler fronste. 'Ik maak me nog steeds zorgen over waarom je het vermiste pistool niet eens vermeldde, de eerste keer dat ik het vroeg.'

'Ik dacht niet dat het een groot probleem was, omdat iedereen weleens spullen uit mijn kist haalt. Ik durf te wedden dat iemand ook een kopie van mijn sleutels heeft. Mijn rekwisieten raken altijd vermist, dus een vermist pistool was geen verrassing voor me. Het is soms onmogelijk om mijn werk te doen.' Bill schudde zijn hoofd toen hij naar het pistool gebaarde. 'Laat me dat ding eens zien.'

Tyler hield het net buiten bereik. 'Kijken doe je niet met je handen. Ik wil geen enkel bewijsstuk laten verpesten.'

Bill liet zijn hand zakken en gluurde naar het pistool. 'Dat is inderdaad mijn pistool. Mijn gravure staat op de loop. Ik snap nog steeds niet hoe iemand kans heeft gezien om het terug te leggen.' Hij was zichtbaar aan het zweten en was wat bleek.

'Misschien heb je het in de kist laten vallen en ben je het vergeten.' Tyler rook aan de loop. 'Het probleem is... het is duidelijk onlangs afgevuurd.'

Bill krabde aan zijn hoofd. 'Dat is onmogelijk. Ik heb de grotere kist eerder vandaag geleegd toen ik het vermiste pistool zocht. Er zaten zeker geen wapens in, want ik heb het dubbel gecontroleerd. Het zat ook niet in de pistoolkoffer in mijn trailer, dus iemand moet het meegenomen hebben voordat het filmen begon.'

'Misschien heb je het toch gemist.' Tylers ogen vernauwden zich. 'Waar was je toen de schoten werden afgevuurd?'

'Hier,' antwoordde Bill. 'Ik had net de wapens uitgedeeld en de koffer in mijn rekwisietenkist gestopt.'

'Je bent er zeker van dat je de kist niet onbeheerd hebt achtergelaten? Zelfs niet voor een minuut?'

'Nou ... alleen vijf minuten toen ik wegliep om een sigaret te roken. Maar Pearl was hier de hele tijd. Toch, Pearl?'

Tante Pearl knikte. 'Ik heb de rekwisieten niet uit het oog verloren. En ik heb zeker niemand zien rondsnuffelen.'

Bill gebaarde naar de cateringwagen even verderop. 'Ik moet met Steven praten. Kom me maar halen als je me nodig hebt.'

Tyler, tante Pearl en ik keken in stilte toe terwijl hij wegliep.

Tyler wendde zich tot tante Pearl. 'Heb je iets ongewoons gezien of gehoord tijdens het filmen, Pearl? Iemand die op de set was en niet bij de acteurs hoorde, of iets anders?'

'Nee. Behalve dat Steven bij de rekwisieten rondhing.' Ze fronste. 'Hij leek te wachten tot ik wegging of zoiets. Hij was nerveus.'

'Wat?' Tyler haalde zijn notitieblok tevoorschijn. 'Wanneer was Steven hier precies?'

'Terwijl ze de scène aan het filmen waren.' Tante Pearl keek me aan. 'Cen was hier ook.'

'Ik heb Steven helemaal niet in de buurt gezien. Toen ik hem zag, was hij dáár bezig.' Ik wees naar de plek waar Steven en tante Amber net hadden gestaan. 'Hij en Amber hadden net voor de schietpartij ruzie.'

'Waren ze daar nog steeds toen de schoten afgingen?' vroeg Tyler.

Ik knikte, maar schudde toen mijn hoofd. 'Ik weet het eigenlijk niet zeker. Ik zag zeker tante Amber de set verlaten. Wat Steven betreft... ik heb hem niet de hele tijd in de gaten gehouden. Ik herinner me niet dat ik hem daarna zag weglopen, toen ik hem met tante Pearl zag staan. Ik blikte naar mijn tante naast me voor bevesti-ging. 'Ze liepen naar de overkant van de straat.'

Tante Pearl knikte. 'Vlak nadat Steven hiernaartoe kwam, waar Cen en ik bij de rekwisieten stonden.'

'Ik herinner me dat helemaal niet.' Ik schudde mijn hoofd. 'Ik zag jou alleen maar naast me staan. Ik weet zeker dat ik Steven in de buurt zou hebben gezien als hij er was geweest. Ik zag zéker niemand de kist openen of op slot doen.' Tante Pearls claim klopte niet met wat ik me herinnerde. Had ze zich gewoon vergist, of probeerde ze Tyler opzet-telijk op een dood spoor te zetten?

Tante Pearl leek mijn gedachten te lezen toen ze haar wijsvinger op mij richtte. 'Je had het te druk met het kijken naar de opname. Je moet op zijn minst de schutter hebben gezien. Of had je het te druk met dagdromen over dat vriendje van je?'

Een lichte glimlach verscheen om Tylers lippen. 'Laten we daar op terugkomen. Kun je de filmscène voor me naspelen, Cen? Wie stond er tegenover Dirk?'

'Ik weet het niet... alles gebeurde zo snel. Er was een stofwolk, en er waren gewoon te veel mensen in de scène om echt iets te zien,' zei ik. 'Misschien komt er op de filmbeelden iets te voorschijn.'

'Goed idee,' zei Tyler. 'We zullen het controleren.'

'Ga je Steven niet arresteren?' mopperde tante Pearl. 'Of Bill? Ik denk dat ze met elkaar in de clinch liggen.'

Tante Pearl had zo'n hekel aan sheriff Tyler Gates dat ze hem constant in verwarring probeerde te brengen. Misschien was dat wat ze nu aan het doen was. Maar nu was niet de tijd of de plek om moeilijkheden te veroorzaken. Een man was zojuist gestorven en zijn moordenaar was nog op vrije voeten.

'Dat lijkt me een beetje voorbarig. Ik ben nog steeds bezig met het verzamelen van bewijs.' Tyler draaide zich naar mij toe. 'Wat heb je nog meer gezien?'

Ik keek naar de tafels bij de cateringwagen en zag Steven in de menigte staan. Hij praatte met een paar cameramannen, maar hield ons in de gaten.

Ik vertelde wat ik zag. 'Ik keek naar de opname, maar ik werd afgeleid door Steven en tante Amber die ruzie maakten over de set.' Ik zwaaide met mijn hand in de algemene richting van waar ze hadden gestaan. 'Ik hoorde de schoten, maar dacht er niet over na, totdat Dirk niet meer opstond. Ik nam gewoon aan dat het pistoolvuur deel uitmaakte van de film.'

'Hoeveel schoten zijn er afgevuurd?' vroeg Tyler.

'Ik weet het niet meer... misschien iets meer dan tien?' Mijn gezicht werd rood bij de gedachte dat er een man vlak voor mijn neus was gestorven en ik me de meest simpele details niet eens meer kon herinneren. 'Maakt het uit? Ik bedoel, het waren bijna allemaal losse flodders.'

Ik sprong op van een zachte, vrouwelijke stem naast me.

'Mag ik nu terug naar mijn trailer?' Mascara liep in strepen over Arianne Duvals wangen. Ze rilde onbeheerst, ondanks het warme weer.

'Ik moet je alleen een paar vragen stellen voordat je gaat,' zei Tyler. 'Is je iets ongewoons opgevallen aan de opname?'

Arianne schudde haar hoofd. 'Niet op de set. Maar Bill heeft me nooit mijn pistool gegeven, zoals hij had moeten doen. Ik moest het zelf op het allerlaatste moment komen halen.'

Tyler trok zijn wenkbrauwen op. 'Waar heb je het uit gehaald?'

'De rekwisietenkist.' Ze liet haar stem zakken. 'Bill is zó onbetrouwbaar. Hij gaat altijd stiekem weg om te roken en ik had geen zin om te gaan staan wachten alleen maar omdat er niemand was. Ik moest zelf de kist in duiken.'

'De kist was niet op slot?' Tyler fronste.

Arianne knikte. 'Dat is wel vaker zo.'

Bill, die een paar seconden eerder was teruggekeerd, vloekte binnensmonds toen hij Ariannes woorden hoorde.

Ik keek gealarmeerd naar tante Pearl. Iemand vertelde hier niet de waarheid. 'Tante Pearl, weet je zéker dat je hier de hele tijd bent geweest?'

Tante Pearl rolde haar ogen. 'Oké, misschien ben ik heel even weggeweest. Bill belde me vanuit de trailer. Hij zei dat ik een zadel moest halen dat hij ergens op de set was vergeten.'

Dat moest zijn gebeurd voor ik op kwam dagen. En toch had ik Bill de wapens zien uitdelen. Ik wendde me tot Arianne. 'Wanneer heb jij je pistool gepakt?'

Arianne staarde Bill aan. 'Het was ongeveer een minuut voordat we begonnen met filmen. Ik realiseerde me dat alle anderen hun pistolen hadden, behalve ik, dus ik moest hier snel naartoe rennen en binnen een minuut weer op de set staan. Ik dacht dat Bill de mijne was vergeten, zoals gewoonlijk.'

Bill schudde zijn hoofd. Als het Arianne al opviel, liet ze het niet merken. 'Ik pakte het pistool uit de kist en ging op mijn plaats staan, toen hebben we de scène opgenomen.' Haar mond viel open. 'Wacht even. Heb ík de kogel die Dirk doodde afgevuurd?'

Tyler gaf geen antwoord. In plaats daarvan wendde hij zich tot Bill. 'Is dat waar? Je rekwisietenkist was dus gewoon open?'

'Als dat zo was, dan is het niet mijn fout, het zijn die verdomde scripten die steeds herschreven moesten worden. Elke keer als ik me omdraai, wil Dirk weer iets anders. Het zijn ook nooit kleine veranderingen, hè? Niet alleen wilde hij het messengevecht veranderen naar een vuurgevecht, maar het nieuwe script had ook nog eens een paard. Kun je dat geloven? Een páárd? Ik moest een zadel uit 1900 en een paard vinden voor de volgende scène zou worden geschoten. Ik kan niet op twee plekken tegelijk zijn. Het is hier totale chaos. En toch krijg ík steeds de schuld van alles wat hier fout gaat.'

'Geef niet iedereen de schuld, Bill.' Arianne schudde met haar vuist naar hem. 'Alles wat je hoeft te doet is rekwisieten regelen. Hoe moeilijk kan het zijn?'

Bill rolde met zijn ogen. 'Tegen de tijd dat ik het vermiste pistool ontdekte, was er geen tijd meer om iets voor jou te regelen. Ik dacht gewoon dat niemand het zou merken met alle andere actie in de scène.'

Arianne keek boos. 'En je nam gewoon aan dat ik minder belangrijk was dan alle anderen?'

Bill negeerde haar. 'Dirk kennende zou er waarschijnlijk toch weer een scriptwijziging komen. Ik begrijp gewoon niet hoe het zesde pistool terug in de kist kan zijn gestopt zonder dat iemand het merkte.'

Tylers ogen waren op de mijne gericht.

Hij dacht hetzelfde als ik. Bill, Arianne, tante Pearl, of misschien wel alle drie, stonden te liegen.

De filmopname en het financiële fortuin dat ermee gepaard ging, stonden op het punt om tot stilstand te komen. En niets kon dat drama een halt toeroepen behalve de waarheid.

HOOFDSTUK 10

yler had mijn hulp nodig, of hij het nu snapte of niet. Het was bijna zeker dat er hekserij in het spel was bij deze moord. En ik maakte me zorgen dat tante Pearl op een of andere manier toch met de wapens had geknoeid. Onbedoeld of niet, het had zeer reële gevolgen. Wat als haar acties het spoor naar de echte moordenaar hadden uitgewist?

Of erger nog... wat als haar streken Dirks dood in feite hadden veroorzaakt?

Ik keek naar Tyler, die momenteel tegenover een van de cameramannen zat: een grijsharige, zwaargebouwde man van in de vijftig. Elke ondervraging leek alleen maar de discrepantie tussen de verhalen over de pistolen te benadrukken. In plaats van nieuwe aanwijzingen op te leveren, leken alle getuigenissen terug te gaan naar Bill, tante Pearl en hun tegenstrijdige verslagen. We kwamen geen steek vooruit.

Ik spitste mijn oren en ving wat dingen op toen de man de momenten voor de schietpartij beschreef terwijl Tyler aantekeningen maakte. Hij had het grootste deel van de cast en de crew inmiddels ondervraagd en er waren nog maar een paar castleden over om ooggetuigenverslagen te geven.

Het gebied buiten de bank waar Dirk was neergeschoten, was nu afgezet met gele politietape. Arianne had toestemming gekregen om terug te gaan naar haar trailer. Tylers ondervraging en verschillende ooggetuigenverslagen hadden haar ter plaatse, maar wel áchter Dirk geplaatst. Door het traject van de kogel kon ze hem onmogelijk in zijn borstkas hebben geschoten. Hoewel niemand volledig was uitgesloten, hadden meerdere ooggetuigenverslagen bevestigd waar Arianne had gestaan. De dodelijke kogel kon niet door haar pistool afgevuurd zijn.

Tante Pearls stem kwam een paar meter verderop boven alles uit vanaf de plek waar ze stond. 'Waarom heb je niemand verteld over het vermiste pistool, Bill? Dat maakt jou volgens mij tamelijk verdacht. Misschien heb je Dirk vermoord en verberg je je achter je eigen onhandigheid.'

'Niemand heeft jou iets gevraagd,' snauwde Bill.

'Nou, het is de hoogste tijd dat iemand dat wél doet.' Tante Pearl snoof. 'Als je het mij vraagt, verspilt sheriff Gates kostbare tijd. Je zei zelf dat je Dirk Diamond niet kon uitstaan. Maar dat heb je de sheriff niet verteld. Verberg je iets, Bill?'

'Oh, doe niet zo belachelijk. Ik geef toe dat ik Dirk haatte, vooral de manier waarop hij Steven op zijn kop zat. Maar hem vermoorden is als het doden van de gans met de gouden eieren. Nu zitten we allemaal zonder werk.' Hij hief zijn handen in de lucht. 'Ik ben geen uitzondering, we haatten hem allemaal. Maar geen ster betekent geen film.'

'Ik wed dat ik wel wat nieuw talent kan vinden. Een onbekende acteur die niet van die belachelijke eisen stelt,' zei tante Pearl. 'Al zou je hem wel wat extra moeten betalen om aan deze film te werken. Kijk naar hoe gevaarlijk het hier is op de set.'

Nou, daar waren tante Pearl en ik het in elk geval over eens. Zowel de dood van Rose Lamont als die van Dirk Diamond waren op zijn zachtst gezegd verdacht.

Bill snoof. 'Deze hele shoot is zo ongeorganiseerd als wat. Eerst hebben ze op het laatste moment de locatie veranderd en dan wordt het hele script weer herschreven. Ik heb het nooit over dat vermiste pistool gehad, omdat de acteurs hier altijd boven de wet lijken te staan. Zij doen wat ze willen en komen nooit in de problemen. Niemand volgt hier óóit de regels.'

Het viel me op dat niemand echt had verklaard waarom de locatie was veranderd van Hollywood naar Westwick Corners. Hoewel ik betwijfelde of die beslissing meespeelde in de moorden, was het wel een stuk makkelijker om weg te komen met moord in een kleine stad als de onze.

'Een steekpartij in een vuurgevecht veranderen lijkt me wel een grote verandering in het script. Zijn die herschrijvingen meestal zo ingrijpend?' vroeg ik.

Bill liet een grom van frustratie horen. 'Dirk herschrijft de hele tijd dingen. Maar als ik klaag, krijg ik de schuld. Ik maak er nooit een punt van, want ik heb al mijn gunsten in deze *business* opgebruikt en ik kan het me niet veroorloven om ontslagen te worden. Steven is mijn laatste kans op een baan. Hij is de enige die me wil aannemen.'

'Ik snap waarom hij je laatste kans is,' zei tante Pearl minzaam. 'Steven heeft een goed hart. Niemand anders zou het lang met jou uithouden. Je sluipt altijd weg tijdens je werk.'

'Ik ging een sigaret roken, oké? Meer van dat soort opmerkingen en ik laat je écht ontslaan. Ik verleen alleen maar een gunst aan Steven door het met jou uit te houden.'

Tante Pearl snoof. 'Meer dat ik jou een gunst doe. Ik durf te wedden dat ik het veel beter kan.'

Dat viel te betwijfelen, omdat tante Amber dit baantje voor tante Pearl had geregeld via Steven. In het onwaarschijnlijke geval dat het filmen zou worden hervat, vermoedde ik dat tante Pearl haar baan zou verliezen, omdat tante Amber niet meer met Steven praatte sinds ze zelf was ontslagen.

Bill hield zijn handpalmen naar voren, alsof hij tante Pearl wilde afweren. 'Denk er niet eens aan, of ik zorg ervoor dat je er spijt van krijgt.'

'Bedreig je me soms?' Tante Pearl ging uitdagend voor hem staan.

'Tante Pearl, stop ermee.'

'Reken maar dat ik je bedreig.' Bill schudde met zijn vuist naar tante Pearl. 'En nou wegwezen, voordat ik een van die pistolen op jóú richt en afvuur.'

Plotseling schoot er een vlammenmuur van drie meter voor ons op. Ik beschermde mijn ogen tegen het verblindende licht terwijl hitte mijn huid schroeide. Ik struikelde achterover.

'Wat is dit verdomme...' Bill deinsde achteruit voor de vlammen. 'Je bent nog erger dan ik dacht. Je jaagt ons allemaal de dood nog in.'

'Je zei "vuur". Ik volg gewoon de instructies op.' Tante Pearl fladderde met haar wimpers. 'Je moet wat specifieker zijn, hoor.'

Bill stormde op tante Pearl af, zijn gezicht dieprood van woede.

Ik blokkeerde hem net op tijd. 'Kappen allebei en help me het vuur te blussen.' Het zweet stroomde over mijn gezicht van de hitte. Ik pakte de houten kist met de rekwisieten en trok hem weg van de vlammen. 'Dit is geen tijd voor trucjes, tante Pearl. Je *special effects-*dagen zijn officieel voorbij.'

'Maar ik ben er echt goed in.' Ze pruilde.

'Doof die vlammen, nú.' Ik kon de spreuk van een andere heks niet ongedaan maken. Ik kon er wel zelf eentje uitspreken, maar in het heetst van de strijd kreeg ik altijd last van black-outs.

'Wil je dat ik hekserij gebruik?'

Voordat ik kon antwoorden, kwam Tyler met een van de grote waterkoelerflessen aangelopen en dumpte de inhoud over de vlammen heen. We barstten allemaal uit in een hoestbui door de rook die vrijkwam toen het vuur werd geblust.

'Bedankt,' zei Bill.

Tyler schudde gewoon zijn hoofd en keerde terug naar de man die hij aan het ondervragen was.

Tante Pearl was ons eigen graf aan het graven. Ik hoopte maar dat Brayden de vlammen niet had opgemerkt vanuit zijn stadhuiskantoor aan de overkant van de straat. Steven Scarabelli had waarschijnlijk spijt dat hij ooit voet in onze stad heeft gezet en nu zou hij nooit meer terugkomen.

'Ga je gang en doe wat je wilt, Bill. Het kan me niet schelen dat je me ontslagen hebt,' zei tante Pearl. 'Ik begin mijn eigen special effectsbedrijf én ik zorg ervoor dat je nooit meer in deze stad aan een baan komt.'

'Mij best.' Bill snoof. 'Alsof ik überhaupt nog in dit gat wil werken. Maar voordat ik hier weg ben, zal ik ervoor zorgen dat je naam slecht te boek zal staan. Niemand in de filmindustrie zal ooit nog met je willen werken. Dat garandeer ik je.'

'Je kunt maar beter je kamerdeur op slot doen vanavond.' Tante Pearl grijnsde sluw. 'Aan de andere kant: doe geen moeite. Ik heb namelijk een sleutel van je kamer. Niet dat ik sleutels nodig heb om ergens in te komen.'

'Wat bedoel je daar nou weer mee? Bills gezicht werd rood. 'Jij bent degene die met mijn rekwisieten heeft geknoeid, hè? Ik wíst het!'

'Tante Pearl, houd je mond!' Ik trok haar weg en schreeuw-fluisterde: 'Besef je wel dat je jezelf beschuldigt van moord?' Tante Pearls sleutels afpakken was niet genoeg om Bill veilig in het hotel te laten slapen. Ik moest haar op een of andere manier afleiden zodat ze haar vete met hem vergat. 'Ik heb je hulp nodig.'

Haar onderlip stak uit in een pruillip. 'Mensen zeggen altijd dat ze mijn hulp willen, maar dan blijkt het gewoon saai te zijn. Amber heeft me met opzet bij Bill gezet, gewoon om van me af te zijn.'

'Dat is precies waarom ik je nodig heb. Om haar lastig te vallen. Ik wil dat je met tante Amber praat en uitzoekt wat voor soort spreuken ze gebruikt heeft om de film hier te laten plaatsvinden.' Ik keek naar Tyler. Hij zou de hulp van mijn familie niet willen omdat mijn tantes overal een puinhoop van maakten. Maar als we niet hielpen met onze hekserij, zou dat hem een nog groter probleem bezorgen met burgemeester Brayden Banks.

'Waarom al die moeite? Je hebt de dader al.' Tante Pearl wees naar Bill. 'We weten dat Bill zo schuldig is als wat. Hij is te onbekwaam om zijn sporen uit te wissen en weg te komen met moord.'

Bill, die inmiddels buiten gehoorsafstand was, leek nog steeds het onderwerp van ons gesprek mee te krijgen. Hij stak een middelvinger naar tante Pearl op.

'Het is waar dat Bill een waardeloze leugenaar is en niet erg goed in zijn werk. Zijn verhaal is verdacht, maar dat is alles wat het is: verdacht. Het is geen schuldbekentenis. Laat dat deel maar aan mij over. Ik heb je expertise nodig voor iets anders. Waarom heeft tante Amber *High Noon Heist in* de eerste plaats naar Westwick Corners gebracht?'

'Je wilt dat ik mijn eigen zusje onder de loep neem? Ik ben Sherlock Holmes niet, weet je. Of Sabrina the "Elderly Witch".' Tante Pearl maakte aanhalingstekens met haar vingers in de lucht.

'Wil je dat iemand anders het doet, dan?'

Tante Pearl schudde haar hoofd langzaam toen het besef doordrong dat er weleens meer achter kon zitten. 'Ik betwijfel of hekserij Dirk vermoord heeft. Maar zelfs als Amber iets heeft uitgehaald, weet ik dat ze nooit de bedoeling had om iemand te vermoorden.'

'Ik weet niet wat er is gebeurd en wie de schuld heeft, maar ik weet dat een toverspreuk de filmlocatie hiernaartoe heeft verplaatst. We moeten uitzoeken wat echt is en wat verzonnen, anders kan het onderzoek de verkeerde kant op gaan.'

'Je bedoelt dat sheriff Gates de verkeerde kant op kan gaan.' Tante Pearl grijnsde. 'De sheriff zou de moordenaar nog niet herkennen als die hem in zijn gezicht sloeg. Waarom zou ik hem helpen?'

'Doe het dan voor mij, tante Pearl.' Ik kneep iets harder in haar arm dan nodig was. 'En haast je. Er is geen tijd te verliezen.'

Ik hoopte maar dat het niet allang te laat was.

HOOFDSTUK 11

yler en ik zagen tante Pearl weglopen, op zoek naar tante Amber. Ze was nog maar net vertrokken toen Brayden Banks naar ons toe stormde met een kwade uitdrukking op zijn gezicht.

'Oh jee.' Tyler keek me gekweld aan. 'Nu zitten we in de problemen.'

Ik knikte beleefd naar Brayden, maar hij ontweek mijn blik. Het was al maanden geleden dat we uit elkaar gingen, maar het bleef lastig in een kleine stad. We kwamen elkaar constant tegen, hoe erg we ook probeerden elkaar te vermijden. En er was geen ontkomen aan het feit dat mijn nieuwe vriendje in feite Braydens ondergeschikte was. Als het moeilijk was voor mij, moest het vast nog erger zijn voor Tyler.

Brayden speurde de set af alvorens Tyler scherp aan te kijken. 'Het opsporen van Dirk Diamonds moordenaar is onze topprioriteit. Laat al het andere werk maar zitten en concentreer je op dit en níéts anders. We moeten het het liefste al gisteren opgelost hebben.'

'Ik ben ermee bezig,' zei Tyler.

Brayden schudde langzaam zijn hoofd, als een vader die teleurgesteld is in een onverantwoordelijke zoon. 'Ik zie hier anders helemaal niet veel gebeuren. Je weet niet eens waar je moet beginnen, of wel?'

'Nou, in feite hebben we best een paar goede aanwijzingen...'

'Aanwijzingen?' Brayden keek laatdunkend. 'Je zou de moordenaar nu al moeten hebben.'

Brayden Banks' enige motivatie om hier als een bloedhond bovenop te zitten was om naam te maken voor zichzelf en Westwick Corners – in die volgorde. De moord op een grote Hollywoodster was gewoon goede publiciteit, zolang de zaak maar werd opgelost. Hij zou ongetwijfeld ook met alle eer gaan strijken als dat gebeurde.

Tyler liet zich niet kennen. 'De autopsie wordt morgen gedaan en we hebben een lijst met verdachten opgesteld.'

'Moet ik je werk soms voor jou doen, sheriff Gates? Scarabelli heeft het gedaan. Zelfs een blinde kan dat zien.' Braydens smalende lachje vertelde me dat hij ondanks de omstandigheden van elke minuut dat hij Tyler in het openbaar beledigde stond te genieten.

Tyler opende zijn mond, maar bedacht zich toen.

'Heb je hem al ondervraagd?' Brayden tikte ongeduldig met zijn voet op de grond. Een fijn laagje stof bedekte zijn Italiaanse kalfsleren schoenen.

Tyler schudde zijn hoofd en zei op zachte toon: 'Scarabelli is de volgende op mijn lijst.'

Ik voelde me gedwongen om Tyler te hulp te schieten. 'Hij heeft het waarschijnlijke moordwapen al gevonden. Het forensisch team moet het nog onderzoeken.'

'Niemand heeft jou iets gevraagd,' snauwde Brayden.

Tyler perste zijn lippen op elkaar terwijl hij zijn emoties in bedwang hield.

'Waarom heb je Scarabelli niet eerst ondervraagd?' Brayden fronste. 'Het gerucht gaat dat hij en Dirk Diamond contractproblemen hadden. Dus Scarabelli kan hem best vermoord hebben. Hij lost dan niet alleen zijn eigen probleem op, maar hij haalt ook nog eens verzekeringsgeld binnen. Blijkbaar was je je daar niet van bewust.'

'Steven Scarabelli heeft een prijs op Dirks hoofd gezet? Ik geloof er niets van.' Ik dacht terug aan tante Pearls claim dat Steven bij de rekwisietenkist had gestaan. Dan zou hij wel in de gelegenheid zijn geweest iets om te wisselen... behalve dan dat ik hem daar dus niét had gezien, en ik stond vlak naast haar. Onze ooggetuigenverslagen spraken elkaar pontificaal tegen. Of een van ons had het mis, of een van ons stond te liegen.

Brayden schudde zijn hoofd. 'Je bent zo naïef. Scarabelli wist dat Dirk moeilijk zou zijn, zich misschien zelfs terug zou trekken uit de film. Hij sloot verzekeringen af voor zijn hoofdrolspelers. Hij vermoordde Dirk vast voor het verzekeringsgeld. Nu hoeft hij niet meer met die zeikerd van een filmster te werken én hoeft hij de film niet eens af te maken. Dat geld is zijn pensioenfonds.'

Ik dacht aan Rose Lamonts plotselinge dood. Misschien wilde iemand het paar dood wel hebben, maar Steven Scarabelli leek me een onwaarschijnlijke moordenaar. Een blockbuster zou bijna zeker meer opleveren aan de kassa dan wat voor verzekeringsuitkering dan ook. Dirk was moeilijk om mee te werken, maar het was nog steeds moeilijker voor Steven om zónder hem de kost te verdienen. Hij kon het vervolg niet filmen zonder zijn sterren. En het was voor iedereen duidelijk dat Steven van zijn werk hield. Ik kon me niet voorstellen dat hij iets zou doen om het in gevaar te brengen. Iedereen leek ook van hem te houden.

Iedereen behalve Dirk, dan.

Iemand hapte naast me naar adem. Ik draaide me om en zag tante Amber. Ze stond arm in arm met tante Pearl.

'Is het waar? Dirk is echt dood?' Haar ogen waren rood van het huilen en haar mascara was over één wang gesmeerd. 'Wat gebeurt er nu met de film?'

'Het filmen is momenteel gepauzeerd,' zei Tyler. 'We hebben een moordenaar op vrije voeten.'

Tante Ambers hand vloog naar haar borstkas. 'Oh mijn god, als de hoofdrolspeelster ben ik waarschijnlijk de volgende. Eerst Rose, en nu Dirk. Ik heb politiebescherming nodig. Mijn leven is in gevaar!'

Brayden rolde met zijn ogen.

'Je bent heus veilig, Amber,' zei Tyler. 'Ik beloof het je.'

Brayden snoof, maar zei niets.

'Je bent ontslagen, weet je nog? Je zit niet meer in de film.' De woorden ontglipten me voordat ik ze kon stoppen.

Tante Ambers mond viel open. 'Wist je dat al? Voordat ík het wist? Cen, je bent erger dan Steven. Jij, mijn eigen vlees en bloed, hebt me verraden! Ik dacht dat Steven mijn vriend was, maar hij maakte gewoon misbruik van me.'

'Het spijt me, tante Amber. Ik hoorde het pas net voordat Steven met jou praatte.' Ik had per ongeluk haar geheim onthuld en nu wist iedereen dat zij óók ontslagen was. Ik begreep haar woede, maar we hadden geen tijd voor gekwetste gevoelens met een moordenaar in ons midden.

Brayden gaf Amber een vreemde, verwarde blik. Tyler wendde zich intussen tot Brayden. 'Waar heb je die informatie over Scarabelli vandaan?'

'Ik ben bevriend met de officier van justitie in Los Angeles,' zei Brayden. 'Ze onderzoeken Scarabelli al maanden. Hij zit zwaar in de schulden en hij is bijna failliet. Zijn toekomst hing volledig van deze film af.'

Ongetwijfeld zou ons stadje al snel overspoeld worden met Hollywood-roddelrapporteurs die Brayden de *spotlight* wilden geven waar hij zo naar verlangde. En hij zou elk detail doorgeven aan zijn mannetje in L.A.

'Dan heeft Dirk Diamond vermoorden niet echt veel zin voor hem,' zei ik. 'Deze film zou Steven Scarabelli miljoenen hebben opgeleverd. Waarom zou hij de hoofdrolspeler omleggen?' Dirks moordenaar was bijna zeker een insider uit de filmwereld, maar mijn gevoel zei me dat het niet Steven Scarabelli was. Behalve dat hij geliefd en gerespecteerd was, hield hij ook domweg van het maken van films. Ik kon gewoon niet geloven dat Steven de ster zou doden die hem miljoenen opleverde.

Tante Amber hapte opnieuw naar adem. 'Steven was wanhopig, maar hij zou niemand vermoorden. Zelfs niet voor geld. Ik weet dat hij een krap budget had, maar Dirk vermoorden... nee. Hij zou veel meer geld hebben verdiend aan de kassa. Hij had gewoon wat tijdelijke *cashflow* problemen.'

'Geen wonder dat jij de rol kreeg!' Tante Pearl grinnikte. 'Hij kon niemand anders vinden voor de juiste prijs en hij was wanhopig naar iemand op zoek. Ik wist wel dat er een addertje onder het gras zat.'

'Twijfel je aan mijn talent?' Tante Amber zette haar handen in haar zij.

Ik stapte tussen mijn twee tantes in. 'Er is geen tijd om te ruziën. Laten we doen wat we kunnen om de moordenaar te helpen vinden.'

Tante Pearl fronste haar wenkbrauwen. 'Eerst Rose Lamont en nu Dirk Diamond. Ik zou zeggen dat Brayden waarschijnlijk gelijk heeft. Steven Scarabelli heeft een nieuwe inkomstenstroom gevonden. Je kunt beter op je hoede zijn, Amber. Hij heeft ongetwijfeld ook een verzekeringspolis op jou afgesloten.'

'Dat is belachelijk. Steven is dan wel een eikel tegen me geweest, maar hij is geen moordenaar.' Toch zag ik even wat twijfel over het gezicht van tante Amber flitsen. Die twijfel werd vervangen door woede. 'Nu hij me ontslagen heeft, weet hij in elk geval zeker dat hij geen verzekeringsgeld voor mij kan innen.'

'Misschien maakt het niet uit of je in de film zit of niet.' Tante Pearl grinnikte.

'Natuurlijk maakt dat wel uit!' Tante Ambers stem brak toen ze de tranen van haar wang veegde. Het was niet duidelijk waar ze meer van streek was: over haar ontslag of Stevens vermeende motieven.

'Tante Pearl! Speculeer niet over dat soort dingen. Het is gevaarlijk.' Ik legde een vinger op mijn lippen. Ik wilde Brayden niet nog meer gekke ideeën geven.

'Scarabelli en Diamond hebben de laatste tijd veel conflicten gehad. Ze zeggen dat Diamond op het punt stond om Scarabelli te laten vallen. Hij zou het op wat technisch niet kloppende details in het contract gooien of iets dergelijks,' zei Brayden.

Dat was interessant, want Dirk Diamond had het contract eigenlijk nog niet getekend. Blijkbaar was de bron van Brayden zich niet bewust van dat ene detail.

'Ik zal er naar kijken,' beloofde Tyler.

'Je kunt beter meer doen dan er naar kijken,' zei Brayden. 'Ik wil dat Scarabelli aan het eind van de dag gearresteerd wordt. Anders bel ik de Washington State Police.'

'We hebben geen goede reden om hem te arresteren,' protesteerde Tyler. 'Ik moet een volledig onderzoek doen voordat ik conclusies kan trekken.'

Tante Pearl stak haar vinger in de lucht als een overijverige eerste klasser. 'Hoe zit het met de rekwisi-'

Ik klemde een hand over de mond van tante Pearl. 'Laat maar zitten.'

'Hij is een vluchtrisico, Sheriff Gates.' Brayden keek de sheriff boos aan. 'Of je arresteert hem, of ik haal je vervanger om het te doen.'

Tyler opende zijn mond om te antwoorden, maar hield zich toen toch in. Er volgde een lange stilte voordat hij sprak. 'Oké dan. Ik zal de moordenaar laten arresteren tegen het einde van de dag. Je hebt mijn woord.'

HOOFDSTUK 12

*D*e *Westwick Corners County* gevangenis bevond zich op de begane grond van het stadhuis en bestond uit drie kamers; vier als je de gevangeniscel meetelde. Ik zat in mijn eentje in een van de twee kantoren die aan de verhoorkamer grensden. Mijn ogen richtten zich op het grote glazen raam dat het kantoor scheidde van de verhoorkamer waar Tyler Steven Scarabelli ondervroeg. Ik was daar zowel als getuige als voor het geval dat hij bevestiging nodig had in de rechtbank. Stevens verhoor werd opgenomen, maar omdat de verouderde videoapparatuur soms niet goed werkte, was ik Tylers back-up.

Onofficieel hielp ik Tyler ook door aantekeningen te maken en te kijken naar Stevens lichaamstaal. Ik was inderdaad geen rechercheur bij de politie, maar als journalist was ik bedreven in het opmerken van vreemde dingen en lichaamstaal waardoor mensen zich soms onder druk blootgaven. Mijn voorgevoelens brachten vaak geheimen aan het licht, iets waarvan ik hoopte dat vandaag ook het geval zou zijn. Tyler moest de moord op Dirk snel oplossen als hij wilde ontsnappen aan Braydens pogingen om hem te ontslaan. Hij had geen andere vooruit-zichten op een baan in Shady Creek, en het laatste wat ik wilde was een lange-afstandsrelatie.

Tyler en Steven zaten tegenover elkaar aan tafel in de verhoorkamer. De camerahoek gaf een duidelijk beeld van Steven, die met zijn onderarmen naar voren leunde op tafel. Hij leek bereid om mee te werken en eventuele vragen op te helderen. Tyler was zichtbaar in profiel. Hij leunde achterover en liet Steven het grootste deel van het gesprek doen.

Steven Scarabelli's stem brak toen hij steeds gefrustreerder raakte. 'Ik zweer dat ik nooit in de buurt van de rekwisieten of het pistool ben geweest. Je getuige liegt.'

Die getuige was tante Pearl, die zich sinds de arrestatie van Steven Scarabelli handig uit de voeten had gemaakt. Het was nu net na vier uur. De klok tikte langzaam maar zeker naar Braydens deadline toe, maar we waren nog niet veel dichter bij de waarheid.

'Oké, prima. Vertel me over Dirks contract. Waarom zou hij dat niet willen tekenen?' vroeg Tyler.

'Ik heb geen idee. Ik gaf hem alles waar hij om vroeg, en meer,' zei Steven. 'Nu ik erop terugkijk was het bijna alsof hij vanaf het begin al wist dat hij niet ging tekenen, wat er ook gebeurde. Hij speelde een spelletje met mij. Alsof hij probeerde wraak te nemen of zoiets.'

'Waarom zou hij dat doen?'

'Gewoon, omdat hij een lul is?' Steven haalde zijn schouders op en zakte vervolgens tegen de rugleuning van de stoel, alsof hij zich terug wilde trekken uit zijn problemen. 'Ik voel me slecht dat ik zoiets zeg over iemand die net gestorven is, maar het is wel de waarheid. Ik heb geen idee waarom hij moeilijk deed. Ik heb Dirk juist aan allerlei rollen geholpen in het begin, dus ik weet niet waarom hij mij nu juist zou willen kwetsen.'

'Jij bent echter niet degene die het meest gekwetst is. Dirk is namelijk dood.' Tyler leunde voorover. 'Misschien wilde Dirk het contract verbreken en vond je dat niet leuk.'

'Nee, ik heb hem allerlei concessies gedaan. Dingen die ik normaal gesproken nooit zou opgeven, zoals een groot percentage van het kassageld. Dingen die ik me echt niet kon veroorloven. Maar ik deed het toch omdat ik geen keus had. Ik kon mijn grootste ster niet verliezen.'

'Misschien dat je in een vlaag van verstandsverbijstering je zelfbeheersing verloor. Al die onredelijke eisen...' Tylers stem werd zachter toen hij Stevens blik ontmoette.

Steven hief zijn armen omhoog in protest. 'We hadden meningsverschillen, maar ik had minder reden om hem te doden dan wie dan ook. In feite ben ik contractueel gebonden om de rest van de cast en de filmploeg hun volledige loon te betalen voor een film die ik niet eens meer kan maken. Dat was de afspraak die ik heb gemaakt om mensen te ervan overtuigen naar deze afgelegen stad te komen. Ik ben nu dus financieel geruïneerd. Waar ga ik een ster vinden met dezelfde aantrekkingskracht als Dirk? Hij was moeilijk om mee te werken, maar ik heb hem nooit dood gewenst.'

Ik had inmiddels twee conclusies getrokken over Steven Scarabelli. Eén, hij was uitzonderlijk goed in het beschuldigen van zichzelf. En twee, hij was onschuldig.

Ik maakte een notitie dat ik Stevens bewering moest verifiëren. De loonlijst voor cast en crew was ongetwijfeld groot. Als Steven de waarheid sprak, dan zouden de eventuele verzekeringsopbrengsten die hij kreeg die rekeningen amper dekken. Die verzekeringspolissen waren waarschijnlijk gewoon zakelijk gezien zinvol, in plaats van dat ze deel uitmaakten van een of ander sinister plan.

Aan de andere kant had Steven Scarabelli zijn twee hoofdsterren binnen enkele dagen na elkaar verloren. Ze waren gewoon toevallig getrouwd geweest. Dat leek erg verdacht. Rose Lamonts dood had een natuurlijke oorzaak, maar toch...

Ik schrok toen er iemand het buitenste kantoor binnenstormde. Mijn hart sloeg een slag over. Het was vast Brayden die meer druk kwam uitoefenen.

Maar het was Brayden niet.

HOOFDSTUK 13

'Joehoe... is daar iemand?' Tante Ambers kunstmatig opgewekte stem drong mijn oren binnen vanuit het buitenste kantoor.

Ik vloekte zachtjes. Precies wat we nodig hadden – bovennatuurlijke inmenging van een verwende *wannabe*-ster.

De deur klikte open. 'Cen! Ik kan nog steeds niet geloven dat Dirk dood is. Hij was zo'n dierbare vriend.' Ze depte haar ogen met een tissue, hoewel haar ogen droog waren.

Ik sprong van mijn stoel en hield een vinger tegen mijn lippen. Ik knikte naar de verhoorkamer waar Tyler net zijn verhoor van Steven Scarabelli aan het afronden was. 'Shhh. Wat doe je hier?'

'Ik zou jou hetzelfde kunnen vragen.' Tante Ambers ogen vernauwden zich toen ze door het glas gluurde. 'Ooh, die man! Hij is tenminste eindelijk opgesloten voor de moord op Dirk. Ik ben gekomen om mijn ooggetuigenverslag te geven zodat we hem echt kunnen arresteren. Ik heb alles gezien.'

'Dat is onmogelijk,' zei ik. 'Je stond nog steeds bij Steven toen de schoten werden afgevuurd. Ik zag jullie twee met mijn eigen ogen praten.'

Tante Amber gaf geen antwoord. Haar blik werd naar de twee

mannen aan de andere kant van het glas getrokken. Ze zwaaide naar Tyler en schudde daarna met haar vuist naar Steven Scarabelli.

'Ze kunnen je niet zien, tante Amber. Het is een tweewegspiegel.'

'Oh.' Haar schouders zakten teleurstellend naar beneden toen ze naar de deurklink van de verhoorkamer reikte.

'Stop! Je kunt daar niet naar binnen stappen,' siste ik. 'Ze zitten midden in een verhoor.'

Tante Amber liet haar hand zakken en ze ging met een zucht tegenover mij zitten. 'Sinds wanneer ben jij zo bazig?'

Ik negeerde haar en richtte mijn aandacht op de mannen in de aangrenzende kamer.

'Voor de laatste keer: ik heb Dirk niet vermoord,' zei Steven. 'Zijn dood heeft me financieel geruïneerd. Ik liet iedereen hun contracten tekenen en toen trok híj zich op het laatste moment terug. Ik ben vastbesloten om de anderen hun salaris te betalen, maar ik heb geen film om geld mee te verdienen. Ik kan het vervolg niet doen zonder Dirk, en nu hij dood is, kan ik mijn verliezen niet meer goedmaken.'

Tante Amber sprong op van haar stoel. 'Die leugenaar! Hij krijgt al dat verzekeringsgeld.'

'Ga zitten.' Ik gebaarde naar haar stoel. 'Tyler weet dat allemaal al. Laat hem de dingen maar afhandelen.'

Tyler trok zijn stoel iets dichter bij Steven. 'Toen hij wilde stoppen, duwde hij je de afgrond in. Je wist dat Dirk de film niet zou afmaken, dus je hebt wraak genomen.'

Tyler was erg overtuigend, hoewel ik wist dat hij sceptisch was over Stevens schuld. Ik hoopte maar dat Braydens gejengel om een arrestatie geen valse bekentenis van een onschuldige man zou afdwingen.

'Dat is krankzinnig. Ik was niet eens in Dirks buurt.' Steven wreef over zijn voorhoofd. 'Ik had het te druk met het uitvoeren van Dirks laatste opdracht, die was om Amber West te ontslaan.'

'Nee! Dat is een leugen!' riep tante Amber toen ze opnieuw van haar stoel sprong. 'Dirk was mijn vriend. Steven is degene die me verraden heeft.'

'Rustig. Laat hem praten.' Ik hield opnieuw een vinger tegen mijn lippen. Vroeg of laat zou ze door die deur stormen en ik kon haar niet veel langer tegenhouden.

Tante Amber gaf me een boze blik en begon heen en weer te ijsberen, terwijl de twee mannen bleven praten. 'Steven Scarabelli is een slechte, verachtelijke man. Ik zou hem moeten vervloeken,' zei ze.

Ik sloeg mijn blik ten hemel. 'Je overdrijft, tante Amber. Je moet het onderzoek naar deze moordzaak niet dwarsbomen, alleen maar omdat je je baan kwijt bent. Laat Tyler nou maar zijn gang gaan.' Ik bracht mijn aandacht terug naar het verhoor.

'Dirk wilde dus dat je Amber ontsloeg?' Tyler schreef iets op in zijn notitieblok. 'Waarom?

'Dirk vond Amber echt vervelend. Hij had haar een klein rolletje beloofd om haar de mond te snoeren, maar toen begon ze allerlei dingen te eisen zoals haar eigen trailer, eerder worden genoemd in de aftiteling, dat soort dingen. Zij is de enige reden dat we hier in Westwick Corners filmen. Ze beloofde me gratis accommodatie en gratis filmrechten op deze locatie.'

Ik keek tante Amber pisnijdig aan. 'Je weet dat we dat niet kunnen betalen.' De inkomsten uit ons hotel dekten nauwelijks onze achterstallige energierekening. 'We kunnen het ons niet veroorloven om te werken zonder betaling.'

'Leugenaar.' Tante Amber slingerde het woord naar me toe terwijl ze weer opsprong om het verhoor binnen te vallen.

Ik pakte haar schouders en loodste haar naar mijn stoel toe. Daarna leunde ik tegen de deurpost en besloot de wacht te houden om verdere uitbarstingen of onderbrekingen te voorkomen. Ze zou eerst over mij heen moeten walsen als ze hier naar binnen wilde.

'Is dat echt waar over de gratis accommodatie? We ontvangen al die mensen in ons hotel dus voor niets? En hoe zit het met het eten? Dat kunnen we ons niet veroorloven.' Mams laatste Costco rekening was meer dan drieduizend dollar. Steven was niet de enige met cashflowproblemen.

Tante Amber haalde haar schouders op. 'Wat maakt het uit? De film gaat toch niet meer door.'

Woede borrelde in me op. Er was zoveel dat ik wilde zeggen, maar nu was niet het moment. Ik richtte me weer op de mannen die aan de andere kant van het glas zaten.

'Hmm.' Tyler fronste. 'Waarom zou Amber al die beloftes doen als ze al een rol had in de film?'

Stevens gezicht werd rood. 'Je denkt toch niet dat Ambers ontslag haar een motief geeft om Dirk te vermoorden? Want we kunnen elkaar een alibi geven. We waren de hele tijd samen.'

Tante Ambers hand vloog naar haar mond. 'Hij verdraait alles.'

Ik schudde mijn hoofd. 'Steven verdedigt je juist. Waarom ben je zo kritisch?'

'De hele tijd?' Tyler krabbelde iets in zijn notitieblok.

'Nou, bijna. Amber rende weg net voordat we met de scène begonnen. Ik herinner me dat omdat ik me zorgen maakte dat ze de set zou oplopen en het filmen zou verstoren. Dus ik was opgelucht toen ze in tegenovergestelde richting wegrende.'

Tante Amber bromde boos: 'Ik durf te wedden dat hij blij was. Die eikel.'

Mijn hart sloeg een slag over. Misschien was Steven Scarabelli na tante Ambers vertrek wel ongemerkt naar de rekwisieten gelopen, aangezien iedereen op het filmen gefocust was geweest. Ik was afgeleid geweest door tante Amber, omdat ze er ineens als een haas vandoor ging. Het was mogelijk dat hij naar tante Pearl en mij was toegelopen zonder dat ik het had gemerkt. Voor het eerst was ik onzeker over mijn eigen herinnering aan de gebeurtenis. Misschien was het niet zozeer wat ik me had herinnerd, maar wat ik wílde geloven.

Tyler fronste. 'Er is één ding dat ik gewoon niet begrijp, Steven. Waarom zou Dirk degene zijn die beslist over aftiteling, of wie zijn eigen trailer krijgt? Bepaal jij als producent niet de extraatjes voor de acteurs? Dirk is gewoon een acteur die voor jou werkt, ook al is hij de ster. Waarom zou Amber Dírk om gunsten vragen?' Tyler leunde voorover in zijn stoel. 'Hij is de regisseur niet. Dat ben jij.'

Steven zuchtte. 'Ze dacht dat ik nee zou zeggen. In feite had ik al nee gezegd tegen een paar van Ambers nogal hoogdravende eisen. Toen ging ze naar Dirk en klaagde over mij. Ze weet dat Dirk veel invloed heeft en hij regelmatig de productie stillegt, tenzij aan zijn eisen wordt voldaan. Ik denk dat ze naar hem toe is gegaan uit wrok.'

'Is dat waar?' fluisterde ik tegen haar.

Tante Amber haalde haar schouders op, haar blik gefixeerd op de bidirectionele spiegel. Haar gezicht vertoonde nauwelijks ingehouden woede.

'Wanneer heeft hij precies gevraagd om haar te laten ontslaan?' vroeg Tyler.

Tante Ambers sterke persoonlijkheid betekende dat ze soms moeilijk kon doen, maar ik had nooit gedacht dat ze manipulatief was. Het verbaasde me dat ze naar Dirk zou gaan nadat Steven haar verzoekjes had geweigerd. Ik had altijd gedacht dat ze boven dat soort gedrag stond. Misschien was het idee van beroemd worden naar haar hoofd gestegen.

'Net voordat het schieten begon,' zei Steven. 'Haar geklaag was voor hem de laatste druppel. Dirk vertelde me dat ik moest kiezen tussen hem of haar. Hij was niet eens van plan om de scène met haar af te maken.'

Ik dacht terug aan de ruzie buiten de trailer van Steven.

'Ik dacht dat Dirk zich al uit de film had teruggetrokken.' Tyler leek mijn gedachten te lezen. Hij wreef over zijn kin en krabbelde een paar zinnen op zijn blocnote.

Steven zuchtte. 'Hij trok zich terug uit de volgende film, niet uit deze. Het filmen hier in Westwick Corners was alleen maar om een aantal buitenlocatiescènes af te ronden. De film was al bijna klaar.'

Nu begreep ik waarom tante Amber niet op de set was geweest. De productie van háár film was nog niet eens begonnen.

'Amber werd dus ontslagen uit de volgende film, net voordat het filmen van die scènes begon?' Tyler vroeg het.

'Dat klopt. Ze nam het behoorlijk zwaar op.' Steven schudde zijn hoofd. 'Ik wou dat Dirk niet zo had aangedrongen omdat ik het ook anders had kunnen aanpakken. Dan had ik het haar een stuk makkelijker gemaakt. Amber had maar een paar scènes, een kleine spreekrol. Nu haat ze me en het breekt mijn hart. Amber en ik zijn al tientallen jaren bevriend. Ik vind het heel erg dat ze denkt dat ík degene ben die haar weg wilde hebben.'

Ik wendde me tot tante Amber. 'Is dat waar?' Haar bewering dat ze de hoofdrol speelt in een kassucces was blijkbaar een grove overdrijving. Zijn versie was veel logischer, omdat een hoofdrol voor mijn tante me überhaupt al vreemd had geleken.

Ze fronste gewoon naar me met haar armen over elkaar heengeslagen. Een eenzame traan liep over haar wang toen ze zich omdraaide.

Het leek nog steeds onwaarschijnlijk dat Steven Dirk had vermoord, wat tante Pearl ook beweerde. Maar vertelde ze de waarheid? Er was geen bewijs om haar beweringen te bevestigen. Tenminste, nóg niet.

Steven schudde zijn hoofd. 'Ambers scènes zouden waarschijnlijk op de vloer van de snijzaal terecht zijn gekomen, Dirk kennende. Ik dacht dat haar ontslaan nogal een extreme maatregel was.'

'Die vreselijke man!' Tante Amber schudde met haar vuist naar de tweewegspiegel. 'Hij verzint deze uitgebreide leugen vast om te verbergen wat hij heeft gedaan. Ik laat hem hier niet mee wegkomen!'

'Laat de sheriff zijn werk doen, tante Amber.' Ik pakte de schouder van mijn tante, maar het was te laat.

Ze had haar hand al op de deurknop van de verhoorkamer. Ze zwaaide de deur open en stormde naar binnen. Ze wees haar wijsvinger naar Steven Scarabelli. 'Daar zit je moordenaar. Ik heb alles gezien!'

HOOFDSTUK 14

Het duurde bijna een uur om tante Amber te kalmeren, maar uiteindelijk kalmeerde ze. Ontslagen worden leek niet meer zo belangrijk nu het filmen toch was gestopt. Niemand hoefde het ooit te weten, omdat de film waarschijnlijk nooit gemaakt zou worden. Haar ontslag zou niet openbaar worden gemaakt en dus zou het ook geen schande zijn.

Nu tante Amber de ernst van de situatie begreep, had ze tenminste besloten om Steven niet meer van moord te beschuldigen. Mijn ooggetuigenverslag over haar vertrek voordat de schietpartij begon, bevestigde het verhaal van Steven. Dat betekende dat zij onmogelijk getuige had kunnen zijn van de moord op Dirk.

Waarom had ze dan gelogen?

Dat wraakzuchtige gevoelens (of in het beste geval, een falend geheugen) tot een moordaanklacht konden leiden, was op zijn zachtst gezegd verontrustend. Het was dubbel zo verontrustend om die beweringen te horen van mijn normaal zo recht-door-zee tante. Ik vermoedde dat ze zo was gegrepen door de glitter en glamour van het filmwereldje dat ze niet haar gebruikelijke logische, redelijke zelf was. En helaas waren we nog geen stap dichter bij echte vooruitgang in het onderzoek. De zogenaamde aanwijzingen hadden alleen iedereens tijd en moeite verspild. Het was bijna zeker dat Steven Scarabelli niet Dirks moordenaar was. Ondertussen liep de echte moordenaar nog vrij rond en was hij of zij in staat om weer toe te slaan.

We waren naar huis gegaan om te eten en de nodige uren slaap te pakken. Ik was vroeg in de ochtend weer teruggegaan naar het bureau om Tyler te helpen met de filmbeelden, want in zijn eentje werd hij helemaal gek. Helaas hadden we nog niets bijzonders gevonden. Het enige goede wat er de afgelopen uren was gebeurd, was dat mam ons wat lekker eten voor de lunch had gebracht. Dat had een glimlach op mijn gezicht laten verschijnen.

Ik zat tegenover Tyler in zijn kantoor. Onze halflege borden gevuld met mama's barbecuekip waren koud geworden terwijl we de filmbeelden frame voor frame in slow motion doorzochten. Zelfs op het grote scherm van vijftig inch was het moeilijk om alle actie te zien. De meerdere camerahoeken en de stoffige straat vervaagden alles zozeer dat we niet goed konden zien wie er op een bepaald moment aan het schieten was geweest. En uiteraard waren vijf van de zes pistolen met losse flodders gevuld geweest, dus we schoten er niet echt veel mee op. De truc was om erachter te komen welk pistool de dodelijke kogel had afgevuurd. Omdat Dirk de ster was, richtte de camera zich op hem. Dat maakte het makkelijk om te zien wannéér hij precies was neergeschoten, maar moeilijker om te bepalen wie het dan precies had gedaan.

'Misschien heeft een van de camera's nog vanuit een ander gezichtspunt gefilmd?' vroeg ik hoopvol.

'Niet volgens de cameramannen, en we hebben al hun beelden bekeken.'

'Ik had nooit gedacht dat dit zo moeilijk zou zijn,' zei ik. 'Hoeveel misdaden worden er nu daadwerkelijk gefilmd? Maar zelfs met alle getuigen en deze filmbeelden kunnen we nog steeds niet uitvogelen wat er gebeurd is.'

Tyler knikte. 'Omdat de losse flodders allemaal tegelijk met de echte kogel zijn afgevuurd, is het bijna onmogelijk om uit te vinden wie hem heeft neergeschoten. Het enige wat we kunnen doen is iedereen uitsluiten die niét aan de linkerkant van de set stond, gebaseerd op de hoek waaronder het schot werd gelost. Het probleem is alleen hoe we moeten bepalen wie er links buiten het zicht van de camera stond. Zonder camerabeelden kunnen we dat alleen uitzoeken door middel van eliminatie.'

Hij zette het beeld stil en wees Dirk aan met zijn potlood. 'Zie je Dirks gezichtsuitdrukking? Hij heeft hier pijn. Dit is het moment dat hij werd neergeschoten.'

Ik trok een gezicht. 'Het is best wel morbide om iemands dood zo vast te leggen.' Ik had gehoopt dat de beelden de moordenaar konden onthullen, maar de camera's hadden zich vooral op Dirk gericht, aangezien hij de ster was. Omdat het een actiescène was, was de achtergrond een groot deel van de tijd onscherp, dus dat hielp ook al niet.

'Niet iedereen lijkt in staat om Dirk neer te schieten,' zei Tyler. 'Een kogel uit een van de pistolen van de acteurs zou hem in de rug geraakt hebben, omdat ze achter hem aan zaten. Maar hij werd in zijn borst geschoten.'

'Klopt,' zei ik. Dirks mannelijke medeacteurs hadden hem op de hielen gezeten, met Arianne op een paar meter achter hem. Iedereen die op de set aan het filmen was, stond ook achter Dirk. 'Deze beelden sluiten elke acteur in de scène uit, en bijna alle crew die in de buurt stond.'

Hoewel de filmbeelden niemand lieten zien die het duidelijk had gedaan, sloten ze wel een heleboel acteurs en een deel van de crew uit. Het sprak Steven Scarabelli nog steeds niet vrij. In feite leek hij nu alleen nog maar verdachter. Of tenminste, wel in Braydens ogen.

Dan was er nog het moordwapen. Hoe het in de bodem van de rekwisietenkist terecht was gekomen, bleef voor mij een raadsel. Maar tante Ambers beschuldigingen in combinatie met tante Pearls ooggetuigenverslag hadden Tyler geen andere keuze gelaten dan Steven te arresteren. Dat maakte Brayden tevreden, maar mij verontrustte het vooral.

Ondanks de beweringen van tante Pearl hadden we geen echt bewijs dat Steven op de plaats delict was geweest. Zelfs áls hij in de buurt van de rekwisieten was geweest, zoals tante Pearl beweerde, zou dat pas zijn gebeurd na de achtervolgingsscène waarin Dirk werd neergeschoten. Daarvoor had hij met tante Amber staan praten, maar aan dezelfde kant van de set als de acteurs, wat het hem onmogelijk maakte om Dirk Diamond in de borst te schieten.

Tyler gebaarde met zijn hoofd naar de cel waar Steven momenteel was opgesloten. 'Weet je zeker dat je hem met Amber hebt zien praten?'

Ik knikte.

'Als dat waar is, kan hij Dirk niet hebben neergeschoten,' zei Tyler. 'Ik heb een onschuldige man achter de tralies en mijn handen zijn gebonden. Tenzij ik de echte moordenaar vind, kan ik Steven niet vrijlaten. Als ik dat wél doe, zit ik zonder werk en zal Brayden waarschijnlijk de Nationale Garde optrommelen of zoiets.'

'Dat kunnen we niet laten gebeuren.' Ik prikte een stuk koude barbecuekip aan mijn vork. 'Hoe lang kun je hem vasthouden?' Ik hoopte dat het genoeg tijd zou opleveren om de echte moordenaar op te sporen.

'Ik moet hem vrijlaten óf hem binnen vierentwintig uur aanklagen. Het is al erg genoeg dat hij opgesloten zit, maar om hem ook nog aan te klagen? De slechte publiciteit zal hem ruïneren. Ik weiger daaraan mee te werken.'

'Je zult hoe dan ook iets moeten doen dat vervelend voor hem is,' zei ik op spijtige toon.

'In het beste geval wordt hij verguisd in de roddelbladen. In het slechtste geval wordt hij veroordeeld tijdens een proces en brengt hij de rest van zijn leven in de gevangenis door. Terwijl de echte moordenaar vrij rondloopt. Allemaal vanwege dat overijverige ex-vriendje van jou.'

Over-jaloers, zou hij beter kunnen zeggen. Ik was ervan overtuigd dat ten minste een deel van Braydens gedrag uit wraak geboren was omdat ik nu met Tyler datete. Ik kon er niet veel aan doen, maar het was toch frustrerend. Ik hief mijn handen in de lucht. 'Het is niet mijn schuld.'

'Sorry, Cen. Ik neem het jou ook niet kwalijk. Het is gewoon moeilijk om een moord te onderzoeken met een geflipte baas die in mijn nek hijgt. Eén misstap en ik zit zonder werk.'

'Weet je, je zou altijd kunnen solliciteren naar een baan bij de Shady Creek Police. We zouden maar een uur van elkaar vandaan wonen.' Ik zag gewoon geen uitweg meer. Brayden had het op Tyler gemunt, wat er ook gebeurde.

'Nee, Cen,' zei Tyler. 'Ik laat Brayden me niet intimideren. Hij zou mij gewoon vervangen door iemand die bij alles ja knikt wat hij voorstelt. De wet laten gelden is al moeilijk genoeg in een kleine stad als deze.'

'Ik denk dat hij niet voor altijd burgemeester zal blijven, hoor.' Het voelde echter alsof hij voorlopig zou blijven zitten en ik háátte de bijna constante druk die Brayden uitoefende, zijn drang om de zaak ten koste van alles op te laten lossen. Ik kon niet zomaar een onschuldige man laten opsluiten vanwege zijn wangedrag, zelfs niet als ik mijn toevlucht moest nemen tot hekserij om dat te voorkomen. Me ermee bemoeien en mensen betoveren was fout, maar iemand voor niets op laten sluiten was nog veel fouter.

Tyler zuchtte. 'Het voelt anders wel alsof het voor altijd is.'

'Ik weet het. Ik weet ook zeker dat Steven het niet gedaan heeft. Ik zag hem met mijn eigen ogen ruzie maken met tante Amber. Ik begrijp gewoon niet waarom tante Pearl iets anders heeft gezien.' Ooggetuigenverslagen verschilden weleens vaker omdat herinneringen vaak onbetrouwbaar waren. Maar mijn ooggetuigenverslag, dat een onschuldige man kon vrijspreken, was praktisch waardeloos als ik de enige was en tante Pearl iets volslagen anders had zien gebeuren.

'Ik ook niet,' zei Tyler. 'Maar wat ik wél weet is dat als Steven zijn grootste ster zou hebben vermoord, hij ook zijn eigen filmcarrière de nek om zou hebben gedraaid. Van wat ik begrijp is hij zo goed als failliet, en deze film zou hem weer wat hebben opgeleverd. Maar als Steven Dirk niet vermoord heeft, wie dan wel?'

'Laten we nog eens naar je lijst kijken.' Ik liep naar Tylers whiteboard, waar hij een lijst had opgeschreven van de castleden en de crew. Ik bestudeerde de namen van mensen die allemaal al op zijn minst kortstondig waren ondervraagd. Ik plaatste vinkjes naast elke persoon waarvan zijn of haar verblijfplaats was geverifieerd door de filmbeelden of, in het geval van de cameramannen, door de camerahoeken en de getuigen.

Er waren echter nog tientallen mensen aanwezig die niet weggestreept konden worden. Er stonden altijd extra crewleden klaar om in te springen en er waren tientallen mensen die naar de opnames hadden staan kijken. Mensen die vrij spel hadden gehad om Dirk om te leggen. Bill en Pearl waren slechts twee voorbeelden. Elke persoon moest een alibi krijgen van de andere aanwezigen. Hun verhalen en geloofwaardigheid moesten ook worden gescreend.

'Ik weet het ook niet meer.' Ik ging zitten, helemaal in zak en as door ons gebrek aan vooruitgang.

'Laten we nog eens proberen te kijken.' Tyler begon de film opnieuw, die langzaam afspeelde tot aan het moment van het fatale schot. Hij pauzeerde de film en tikte op het scherm. 'Kijk eens naar de linkerkant van de set. Dáár kwam de kogel vandaan.'

Dirk greep naar zijn borstkas, een fractie van een seconde voordat zijn ogen naar de andere kant van de straat gingen, alsof hij zijn blik op zijn moordenaar had gericht. Een flits van herkenning verscheen op zijn gezicht op het exacte moment dat hij op de stoffige straat neerviel.

Dirk had zijn moordenaar in de ogen gekeken.

Ik volgde Dirks blik, maar er was niemand te zien. Gewoon lege gebouwen, met duistere ramen die contrasteerden met de lichte, pas geschilderde buitenkant. Ik liep dichter naar het scherm toe en loenste naar de beelden, in een poging om te kunnen zien wat zich achter die ramen had verscholen.

Maar er was niets te zien. Wat voor geheimen die donkere ramen ook hadden, ze zouden verborgen blijven en een moordenaar beschermen.

ijn gezicht was maar enkele centimeters van het scherm verwijderd terwijl ik ingespannen tuurde, nog steeds op zoek naar opvallende schaduwen in de pixels.

Maar er was niemand te zien, zelfs geen schaduw. Dirks moordenaar had net zo goed onzichtbaar kunnen zijn. Hij of zij was goed verborgen geweest, ondanks dat hij op een filmset met meerdere camera's en tientallen getuigen had toegeslagen.

Het gaf een nieuwe dimensie aan de uitdrukking "moord op klaarlichte dag".

Ik stapte bij het scherm vandaan terwijl Tyler heen en weer ijsbeerde in het verduisterde kantoor. We hadden de beelden urenlang bekeken, maar waren nog geen stap dichter bij het aanwijzen van de moordenaar.

Terwijl de fel verlichte straat in de scène het onmogelijk maakte om iemand achter de ramen in de gebouwen te zien, was de hoek waarmee de kogel doel had getroffen het meest raadselachtig. Op basis van het traject moet de schutter uit een open raam of deur hebben gehangen, waardoor zijn of haar locatie in ieder geval tijdelijk zichtbaar zou moeten zijn geweest. En toch waren er geen tekenen van openstaande deuren, en geen van de ramen in de tegenoverliggende gebouwen ging open op de opname. Er waren ook geen gebroken ramen. Tenzij de schutter onzichtbaar was, was het domweg niet mogelijk.

'Misschien heeft de moordenaar een aanwijzing achtergelaten. We moeten alle gebouwen nalopen,' zei ik.

'Ik heb een idee.' Tyler hield een wijsvinger omhoog terwijl hij naar de deur liep. Hij stapte de gang op en ging naar Stevens cel. 'Geef me een minuut.'

Ik keek hoe de deur achter hem dicht ging en greep de afstandsbediening om de beelden nog eens terug te spoelen.

'Joehoeoe!' Een hoge stem dreef van het plafond naar beneden.

Ik keek naar boven en was verrast toen ik oma Vi's spookachtige verschijning in de buurt van het plafond zag zweven. Ik sprong gealarmeerd van mijn stoel. 'Wat doe jij hier?' Oma Vi was bijna nooit van huis en ik had geen idee waarom ze hier rondhing.

'Ik denk dat je het vergeten bent,' snuffelde ze. Ze stond duidelijk op het punt om in tranen uit te barsten.

Ik dacht niet dat geesten konden huilen. 'Natuurlijk weet ik het nog wel.' Ik kon me eerlijk gezegd niets meer herinneren. Had ik iets voor haar moeten doen? Dirks dood had alle andere zaken uit mijn hoofd laten verdwijnen.

'Waarom ben je dan niet naar me toegekomen? We gingen toch liefdesdrankjes maken, weet je nog?'

Mijn hand vloog naar mijn mond. 'Oh, oma, het spijt me zo. Ik denk dat ik de tijd uit het oog ben verloren. Ik beloof dat ik het goed zal maken.' Ik voelde me een beetje schuldig toen ik me realiseerde hoe bezorgd ze was geweest. Oma Vi ging nooit ver weg van ons huis omdat ze bang was om te verdwalen. Geesten konden nou niet bepaald willekeurige voorbijgangers om hulp vragen. Toch had ze haar heilige thuis verlaten en nam ze een groot persoonlijk risico omdat ze zich zorgen om me had gemaakt.

En ik? Ik was haar helemaal vergeten.

'Zullen we het morgen doen?' Ik glimlachte toen ze naar beneden zweefde en op ooghoogte kwam hangen.

'Je bent nooit meer thuis, Cen. Het is alsof je geen tijd meer hebt voor je oma. Iedereen vergeet mij altijd.' Ze schudde haar hoofd spijtig. 'Ik denk dat ik degene ben die een liefdesdrankje nodig heeft. Niemand wil me meer.'

'Dat is niet waar, oma. Ik ben gewoon de tijd uit het oog verloren, dat is alles.' Ik leunde instinctief naar haar toe voor een knuffel en vergat even dat ze een geest was. Ik stortte neer op de tafel. 'Auw!'

'Dat zag ik wel aankomen.' Oma Vi grijnsde.

'Tyler heeft dringend mijn hulp nodig bij een zaak.' Ik vroeg me af hoeveel ik moest onthullen over de details en besloot toen maar niets te zeggen. Er was nu al te veel bemoeienis van de familie West. Oma Vi's spookachtige capriolen zouden alles nog veel ingewikkelder maken.

'Nog meer reden om een liefdesdrankje te maken, Cen. Als je werk tussen jullie twee laat komen, groeien jullie uit elkaar voor je het weet.'

'Het is alleen de komende paar dagen heel druk. Ik was van plan het je te komen vertellen, maar ik werd opgehouden.' Ik vond het vreselijk om te liegen, maar ik zou oma Vi's gevoelens nog meer kwetsen als ik toegaf dat ik het vergeten was. De waarheid was dat ik Tyler onmogelijk in de steek kon laten op een moment dat zijn baan én onze toekomst in gevaar waren.

'Jij en Tyler zijn zo saai. Jullie zijn net een oud, getrouwd stel. Je hebt dat drankje nodig, Cen. Liefdesdrankje nummer veertien, denk ik. Hmmm...misschien nummer twaalf. Je beseft het niet, maar je zit in het nauw. Laten we je liefdesleven weer terug op de rails krijgen voordat het te laat is.'

'Ehm...ja, absoluut, oma. Ik beloof dat ik over een paar uur thuis ben en dan maken we onze drankjes.' Heel eerlijk gezegd was zíj een deel van de reden dat we een "saai stel" waren. Tyler kon oma Vi niet zien of horen, maar haar als kamergenoot hebben betekende dat ik altijd een ongemakkelijk gevoel had als hij bleef slapen. Ze respecteerde onze privacy heus wel, maar de wetenschap dat ze er was en alles kon zien... nou ja, dat was nogal pijnlijk. En hoewel Tyler wist van mijn bovennatuurlijke talenten, had hij er geen idee van dat de geest van mijn oma altijd op de achtergrond om ons heen zweefde als we bij mij waren. Het was niet eens iets wat ik kon uitleggen, omdat het bestaan van geesten sowieso de logica tartte. Zelfs voor mensen die in heksen geloofden.

Oma Vi schudde haar hoofd. 'Als je die vriend van je wilt houden, kun je de dingen maar beter wat pittiger maken. Kijk naar jullie twee: steeds weer dezelfde film zitten bekijken op het politiebureau. Dat is niet hoe een man een vrouw het hof maakte in míjn tijd. Waar is de romantiek gebleven?'

'Het is geen afspraakje, oma. We zijn aan het werk.' Toegegeven, een deel van de reden dat ik nog zo laat bij Tyler was gebleven, was omdat dit het enige moment was dat ik alleen met hem kon zijn. Het was nog drukker dan gewoonlijk met tante Amber die bij ons in het boomhuis rondhing. Inmiddels leek mijn knusse, kleine huis meer op een Airbnb. 'Er is een moord gepleegd.'

'Oh, ik weet alles over de moord, Cen. Ik heb alles gezien.'

'Was je erbij? Maar je gaat nooit weg bij het huis.' Mijn mond viel open.

'Natuurlijk was ik er! Ik zou mijn dochters filmdebuut voor geen goud willen missen.' Haar doorzichtige vorm werd duister, als een mood ring uit de jaren zeventig. 'Ik keek er zo naar uit om haar scène te zien, maar toen werd die kerel neergeschoten. Ik denk dat dit betekent dat Ambers Hollywood *Walk of Fame*-ster vertraging gaat oplopen.'

'Tante Amber is ontslagen, oma. Ze komt toch niet in de film. Heb je haar niet horen praten met Steven Scarabelli?'

'Nee. Ik keek naar de scène en wachtte tot ze zou verschijnen. Alleen gebeurde dat niet.'

Dat gaf me een idee. 'Zweefde je boven iedereen uit, net als nu?'

'Ja, hoezo?'

'Omdat er iemand was die er niet hoorde te zijn.'

'Ik vroeg me dat al af, omdat ik niet snapte wat die persoon daar deed.' Ze zweefde tot bij het projectiescherm.

'Wie? Welke persoon?' Ik had de woorden nog maar net gesproken toen een luid gekletter door het gebouw weergalmde. Het was het geluid van metaal op metaal, een celdeur die tegen de muur sloeg. 'Schiet op, voordat Tyler terugkomt.'

'Cen, luister goed. Ik zag iets vanuit mijn unieke positie. Weet je wie de trekker overhaalde?'

'Wie?' Ik verdraaide mijn nek bijna in een poging haar te volgen met mijn blik terwijl ze naar boven zweefde.

Ze hief haar armen op voor een dramatisch effect. 'Nou, het was niet een van de acteurs. Het was...'

Tyler stormde de kamer in, gevolgd door Steven Scarabelli. Tyler keek verbaasd de kamer rond. 'Is hier iemand anders?'

'Nee.' Ik schudde mijn hoofd. 'Ik zat gewoon in mezelf te praten.'

Tyler fronste en wendde zich tot Steven. Hij leidde hem naar de stoel waar ik net op had gezeten. 'Laat maar. Ik laat Steven nu vrij. Hij heeft me zijn woord gegeven dat hij zijn kamer in het hotel tenminste tot morgen niet zal verlaten.'

'Uh-huh.' Oma Vi mompelde iets, maar ik kon niet liplezen.

'Huh?' Ik probeerde te horen wat ze zei.

'Cen?' Tyler fronste. 'Waarom kijk je zo naar het plafond?'

'Wat?' Ik keek snel weer recht vooruit. 'Ehm, pijnlijke nek. Gewoon even strekken.'

Tyler trok een bundel papieren van zijn bureau en legde ze voor Steven neer. Hij tikte op de papieren. 'Ik laat je vrij op basis van jouw belofte dat je de stad niet verlaat. Teken hier maar onderaan.'

Steven deed wat hem gezegd werd en krabbelde een onleesbare handtekening onder aan de pagina.

Tyler ontgrendelde zijn bureaulade en haalde een doorzichtige plastic zak met een portemonnee, sleutels en de rest van Stevens persoonlijke bezittingen tevoorschijn. Hij gaf ze aan Steven. 'Er staat een chauffeur buiten te wachten om je direct naar het hotel te brengen. Je moet direct naar je kamer. Verlaat je kamer niet, behalve voor de maaltijden in de eetzaal. Wat er ook gebeurt, verlaat het pand niet én verlaat de stad niet. Begrepen?'

Steven knikte. 'Begrepen.'

'Goed. Want anders moet ik je arresteren voor moord. Je krijgt ook geen borgtocht.'

'Ik blijf in mijn kamer,' zei Steven. 'Ik heb nogal wat telefoontjes te plegen, dus dat houdt me wel bezig.'

'Ik stel voor dat je een van die telefoontjes met een advocaat pleegt, en snel ook,' zei Tyler. 'Dit is nog niet voorbij.'

Ik wachtte in het kantoor terwijl Tyler Steven naar de wachtende auto buiten begeleidde.

'Kunnen we nu gaan, Cen? Ik heb niet de hele dag de tijd, weet je.' Oma Vi zweefde heen en weer voor de open deur, duidelijk ongeduldig.

'Binnenkort, oma, ik beloof het.' Ik was net uitgepraat toen de buitenste kantoordeur weer openklikte.

Tyler had me deze keer niet gehoord. Hij ging uitgeput weer zitten.

'Wat als Brayden erachter komt dat je Steven hebt vrijgelaten? Hij zal echt van streek zijn,' zei ik. Tylers plan leek me een tamelijk grote gok. Ik wilde niet dat hij zijn baan zou verliezen door Steven Scarabelli vrij te laten.

'Dat zie ik dan wel weer,' zei Tyler. 'Zolang Scarabelli meewerkt, komt Brayden nergens achter. Ik realiseer me dat het een beetje onorthodox is, maar Steven is niet onze moordenaar. Zijn kamer in het hotel is veel mooier dan een gevangeniscel en ik ben er zeker van dat we je moeder en Pearl hem in de gaten kunnen laten houden.'

'Dat is een geweldig idee,' zei ik, hoewel ik niet helemaal overtuigd was. Tante Pearl zou het idee dat ze ergens bij betrokken werd geweldig vinden, maar het probleem was dat ze er altijd te véél bij betrokken raakte. Aan de andere kant: als dit haar bezig hield, zou ze verder geen problemen meer veroorzaken. Misschien kon ik zelfs oma Vi ervan overtuigen om op haar beurt tante Pearl in de gaten te houden.

Tyler knikte. 'Het geeft mij ook meer ruimte, want Scarabelli kan nu gewoon in het hotel eten. Op die manier hoef ik me geen zorgen te maken over hem. Ik heb meer tijd om de zaak te onderzoeken. Het is ook beter voor Steven. Er gaan geruchten de ronde dat hij een verdachte is. Uit het oog, uit het hart.'

'Oeh, ik mag een crimineel bewaken!' Oma Vi wreef vrolijk in haar spookachtige handen.

'Hij is geen crimineel,' fluisterde ik tegen het plafond. 'Niets is bewezen.'

'Wordt hij geboeid? Krijg ik een pistool?' Oma zweefde twee centimeter voor mijn gezicht.

'Geen handboeien.' Ik schudde mijn hoofd. 'En jij krijgt zeker geen pistool.' Geesten konden geen wapens dragen, laat staan de trekker overhalen. Ik maakte me geen zorgen om haar, maar een pistool kon zeker in de verkeerde handen vallen. Dat bewees deze hele situatie maar weer eens.

'Waarom praat je tegen jezelf, Cen?' Tyler fronste zijn wenkbrauwen. 'Je gedraagt je de laatste tijd zo raar. Ik denk dat je een beetje overwerkt bent.'

'Ik ben gewoon moe. Hardop denken helpt me om me te concentreren.' Ik keek naar oma Vi, in de hoop dat ze de hint zou snappen en naar huis zou verdwijnen, maar ze gaf geen krimp. Ik had geen plannen om de geest van mijn oma aan Tyler voor te stellen, onzichtbaar of niet. Oma Vi maakte er dankbaar gebruik van.

'Focus-pocus.' Oma Vi lachte en knipoogde naar me. 'Niets wat een drankje niet kan genezen.'

Was het maar zo eenvoudig.

HOOFDSTUK 16

Ik liet Tyler achter in zijn kantoor en ging naar de Westwick Corners Inn om te zien of mam soms hulp nodig had. Toen ik de oprit naar het gebouw op liep, hoorde ik stemmen en gelach komen vanuit The Witching Post, de bar die door mijn familie werd gerund. Het was minder dan honderd meter van het hotel vandaan, dus ik maakte een *last-minute* omweg om te zien wat er aan de hand was. Ik zou niet verbaasd staan als een deel van de cast en de filmploeg hun verdriet zouden willen verdrinken met alcohol, en The Witching Post was ongeveer de enige plek in de stad om dat te doen.

Mijn vermoedens werden bevestigd toen ik de zware, houten deur opende en de bar binnenging. Ondanks het redelijk vroege uur stond de bar vol met mensen van de filmproductie. Degenen die in Shady Creek verbleven, hadden er duidelijk voor gekozen om in de stad te blijven en wat stoom af te blazen. Naast de gemengde gevoelens over Dirk Diamond zelf, leek het erop dat iedereen benieuwd was om te zien of er nieuwe ontwikkelingen in de zaak waren.

Aangezien iedereen al hard op weg was om dronken te worden, leek de stemming meer op die van een vrijdagavond dan op een moment van rouw. Hun met alcohol gelardeerde speculaties gingen alle kanten op, waarbij iedereen om de beurt raadde wie Dirk had vermoord. Sommigen beweerden dat Dirk connecties had gehad met de maffia, anderen suggereerden dat het een driehoeksverhouding was die hem het leven had gekost.

Sommige mensen dachten zelfs dat Dirks dood een goed uitgevoerde publiciteitsstunt was en verwachtten dat hij elk moment door de deuren van The Witching Post zou stappen, net zo boos als altijd.

Toch was één ding kristalhelder. Niet één persoon in de bar dacht dat Steven Scarabelli Dirk had vermoord. Er was zelfs een halfslachtige poging om geld in te zamelen voor Stevens advocaat, hoewel het niet erg opschoot nu ze allemaal werkloos waren. Zoveel hield iedereen van Steven.

Ik zag tante Amber aan een hoektafel zitten en streek neer op de bank tegenover haar. 'Voel je je al beter?'

'Ik heb alles gedaan om Steven te helpen en kijk eens waar het me heeft gebracht.' Tante Amber harkte met haar vingers de laatste pinda's uit het schaaltje in het midden van de tafel en liet ze in haar mond vallen. 'Mijn carrière is geruïneerd.'

Ik keek gealarmeerd toe toen ze een ander schaaltje met pinda's van de aangrenzende tafel pakte. Tante Amber at als ze van streek was, maar op dat moment leek ze zich niet bewust te zijn van alles om haar heen, inclusief de pinda's die ze met roekeloze overgave in haar mond gooide. Er vormden zich al bultjes op haar armen en nek, waardoor ik me afvroeg of ze soms een doodswens had. 'Stop met die pinda's. Je weet dat je allergisch bent.'

'Ik kan zo niet leven, Cen,' mokte tante Amber. 'Hoe zit het met mijn Hollywood Walk of Fame-ster? Nu kom ik daar nooit meer te staan.'

De hoek waarin we zaten gaf ons in ieder geval wat privacy, maar zelfs in het schemerige licht van de bar was het opgeblazen gezicht van tante Amber duidelijk zichtbaar. 'Kalmeer gewoon en haal diep adem. Waar is je EpiPen?'

'Oh, verdorie.' Ze liet haar hoofd zakken en wreef met haar handen over haar gezicht. Ze sprak met zachte stem een spreuk uit, zo zacht dat ik de woorden niet kon verstaan. Binnen enkele seconden kromp haar uitslag al met de helft.

Ik slaakte een zucht van opluchting, pakte de pinda's en zette het schaaltje weg op de tafel naast ons.

Ik gleed terug in mijn stoel. 'Heb je hekserij gebruikt om die rol te krijgen?' vroeg ik toen plompverloren.

Er waren strikte regels over het gebruik van hekserij voor persoonlijk gewin en tante Amber kende ze allemaal uit het hoofd. Ze was normaal gesproken zo gezagsgetrouw en dus de laatste persoon waarvan ik verwachtte dat ze de regels zou breken. Maar niets aan deze dag was tot nu toe normaal geweest.

Ze negeerde me terwijl ze in de verte staarde.

Ik pakte haar hand en kneep erin. 'Tante Amber?'

'Kijk, ik voel me al beter.' Ze keek op en haar ogen ontmoetten de mijne. Haar huid was vlekkeloos en bleek, zonder enig spoor van uitslag. 'Dit is allemaal zó stressvol. Het is allemaal mijn schuld. Ik had Steven nooit moeten helpen.

'Hoezo heb je hém geholpen? Ik dacht dat het andersom was.' Ik zag niet in hoe tante Amber anders een acteerrol in een blockbuster-film had gekregen zonder ervaring.

'Natuurlijk heb ik hem geholpen, Cen. Ik heb hem Dirk Diamond gegeven.'

Ik rolde met mijn ogen. 'Hoe kun je dat nou zeggen? Steven had Dirk Diamond al. *High Noon Heist* is het vervolg op *Midnight Heist*, waar Dirk al in speelde. Het was een kassucces, dus natuurlijk gaat hij dan de hoofdrol spelen in het vervolg.'

'Dat zou je denken, maar Dirk had het contract nog niet getekend. Niet voor niets, hoor. Hij was van mening dat Steven hem een slecht aanbod deed.'

'Hoe weet jij nou wat Dirk Diamond dacht?' Ik ging zachter praten toen ik Steven Scarabelli de bar zag binnenkomen. Ik vloekte binnensmonds, want waarom was hij uit zijn kamer gekomen? Ik hoopte maar dat Brayden niet zou besluiten om de bar te bezoeken vanavond.

Ik draaide me terug naar tante Amber. 'Dirk klonk behoorlijk ondankbaar toen we bij Stevens trailer stonden. Maar als Steven er niet was geweest, zou Dirk niet eens een ster zijn.' Het voelde raar om over Dirk te praten in de verleden tijd, hoewel ik de aanblik van zijn lijk niet kon vergeten. Het stond op mijn netvlies gebrand

Plots viel me vanuit mijn ooghoek een lichtflits op. Ik draaide me om en zag vlammen van achter de bar schieten.

Tante Pearl zwaaide naar ons. Verdorie, kon ze nu niet eens één avondje de bar bemannen zonder de boel meteen af te laten branden?

Ik sprong op, vloekend toen ik mijn knie tegen de tafel stootte. Ik rende naar de bar en gleed uit op de natte vloer, maar kwam weer in balans. 'Tante Pearl, pak wat water! Doof die vlammen!'

Ze pakte een fles van de bar en zwaaide ermee in haar hand.

Toen ik naar haar toe rende, merkte ik met afschuw op dat het geen water was, maar een fles wodka. 'Nee!'

Ik dook naar voren om de fles te pakken voordat alles ontplofte, maar ik raakte een onzichtbare muur met zo'n kracht dat dit fenomeen wel bovennatuurlijk moest zijn. Ik tuimelde naar de grond en stuiterde in een soort achterwaartse salto voordat ik op mijn kont terechtkwam.

Ik draaide me om in de volle verwachting de hele bar in de hens te zien staan. In plaats daarvan waren de vlammen nu gevangen in twee kleine shotglazen, alsof die brand van daarnet nooit was gebeurd.

Iedereen in de bar staarde me een fractie van een seconde aan, toen klapte er iemand.

Tante Pearl grinnikte. 'Kom op, Cen. Raap jezelf bij elkaar.'

Ik keek boos naar haar terwijl ik op mijn voeten wankelde. 'Opvallend doen levert je geen carrière in de filmwereld op, tante Pearl. Stop met die onzin.'

'Ach. Relax, Cendrine. Je doet alsof je nog nooit brandende Sambuca's hebt gezien.' Ze tilde de twee drankjes op in haar met ovenwanten bedekte handen en plaatste ze voor Steven Scarabelli en Arianne Duval.

Ik vond het een beetje ongemakkelijk dat Steven aan de bar rondhing. Hoewel hij zijn belofte aan Tyler om in zijn kamer te blijven had gebroken, was hij in elk geval nog op ons terrein. Er was nergens anders waar hij heen kon op dit uur en de kans was klein dat Brayden hier zou binnenwippen. Het was waarschijnlijk geen probleem.

Steven en Arianne zagen er allebei gestrest uit en het was begrijpelijk waarom ze na alles wat er vandaag gebeurd was een drankje wilden doen. Vooral Steven, die waarschijnlijk nog steeds geschokt was vanwege het feit dat hij even had vastgezeten. Hoewel de mensen allemaal niet bepaald leken te rouwen om Dirks voortijdige vertrek uit deze wereld, vond ik de twee mensen die allemaal vlammende Sambuca's aan de bar zaten weg te tanken toch iets te feestelijk. Ik vroeg me af wiens idee dat was geweest.

Arianne deinsde weg van haar shotglaasje en wuifde haar hand boven het glas. 'Mag ik de mijne eh... gekoeld krijgen?' Ze knikte beleefd in mijn richting.

Tante Pearl rolde met haar ogen voordat ze voorover leunde om de vlammen op Ariannes drankje uit te blazen, waarbij ze bijna haar eigen wenkbrauwen verschroeide.

Arianne rilde en duwde haar borrelglas weg met een lange, gemanicuurde vingernagel.

Gelukkig veranderde Steven van onderwerp. 'Heb jij Bill soms gezien?' vroeg hij aan mij.

'Nee.' Waarom zou hij dat nu net aan mij vragen? 'Heb je bij zijn kamer aangeklopt?'

Hij knikte. 'Ik was er een paar minuten geleden nog, maar die eikel ontwijkt me. Hij is me geld schuldig en ik kan niet langer wachten. Ik moet iedereen hier toch kunnen betalen.'

'Hoeveel is hij je precies schuldig dan?' Dit interesseerde me omdat geld altijd het slechtste in mensen naar boven leek te brengen. Bill had het niet over geldproblemen met Steven gehad. Misschien schaamde Bill zich over het feit dat hij iemand geld verschuldigd was. Maar het feit dat Steven misschien een schuld bij Bill wilde innen zou goed zijn geweest om te weten. Dat gaf Steven tenminste een geldige reden om bij de rekwisieten te blijven rondhangen. Maar als dat het geval was, waarom had Steven dat dan niet gezegd? Of misschien beweerde Bill dat Steven aan de rekwisietenkist had gezeten om de schuld van zichzelf af te schuiven.

Ik voelde een hand op mijn arm en draaide me om. Tante Amber stond aan mijn zijde. Met Steven aan de andere kant voelde ik me een beetje ongemakkelijk omdat ik helemaal voor me zag hoe dat binnen *no time* kon escaleren. 'Zullen we mama maar eens gaan helpen?' stelde ik snel voor.

'Ik vind het prima.' Tante Amber wendde zich tot Steven. 'Je denkt misschien dat je wegkomt met moord, Steven, maar dat is niet zo. Als de politie je niet te pakken krijgt, doe ik het wel.'

'Tante Amber!' Ik haakte mijn arm in de hare en trok haar weg van de bar in de richting van de deur. 'Hoe kun je zoiets zeggen tegen de man die jou een grote kans heeft gegeven?'

'Mijn talent is wat me die kans heeft gegeven, Cen. En ik heb Dirk op mijn beurt geholpen. Hij was niet alleen mijn protegé, maar ook een goede vriend. Hij is nooit vergeten hoe ik hem aan Steven heb voorgesteld en hem zíjn grote doorbraak heb gegeven. Nou, dat blijkt een fatale fout te zijn geweest. Het is allemaal mijn schuld.' Ze brak in snikken uit terwijl ik haar naar de deur leidde. 'Misschien moet ik er gewoon een eind aan maken. Zonder mijn mede-ster heb ik geen reden om te leven.'

Ik trok de deur open en sleepte tante Amber half mee terwijl ze zwaar op mijn arm leunde. Ik kon niet zien of ze het serieus meende of gewoon dramatisch wilde doen, maar ik vermoedde het laatste. Ze wilde dat Steven spijt kreeg van het feit dat hij nu haar geweldige acteerprestaties zou mislopen.

Toen we naar buiten stapten in de koele avondlucht kwam ze plotseling weer bij haar positieven. Ze liet mijn arm los en ging in een snel tempo naar het hotel. We hadden nog maar een paar stappen gezet toen we Tyler van de parkeerplaats zagen komen.

'Jij.' Tante Amber bleef voor Tyler staan en prikte hem in zijn borst. 'Je laat een moordenaar vrijuit gaan. Je gaf hem zijn vrijheid terug, maar ik beloof je: hij zal er niet van genieten.'

Ze stormde weg en ik rolde met mijn ogen naar mijn vriendje. 'Laat haar maar even afkoelen.' Ik rende achter haar aan en vermeed te vermelden dat Steven Scarabelli niet meer op zijn kamer was. Tyler had nu vast andere dingen aan zijn hoofd.

HOOFDSTUK 17

Ik was net de eetkamer binnengestapt toen er iets naar beneden zoefde en me bijna van mijn voeten sloeg.

Ik schreeuwde en ontweek de klap toen iets bijna de achterkant van mijn nek raakte, te oordelen naar de tochtvlaag die over mijn huid ging. Ik bevroor, half in de verwachting klauwen op mijn hoofd of rug te voelen. Maar wat wás het? Hoewel ons hotel tochtig was, waren er zeker geen vleermuizen, vogels of andere vliegende wezens in het huis. Nee, dit kon maar één persoon zijn en ik had hier zo geen zin in. Ik bleef in de deuropening staan om me te schrap te zetten voor wat er zou komen.

'Cendrine West, stop met weglopen voor me!' Oma Vi zweefde voor me en blokkeerde mijn pad. In theorie althans, omdat ik technisch gezien dwars door haar heen kon lopen.

'Wat doe jij hier? Ik dacht dat je terug naar huis ging,' fluisterde ik. Oma had beloofd om terug te gaan naar het boomhuis, maar ik denk dat ze boos was op alle gasten die in het hotel verbleven. Ze was nooit blij met mensen die in haar voorouderlijk huis verbleven en ik maakte me zorgen dat ze iets overhaast zou gaan doen. Alleen haar aanwezigheid was al genoeg om de dingen te compliceren.

Ik voelde wat ogen op me gericht. Ondanks het late uur waren de ongeveer twintig stoelen in de eetzaal bezet door mensen die nog laat iets wilden eten, en alle ogen waren op mij gericht. Oma Vi was natuurlijk onzichtbaar voor alle anderen, dus ik zag er waarschijnlijk uit als een gek.

Alweer.

'Laten we ergens anders heen gaan,' zei ik. 'Misschien het boomhuis?'

Oma Vi's verschijning werd duisterder. 'Dit is mijn huis, weet je nog? Ik heb meer recht om hier te zijn dan deze indringers. Dit is allemaal Ambers schuld. Niets van dit alles zou zijn gebeurd als ze die filmploeg niet hierheen had gebracht. Ik ben een beetje boos op haar.'

Ik draaide in de rondte om te zoeken naar tante Amber, maar ze was niet naar de eetkamer gelopen, zoals ik dacht. Ik draaide me om en ging de hal weer in. 'Ik zal haar voor je zoeken.'

Oma Vi zweefde achter me aan en mompelde iets wat ik niet helemaal kon ontcijferen. Haar stem werd luider toen we door de gang liepen. 'Je wordt verondersteld die arme Tyler te helpen. Hij heeft echt zijn handen vol aan deze zaak. En hij ziet er zo verdrietig uit.'

Tyler zag er inderdaad verdrietig uit. Hij zat aan een tafel bij de deur waar we hem net waren gepasseerd. Braydens deadline naderde met rasse schreden en hij was nog geen stap dichter bij het arresteren van de moordenaar.

Oma Vi was Tylers grootste fan, maar haar stiekeme *crush* op mijn vriendje was soms een beetje vervelend. En stalkerachtig, bovendien. Hij wist niet eens dat ze bestond, maar toch wist ze alles over hém. Als hij er ooit achter zou komen, zou hij me vast griezelig vinden. 'Ik help hem toch, oma, en ik wil geen ruzie maken. Laten we ons concentreren op het ontmaskeren van Dirks moordenaar. Jij zei dat je iets opvallends hebt gezien. Ik wil weten wát je zag vanuit je locatie boven de set. Vertel me alles.'

Ze zweefde langs me heen en draaide zich om zodat ze op mijn ooghoogte bleef hangen. 'Er waren andere mensen op de set die er niet hoorde te zijn. Niemand zag ze, behalve ik.'

'Wie?' Ik was mijn zoektocht naar tante Amber even vergeten.

Ze hield haar hoofd schuin. 'Een man en een vrouw. Ik weet alleen niet wie ze zijn. Ze verstopten zich in een leegstaand gebouw aan de overkant van de straat.'

Natuurlijk. Als spook ging oma Vi niet alleen door muren heen, maar kon ze er ook doorheen kijken. Waarom had ik daar niet eerder aan gedacht?

'Welk gebouw? Zou je het kunnen aanwijz...' Ik stopte met praten toen de voordeur van het hotel op dat moment open zwaaide. Brayden Banks stapte enkele seconden later de gang binnen. Hij knikte en zijn stem was vlak en koud toen hij zei: 'Cen.'

Niemand zou denken dat we ooit verliefd waren geweest en zelfs verloofd waren. Wat hem betrof was ik nu de vijand.

Zijn mond was een dunne, harde streep en het was duidelijk dat hij ergens boos over was. Ik vroeg me af of ik Tyler moest waarschuwen, maar het was al te laat. Hij was al op weg naar de eetkamer.

Dus ik holde achter hem aan en vroeg oma Vi zachtjes om me te volgen.

Brayden liep de eetkamer binnen en ging recht op Tyler af, die nu met Steven Scarabelli aan zijn tafeltje zat en koffie dronk. Godzijdank. Steven moest de bar weer hebben verlaten, net na tante Amber en mij. Tyler leunde voorover en praatte op zachte toon met Steven.

Brayden stopte op slechts een halve meter bij Tyler vandaan en fronste naar hem. 'Sheriff Gates, is dit uw idee van misdaadbestrijding? Zit u koffie te drinken met een móórdverdachte?'

Tyler stond op. 'Dat is niet waar. Hij is een ooggetuige en...'

'Het zal wel.' Brayden sprak op de vlakke toon die hij gebruikte om zijn emoties onder controle te houden. 'Ontspan je maar en geniet van je koffie. Op die manier weet de staatspolitie straks precies waar ze je kunnen vinden als ze je van je plichten ontslaan en de zaak overnemen.'

'Je kunt me niet van de zaak afhalen. Niet als ik bijna een arrestatie ga verrichten.'

'Dat zullen we nog weleens zien,' zei Brayden. 'Je had Scarabelli achter de tralies moeten houden. Wat is hier verdomme aan de hand?'

'Ik kon hem niet arresteren. Er is tegenstrijdig bewijs dat zegt dat we de verkeerde persoon hebben gearresteerd.' Tyler tikte op zijn laptopscherm. 'Hij heeft beloofd het hotel niet te verlaten.'

Brayden hief zijn handen in de lucht en zijn gezicht vertrok van woede. 'Hoe kon je Scarabelli vrijlaten? We kunnen geen moordenaar vrijlaten. Wat zullen de mensen wel niet denken?' Het ging allemaal om "wat mensen dachten" bij Brayden.

'Eh, ik ga nergens heen, burgemeester,' zei Steven. 'Ik blijf hier.'

Brayden wuifde zijn woorden weg. 'Bemoei je er niet mee.'

Steven haalde zijn schouders op. 'Ik ben boven in mijn kamer, sheriff.' Hij stond op en vertrok naar boven.

Tyler drukte een paar toetsen op zijn toetsenbord in en draaide zijn laptop om zodat die tegenover Brayden stond. 'Ik had geen andere keuze dan Steven vrij te laten. Kijk eens wat ik gevonden heb.'

Het waren bewakingsvideo's van de buitencamera's van de bank. De film was zwart-wit en korrelig, maar Steven Scarabelli was te zien. 'Hij was dáár toen de kogels werden afgevuurd. Je kunt de schoten horen. Je kunt ook zien dat hij niets in handen heeft. Hij staat in de tegenovergestelde richting van waar de kogels vandaan kwamen.'

'Kan me niet schelen.' Braydens gezicht werd rood.

Ik kwam tussenbeide. 'Het kan je niet schelen dat een onschuldige man wordt aangeklaagd voor moord? Ik dacht dat ik je beter kende dan dat, Brayden.'

Brayden schudde zijn hoofd. 'Je kent me helemaal niet, Cen. Dat heb je nooit gedaan.'

Oma Vi neuriede boven mijn hoofd terwijl ze zogenaamd viool speelde. 'Oh oh oh. Wat een drama!'

Ik keek haar kwaad aan voordat ik me weer tot Brayden wendde. 'Laten we ons concentreren op het vinden van de échte moordenaar, die nog steeds ergens rondloopt,' zei ik. 'Totdat we dat hebben gedaan, zou er zomaar nog een moord kunnen worden gepleegd.'

'Bemoei je er niet mee, Cen. Dit is een politieonderzoek en het gaat je niets aan... Auw!' Brayden sprong plotseling achteruit terwijl hij naar zijn hoofd greep.

Het plafond boven zijn hoofd was gebarsten, waardoor het brokken gips naar beneden regende. Een fijne laag gips bedekte zijn hoofd en de schouders van zijn marineblauwe pak. Direct boven hem was een gapend gat in het plafond ontstaan. Het gat was zonder aanwijsbare reden geopend en het puin had alleen Brayden geraakt, niet de andere mensen in de zaal.

Oma Vi zweefde net achter Brayden en proestte het uit.

Ik was boos en tegelijk blij met haar, en ik moest moeite doen om een glimlach te onderdrukken.

'Dit hotel staat op instorten.' Brayden wreef zijn gezicht schoon met zijn handen en veegde stof uit zijn ogen. Misschien was het de gipsdouche of de dreiging van een moordenaar die nog op vrije voeten was, maar iets had hem doen inzien dat hij onredelijk bezig was. De situatie leek eindelijk bij hem binnen te komen. 'Ik geef je nog vierentwintig uur, sheriff Gates. Maar daarna bel ik de staatspolitie.'

'Niet nodig. We hebben de moordenaar voor die tijd wel gearresteerd.' Tyler fronste.

Ik hoopte maar dat hij gelijk had...

HOOFDSTUK 18

Nadat ik even naar mama in de keuken was gelopen, gingen Tyler en ik terug naar de eetkamer. Tante Amber was weer opgedoken. Ze zat aan een tafel net naast de keukendeur en tikte met haar voet op de vloer. Ze zag er verhit en rusteloos uit. Waarschijnlijk omdat burgemeester Brayden Banks er nog was.

Brayden had het gips van zich afgestoft en was bezig met het oppeuzelen van een dubbele portie kersentaart van mijn moeder. Hij leek tevreden, althans, totdat hij ons naar zijn tafel zag lopen. Tante Amber stond op uit haar stoel en volgde ons.

Wat voor gesprek er ook plaats zou vinden tussen Brayden en Tyler, ik vond dat Tyler getuigen nodig had. We stonden met z'n drieën te wachten tot Brayden opkeek, maar hij staarde gewoon naar z'n half opgegeten taart alsof hij helemaal in een andere wereld verkeerde.

'Ik heb het gedaan,' zei tante Amber, luid genoeg om het iedereen in de eetkamer te laten horen. 'Ik heb Dirk Diamond vermoord.'

Braydens mond viel open en zijn vork bleef in de lucht hangen. 'Wát zeg je? Heb jij Scarabelli soms geholpen?'

Tante Amber was bezig zichzelf problemen te bezorgen die zelfs voor een heks te ernstig waren om zomaar ongedaan te maken.

'Jij kunt het niet eens gedaan hebben.' Ik staarde mijn tante aan en wenste dat ze zou stoppen met praten. 'Ik zag je weglopen vóórdat de schoten werden afgevuurd.'

'Misschien heb ik nooit het schot zelf afgevuurd, maar toch geholpen.' Tante Amber glimlachte alsof ze zojuist iets triviaals had gezegd, alsof het er niet toe deed.

Brayden liet zijn vork nu helemaal vallen. 'Hoe precies? Heb je Scarabelli het pistool gegeven?'

Tante Amber glimlachte alleen maar.

'Je hebt... een moordenaar ingehuurd?' Braydens gezicht werd steeds verwarder.

Ik leunde dichterbij en fluisterde in mijn tantes oor: 'Waarom doe je dit? Je maakt de dingen alleen maar ingewikkelder. Dit gaat het hele onderzoek op een zijspoor zetten.'

'Relax,' zei ze op zachte toon. 'Het is allemaal onderdeel van mijn masterplan.'

'Vergeet het masterplan.' Ik greep haar arm en trok haar een paar meter weg. Ik had genoeg van tante Ambers drama. De stad – en niet te vergeten, Dirk – was beter af geweest als die film hier nooit opgenomen was. 'Dit is een serieuze zaak. Als je eenmaal gearresteerd bent, kun je niet meer terug naar Londen.'

'Uh-oh. Daar had ik niet aan gedacht, zeg.' Ze streek haar haren glad en glimlachte vriendelijk naar het stel dat aan de volgende tafel zat.

Zoals ik al vermoedde, was tante Amber op zoek naar aandacht zonder echt goed na te denken.

Brayden wees intussen naar Tyler. 'Je hebt haar gehoord, sheriff Gates. Waarom arresteer je haar niet?'

Tyler opende zijn mond om te antwoorden, maar bedacht zich. Hij trok een paar handboeien uit zijn jaszak en boeide tante Amber.

'Tante Amber! Zeg hem dat je het niet serieus meende.' Haar afleidingsmanoeuvre – als dat het was – dreigde Tylers onderzoek wéér te laten ontsporen.

Ze negeerde me terwijl ze haar polsen omhooghield. 'Ik ben Stevens medeplichtige. We hebben allebei Dirk vermoord.'

'Sluit haar op, Gates.' Brayden wees naar tante Amber. 'Laat deze vrouw niet ontsnappen.'

Mijn mond viel open bij Braydens vijandigheid. Hoewel er niets meer was tussen Brayden en mij, was hij eigenlijk altijd heel erg gesteld op tante Amber geweest toen we nog wel een relatie hadden. Toch zat hij hier nu gewoon van mams taart te smullen terwijl hij mijn bloedeigen tante liet oppakken.

'Wacht! Ik heb gelogen... ik heb het niet gedaan. Maar mijn leven is in gevaar.' Tante Amber onderdrukte een snik terwijl ze de eetkamer rondkeek. Ze had inmiddels het publiek waar ze zo naar snakte. Iedereen in de eetkamer was gestopt met eten, praten of wat ze ook hadden gedaan om haar aan te staren. 'Ik moet beschermd worden en in de gevangenis ben ik het veiligst. Sheriff Gates, mijn leven ligt nu in jouw handen.'

Tante Amber was in ieder geval nog een paar minuten de hoofdattractie. Snapte ze dan niet dat dit haar uiteindelijk te veel zou gaan kosten?

HOOFDSTUK 19

Het lukte ons uiteindelijk om tante Amber uit de schijnwerpers te halen en de keuken in te lopen, waar ze niet nóg meer problemen kon veroorzaken. Maar de schade was al aangericht.

Oma Vi, die op wacht stond in de eetzaal, haastte zich naar binnen om ons te informeren dat Brayden net naar de staatspolitie van Washington had gebeld. Hij wilde hen bij het onderzoek betrekken zonder dat Tyler daarom had gevraagd.

Tante Amber friemelde aan de handboeien. 'Deze boeien doen pijn, Tyler. Waarom moet ik ze überhaupt dragen?'

Hij zuchtte. 'Je vroeg erom, weet je nog? Je gaf me geen andere keuze dan te handelen.'

'Tyler staat op het punt ontslagen te worden door jou,' voegde ik eraan toe. 'Voel je je niet een klein beetje schuldig?'

'Waarom zou ik me schuldig voelen?' Tante Amber pruilde. 'Ik probeerde alleen maar te helpen. Het laten lijken alsof Tyler vooruitgang had geboekt. Waarom is iedereen ineens zo lichtgeraakt?'

Ik schudde mijn hoofd. 'Moordbekentenissen kunnen niet zomaar ongedaan worden gemaakt, tante Amber. Niemand zal dat optreden van jou vergeten.'

Ze begon meteen te stralen. 'Echt waar? Was mijn acteerwerk zo goed? Heb ik je overtuigd?'

Tyler schudde zijn hoofd. 'Dit is geen tijd voor een acteercarrière, Amber. Ik doe de handboeien af, maar je moet me beloven dat je deze keer je mond houdt. Ga naar je kamer, praat met niemand en ga niet weg om welke reden dan ook.'

'Maar wat als...'

'Geen uitzonderingen.' Tyler trok me naar zich toe en fluisterde in mijn oor: 'Ik kan geen moord oplossen met je gekke familie in de buurt. Kun je ervoor zorgen dat ze allemaal uit het zicht blijven, tenminste tot Brayden hier weg is?'

'Ik zal ze bezig houden.' Ik wendde me tot mijn tante. 'Kom op, tante Amber, laten we naar boven gaan.'

Ik had geen idee waar tante Pearl was. Haar afwezigheid baarde me zorgen omdat ze dan waarschijnlijk ergens anders problemen veroorzaakte. Maar ik had mijn handen al vol, dus ik moest haar nu maar even uit mijn hoofd zetten.

Nadat ik tante Amber naar haar kamer had begeleid en haar met wat Hollywood-roddelbladen probeerde zoet te houden, ging ik op zoek naar oma Vi. Maar die liet zich ineens niet meer zien, en dat terwijl ze me tot twee keer toe bijna had verteld wie ze de trekker had zien overhalen. Waar was mijn spookachtige oma als je haar nodig had? Ik besloot dan maar terug naar beneden te gaan om mam te helpen met het opruimen van de keuken. Het was een vermoeiende dag geweest. Morgen was het weer vroeg dag en het uit de buurt houden van mijn beide tantes betekende ook dat ik tante Pearls huishoudelijke taken moest doen, naast het helpen van mijn moeder met andere dingen. We hadden een plan nodig om alles in goede banen te leiden en met de gasten om te gaan.

Het bleek goede timing te zijn dat ik kwam helpen. Mam had al een taak voor me: een roomservicemaaltijd naar Steven Scarabelli brengen. Tussen zijn gevangenisverblijf en de drankjes bij de Witching Post door, had hij het diner gemist.

Ik pakte het dampende dienblad met rosbief, groenten en jus op en liep de keuken uit. Ik was opgelucht dat Steven eindelijk naar zijn kamer was gegaan. Misschien waren de cast en de filmploeg er niet op uit om hem ergens op te betrappen, maar de fanatieke fans van Dirk Diamond zouden zeker op zoek zijn naar wraak. Het was waarschijnlijk een zegen voor hem dat hij momenteel vastzat in ons stadje.

Sterker nog, in de korte tijd dat we terug waren in het hotel was er al een hele groep die-hard fans van Dirk komen opdagen. Ik had ze niet met eigen ogen gezien, maar volgens een pas gearriveerd lid van de filmcrew stonden de fans van Dirk onder aan de heuvel op het terrein van het hotel bij elkaar. Meer fans hadden zich verzameld rond een tijdelijk altaartje van kaarsen en bloemen bij de Main Street filmset waar hij was vermoord.

Hoewel de fans niet konden zien wat zich in ons hotel afspeelde zolang ze onder aan de heuvel bivakkeerden, konden ze wel iedereen zien komen en gaan. Tyler had de deur uit voorzorg al eerder gesloten, dus alle gasten moesten om toegang vragen. Dat zorgde voor een schijn van kalmte, althans aan de oppervlakte.

Hollywoodnieuws ging als een lopend vuurtje rond... of meer als bosbrand. Over Dirk was nog niet eens een officiële mededeling gedaan. Westwick Corners was afgelegen, weggestopt in het noordoosten van de staat Washington, op enkele uren rijden van Seattle, en toch wisten de mensen al van de tragedie die zich hier had voltrokken.

Ik verwachtte dat ons stadje tegen morgenochtend zou krioelen van de fans en de Hollywood-pers. Dat gaf me een idee. Voor één keer gaf onze locatie *in the middle of nowhere* me een voorsprong en ik was van plan om die te gebruiken voor een exclusief interview.

Ik droeg Steven Scarabelli's dienblad naar zijn kamer op de tweede verdieping, in het volle besef dat ik voorlopig de enige journalist was die toegang tot hem had. Ik was van plan om dat ten volle te benutten.

Mijn maag rammelde door de geur van de rosbief-sandwich en de biefstuk die ik naar boven droeg. Het bord was zwaar door een dubbele portie rosbief, *Yorkshire pudding*, worteltjes, twee royale lepels aardappelpuree en een apart schaaltje jus. Het water liep me in de mond toen ik me realiseerde dat ik sinds vanochtend niets meer gegeten had.

Ik botste bijna tegen tante Amber aan toen die de trap afdaalde met haar koffer in de hand. 'Tante Amber, waar ga je heen? Je weet dat je niet weg mag.'

'Ik kan hier niet blijven, Cen. Niet op dezelfde plaats als een moordenaar die iemand in koelen bloede heeft vermoord. Wat als hij zich nu op mij concentreert?'

'Dat gaat hij niet doen.' Ik balanceerde het dienblad op één hand terwijl ik de trapleuning vasthield.

'Dat weet je niet. Hij heeft Rose, Dirk en mij verraden. Ik heb het gehad met die man.' Ze zette haar koffer neer op de overloop.

Zoals gewoonlijk liet tante Amber het op een of andere manier allemaal weer om zichzelf draaien. 'Maar Dirk is degene die wilde dat je werd ontslagen. Ik was erbij. Ik hoorde het met mijn eigen oren.'

'Ik wou dat je ophield met dat te zeggen.' Tante Amber haalde diep adem. 'Je vergist je.'

'Nee hoor. Weet je nog toen je me aan Dirk voorstelde? Je ging naar de set, maar ik niet. Ik zag Steven en Dirk ruzie maken buiten het oude bankgebouw. Het was niet het script waar ze het over hadden. Het ging over jou.'

Tante Amber zette haar handen in haar zij. 'Natuurlijk ging het over mij. Dirk kwam voor mij op. Hij is een zeer trouwe collega.'

Ik schudde mijn hoofd. 'Ik ben bang dat dat niet het geval is. Dirk gaf Steven een ultimatum. Tenzij Steven jou ontsloeg, zou Dirk met de film kappen. Steven protesteerde, maar uiteindelijk moest hij wel instemmen met Dirks eisen. Hij kon de film niet maken zonder Dirk. Omdat hij alle contracten al had getekend, moest hij nog steeds de cast en de crew betalen. Dirk zou hem tot een faillissement hebben gedwongen en de hele filmploeg zou niet betaald krijgen. Welke keuze had Steven dan moeten maken?'

'Je hebt het mis.' Ambers ogen vulden zich met tranen. 'Of misschien sta je gewoon aan Stevens kant. Hij heeft alle anderen tegen me opgezet.'

'Denk je echt dat ik tegen je zou liegen, tante Amber?'

'Ik weet het niet,' snuffelde ze. 'Iedereen die ik vertrouw heeft zich tegen mij gekeerd. Ik heb het gehad met deze plek. Ik ga terug naar Londen.' Ze pakte haar koffer op en liep de trap af.

Ik zuchtte gefrustreerd. Tante Amber zag deze hele tragedie nog steeds vanuit haar perspectief, niet dat van Steven. 'Je kúnt niet weggaan. Je hebt het Tyler beloofd, weet je nog? Je hebt zijn toestemming nodig om de stad te verlaten.'

Tante Amber stond al onderaan de trap. Ze draaide haar hoofd en keek me aan. 'Ik heb niemands toestemming nodig. Ik doe wat ik wil, wanneer ik wil.'

Ik zuchtte diep. Ik wilde niet dat Brayden nog een excuus had om Tyler te ontslaan. 'Ga alsjeblieft niet weg, tante Amber. Blijf voor Tyler. Voor mij.'

'Ik kan gewoon niet geloven...' Voor het eerst was er een spoor van onzekerheid in haar stem te horen. Haar ogen vlogen heen en weer tussen de deur en mij.

'Wil je bewijs? Misschien kan ik dat regelen.' Mijn magie was nauwelijks voldoende om me terug te brengen naar het moment van Steven en Dirks ruzie, laat staan dat ik tante Amber mee kon nemen, maar ik kon het allicht proberen. 'We kunnen een terugspoelspreuk doen en ik kan het je laten zien.'

'We?' Tante Amber maakte aanhalingstekens met haar vingers. 'Je moet de magie in je eentje onder de knie krijgen, Cen. We kunnen niet altijd in de buurt zijn om je te helpen.'

'Ik bedoelde niet...'

'Je moet gewoon beter je best doen.'

'Oké, prima.' Ik klonk kalm en probeerde de pijn die ik voelde niet te laten merken. Op een of andere manier moest ik tante Amber de waarheid laten zien. 'Ik zal het voor elkaar krijgen, je zult het zien.'

Tante Amber rolde met haar ogen. 'Ik zie niet in hoe een terugspoelspreuk ons zal helpen. Ik was niet bij jou in de buurt toen je Dirk en Steven hoorde ruziën. Hoe kan ik teruggaan naar een plek waar ik nooit geweest ben?'

Plotseling kreeg ik inspiratie. 'Wacht, ik heb een idee. Dirk en Steven stonden buiten bij het oude bankgebouw. Misschien stond een van de camera's die de overvalscène moesten filmen al aan. Dan kan die hun gesprek opgepikt hebben.' Wie weet zou het helpen, al was het behoorlijk onwaarschijnlijk.

Dat wekte de interesse van tante Amber. 'Als er een filmopname is, wil ik die zien.'

'Loop met me mee zodat ik dit diner kan afleveren. Dan gaan we daarna samen naar de beelden kijken.' Tyler zou het niet toestaan, dus ik zou het zonder zijn medeweten moeten doen. Ik voelde me daar vreselijk over, maar tenzij tante Amber zou geloven dat Steven onschuldig was aan haar ontslag, zou ze wraak willen nemen en werd het onderzoek hopeloos op een zijspoor gezet.

Of erger nog: een onschuldige man zou veroordeeld worden voor moord. 'Je weet dat Steven Dirk niet heeft kunnen vermoorden. Hij was niet eens in zijn buurt.' Ik vertelde wat ik had gezien van Stevens bewegingen en paste ervoor op dat ik niets specifieks onthulde over het moordonderzoek zelf.

'En wat dan nog? Misschien gebruikte Steven speciale effecten om te verhullen waar de kogel vandaan kwam. Ik weet niet hoe, maar ik weet zeker dat hij er op een of andere manier bij betrokken is. Misschien heeft hij een huurmoordenaar ingehuurd om zijn vuile werk te doen.' Ze snelde me voorbij op de trap en haar elleboog kwam half in de berg aardappelpuree terecht.

Ik keek met ontzetting neer op de aardappelen. 'Kijk nou wat je hebt gedaan.'

'Serieus, Cen? Je maakt je zorgen over aardappelpuree terwijl er een moordenaar in dit hotel zit?'

Ik schudde mijn hoofd. 'Ik kan dit eten niet zo mee naar boven nemen. Het lijkt net alsof iemand zijn vinger erin heeft gestoken.' Steven zou denken dat ik die iemand was en dat zou mijn kans op een exclusief interview danig verminderen. 'Los het op, alsjeblieft.'

Tante Amber rolde met haar ogen. 'Je zou dat zelf moeten kunnen, Cen. Dat is basishekserij, verdorie. Jij en jouw generatie nemen tegenwoordig alles voor lief. Jullie moeten echt je vak leren voordat het te laat is.'

Ik begon te protesteren, maar het was zinloos om ruzie te maken. In plaats daarvan deed ik een beroep op het ego van tante Amber. 'Alsjeblieft? Je bent zoveel artistieker dan ik.'

Het werkte. Ze zwaaide met haar hand en voilà, de aardappelpuree zag er weer uit als een hoopje nette toefjes.

'Er is nog iets anders,' ging ik door. 'We kunnen Dirks moordenaar helemaal niet vinden zonder jouw hulp. Je weet dat het niet Steven is. Iemand hier weet iets, en van alle sterren,' ik pauzeerde om dat laatste woord te laten bezinken, 'ben jij de enige Hollywood-buitenstaander. Je zit in een unieke positie om ons te helpen.'

'Is dat zo?' Tante Amber zag er twijfelend en ook achterdochtig uit.

Ik knikte. 'Je bent nodig bij het oplossen van deze misdaad omdat je zo goed bevriend was met Dirk.' *En Steven*, wilde ik eraan toevoegen, maar ik durfde zijn naam niet te noemen. Ik wilde haar woede over haar ontslag niet opnieuw aanwakkeren.

'Ik was inderdaad goed bevriend met Dirk én met Rose. Ze keken allebei tegen me op.' Tante Amber bedekte haar mond met haar hand terwijl haar stem brak. 'En nu zijn ze dood.'

Ik keek naar de rosbief, die inmiddels niet meer zo dampte. Ik twijfelde er sterk aan dat tante Amber de reden was voor Dirks succesvolle acteercarrière, maar niets van dat alles deed er meer toe. Er was echter één ding dat ik zeker moest weten. 'Is Rose echt gestorven aan een hersenbloeding?'

'Ik weet het niet meer zo zeker. Ze stierven allebei vlak achter elkaar en dat vind ik wel erg toevallig.' Ze veegde een traan van haar wang. 'Ze was het toonbeeld van gezondheid.'

'Het spijt me dat ik dit ter sprake breng op een moment als dit, maar ik vind het ook verdacht.' Ik zei tegen mezelf dat ik nog eens goed onderzoek naar Rose' plotselinge dood moest doen.

'Meer dan verdacht. Het maakt de zaak tegen Steven sterker. Hij heeft ze allebei vermoord,' zei tante Amber. 'Ze vertrouwden hem allebei en nu zijn ze dood.'

'Ik denk niet dat hij het is, tante Amber. Hij is financieel geruïneerd. Hij lijdt meer onder hun dood dan wie dan ook. Het moet iemand anders zijn geweest.' Ik keek rond in de gang, bang dat iemand ons zou afluisteren. Nu tante Amber wat gekalmeerd was, gaf ze echt nuttige informatie. Ik wilde haar aan de praat houden. 'We moeten onder vier ogen praten. Kom, ik moet alleen dit bord afleveren en dan kunnen we praten.'

'Oké.' Ze liep de volgende trap op en liet haar koffer zo lang bij de reling staan. 'Waarheen?'

'De tweede verdieping.' Ik had met opzet niet gezegd voor wie het dienblad was. Als ze wist dat het Steven was, dan zou ze vast niet meelopen.

Ze was al in een betere bui. Helaas betekende dit dat haar rouw werd vervangen door een tirade tegen Steven. 'Steven werd zo boos op Dirk, en dat zonder enige reden,' brieste ze.

'Ik snap wel waarom,' wierp ik tegen. 'Hij had al zijn geld al in de productie gestoken toen Dirk er in principe mee wilde kappen.' Ik vertraagde mijn pas toen we bij Stevens deur aankwamen. Ik wilde niet dat hij ons zou afluisteren.

'Er is meer aan de hand dan dat,' zei tante Amber. 'Steven was ook boos op Bill. Je moet het Bill maar eens vragen.'

Het was moeilijk om de gezichtsuitdrukking van tante Amber in de schemerige gang te interpreteren. 'Misschien doe ik dat wel.' Ik klopte zachtjes aan bij Stevens kamer en zette me schrap voor wat er zou komen. Ik hoopte dat tante Amber op zijn minst beschaafd zou zijn tegen Steven, maar misschien was het beter als ze nu eens flink ruzie zouden maken en daarna vrede konden sluiten.

Maar wat bleek? Ik hoef me helemaal geen zorgen te maken over hun geruzie. Er stond ons een veel groter probleem te wachten, iets wat ik in geen miljoen jaar had verwacht.

HOOFDSTUK 20

Stevens deur zwaaide open omdat ik er tegenaan leunde, waardoor ik uit balans raakte. Het dienblad zwaaide vervaarlijk, maar ik slaagde er op de een of andere manier in om mezelf overeind te houden en het blad weer recht te houden.

'Hallo?' De deur stond een paar centimeter op een kier en binnen was het akelig stil. Ik voelde me raar, vooral omdat ik wist dat Steven binnen moest zijn.

Geen antwoord.

'Weet je zeker dat je de juiste kamer hebt, Cen?' vroeg tante Amber.

Ik antwoordde niet, maar stak mijn hoofd om de half openstaande deur heen. De lichten waren uit, de gordijnen waren dicht en de kamer was donker op een smalle strook licht na, die uit de half openstaande badkamerdeur scheen. Het verlichtte iets op de vloer een meter verderop. Het leek wel een stapel kleren, of beddengoed. Ik duwde zachtjes tegen de deur, maar hij wilde niet verder open. Wat er ook op de vloer lag, het hield de deur tegen.

Terwijl mijn ogen langzaam aan de duisternis wenden, zag ik een paar voeten. Ze waren verbonden met de bobbel op de vloer.

'Oh, nee!' schreeuwde ik, terwijl ik vol afschuw terugdeinsde.

'Wat? Wat is er aan de hand?' Tante Amber duwde me naar voren toen ze probeerde het beter te zien.

Ik reikte naar binnen, draaide de lichtschakelaar om en schrok. De vloer was bedekt met bloed.

En Steven Scarabelli's koude lichaam.

Tante Amber duwde me weer naar voren, en dit keer ging de deur wél langs Stevens voeten en konden we goed naar binnen kijken. Het dienblad tuimelde uit mijn handen en viel op de grond met een luide klap. Overal kwamen aardappelen en rosbief terecht voordat het dienblad ondersteboven op Stevens vooruitstekende benen belandde.

Ik stapte terug en knalde tegen tante Amber aan, wiens gezicht slechts centimeters van het mijne was. We schreeuwden allebei opnieuw.

'Oh, nee. Niet Steven.' Mijn hand vloog naar mijn mond.

'Cen...wat de hel...' Tante Amber struikelde achterover.

'Niet kijken.' Mijn blik gleed van de uitstekende voeten naar boven. Steven Scarabelli's gezicht was bevroren in een grimas. Een mes stak uit zijn borst. Mijn mond viel open, maar er kwamen geen woorden uit. Ik wees hulpeloos naar het lichaam.

'Kijk niet naar wat?' Tante Amber keek langs me heen maar sprong als een wesp gestoken achteruit. 'Oh, mijn God! Help! Iemand!'

Ik keek de kamer rond. Behalve het dode lichaam van Steven leek er niets anders raars te zien te zijn. Behalve het gevallen rosbiefdiner dat, realiseerde ik me, net de plaats delict had besmet. 'Tante Amber, wacht.' Ik wees op de klodders aardappelpuree die Stevens benen bedekten. 'Ik denk dat ik net forensisch bewijs heb verpest. Dit is een ramp!'

Haar ogen gingen wijder open toen ze alles in zich opnam. 'Het is een puinhoop, ja. Ik zou een omkeerspreuk kunnen doen.'

Ik schudde mijn hoofd. 'We kunnen helemaal niets doen. Het is een plaats delict.' Ik was geschokt dat ze zoiets zelfs zou overwegen.

'Oh ja. Dat is ook zo.' Er rolde een traan langs tante Ambers wang toen ze naast Steven neerknielde. 'We hebben zelfs nooit de kans gehad om dingen uit te praten. Wie zou zoiets nu doen?'

Ik trok haar weg van Stevens lichaam. 'We kunnen hier beter

weggaan voordat we het nog erger maken.' Ik pakte mijn telefoon en belde Tyler om als de bliksem uit te leggen waar we waren en was er gebeurd was.

'Steven, ik heb de fles met... *holy crap!*' Bill verscheen in de deuropening. Een geschokte uitdrukking was op zijn gezicht te lezen. 'Wat is er verdomme gebeurd?'

Tante Amber snikte: 'Steven is dood! Cen bracht Steven wat te eten en...' Haar woorden veranderden in een onsamenhangend gejammer toen ik haar en Bill langzaam de gang in duwde.

Tyler kwam intussen naar ons toegehold. Hij wees naar Bill. 'Was jij bij hem?

Bill schudde zijn hoofd. 'Ik kwam net naar zijn suite om een drankje te doen. Ik was hier vijf minuten geleden en ben naar mijn kamer gegaan om iets te drinken te halen.' Hij hield een fles dure whisky vast. 'Ik heb hem net een paar minuten geleden nog gezien.'

En het was nog geen half uur geleden dat Steven naar zijn kamer was teruggekeerd.

'Iemand anders die in de kamer is geweest?' Tyler fronste toen hij de kamer rondkeek op zoek naar bewijs van iets ongewoons. Het bed, het bureau en de badkamer leken allemaal onaangeroerd. Het enige teken dat er iemand in de kamer bivakkeerde was de geopende koffer naast het bureau.

'Ik denk het niet,' zei Bill. 'Toen ik hier net was, zei hij dat hij net terug was van een wandelingetje in de tuin. Hij maakte daar een ommetje nadat hij koffie had gedronken in het restaurant. Hij zei dat hij aan de film had gedacht en een manier had gevonden om Dirk te vervangen.'

Er lagen papieren op het bureau. Toen ik dichterbij kwam, besefte ik dat het een filmscript was. De getypte pagina's waren bedekt met rode inkt. Boze commentaren en uitroeptekens waren over de pagina's heen gekrabbeld. Ik boog me voorover om alles beter te bestuderen en zag dat veel van de commentaren ondertekend waren met een D. Ik ging ervanuit dat dat Dirk was geweest.

'Het is een becommentarieerd exemplaar van *High Noon Heist*,' zei ik, hoewel niemand me aandacht gaf.

Tyler en Bill stonden bij de badkamer, terwijl tante Amber in de deuropening bleef staan.

'Ik zweer dat hier niemand anders was toen ik wegging om die fles te halen. En ik was maar een kleine vijf minuten weg. Mijn kamer zit ook op deze gang, dus ik kan me niet voorstellen dat ik niets gehoord heb.' Bill schudde zijn hoofd. 'Dit is een gevaarlijk stadje. Wat is dit in godsnaam?'

Ik rook de alcohol op Bills adem, hoewel ik meer dan een meter verderop stond. Of hij loog, of de drank had zijn gevoel voor tijd aangetast. Iemand was absoluut in de kamer geweest nadat hij die whisky was gaan zoeken.

'Het raam is open,' zei ik. De gesloten gordijnen dansten zachtjes in de avondbries. 'Misschien heeft de moordenaar het gebouw via de brandtrap verlaten.'

Tyler liep erheen en trok de gordijnen open. Hij leunde uit het raam om een beter zicht op de grond te krijgen.

Ik volgde hem en gluurde uit het raam. De brandtrap eindigde op de eerste verdieping. Vanaf daar was het een val van drie meter naar het gras eronder. Het leek een waarschijnlijke ontsnappingsroute. Het was onmogelijk om vanaf de tweede verdieping te zien of er sporen waren, maar de moordenaar had vast voetafdrukken in de aarde of ander bewijs achtergelaten. Tenzij hij via de gang was ontsnapt... wat betekende dat de moordenaar nog steeds in het hotel was. Ik huiverde onwillekeurig.

Ik sprak zacht zodat Bill en tante Amber het niet konden horen. 'Ik denk dat Brayden nu niet meer boos op je kan zijn.'

Hij zuchtte. 'Ik kan een dode man niet meer arresteren, nee. Ik hoop dat ik niet de enige ben die Steven nu van de lijst van verdachten haalt.'

Tante Amber wendde zich tot Bill. 'Steven gedroeg zich de laatste tijd zo raar, zoals toen hij tegen je tekeerging over dat vermiste pistool.'

'Maakt niet uit.' Bill wuifde de woorden weg. Hij leek zo snel mogelijk uit de kamer weg te willen.

'Wacht, wat bedoel je met het vermiste pistool?' Tyler draaide zich weg van het raam en keek Bill aan.

'Ik vertelde Steven alles over het vermiste pistool zodra ik het opmerkte,' zei Bill. 'Hij zei dat het niet uitmaakte. Dat hij belangrijker dingen aan zijn hoofd had.'

'Waarom heb je dit niet eerder gezegd?' Tyler fronste. 'Het is een belangrijk detail.'

'Hij is mijn baas, althans dat was hij.' Tranen verschenen in Bills ogen. 'Ik dekte hem. Ik dacht dat hij in de problemen zou komen door het vermiste pistool. Dat het zou lijken alsof hij Dirk heeft vermoord. Het is nu niet meer relevant, want Steven zou Dirk nooit kwaad doen. Of iemand anders.'

'Ik maak wel uit wat relevant is of niet,' zei Tyler.

'Het is héél relevant dat het pistool misschien is gebruikt bij een moord.' Tante Amber keek me bedroefd aan toen ze zich naar mij toedraaide. 'Wanneer is Westwick Corners zo'n gevaarlijke plek geworden? Ik herken deze stad niet meer terug.'

'Je had het me moeten vertellen, Bill.' Tyler fronste. 'Wat ben je nog meer aan het verbergen?'

'Niets, ik zweer het. Luister, alles wat ik weet is dat ik hem vertelde over het pistool, maar hij zei dat hij belangrijker zaken had om zich druk over te maken. Wat die dingen waren, weet ik niet.' Bill stak zijn handen bezwerend omhoog. 'Ik wilde niet dat er een pistool in de verkeerde handen zou vallen, maar toen ik voorstelde om het aan de politie te melden, zei Steven dat we dat beter niet konden doen. Ik probeerde met hem te praten, maar hij is uiteindelijk de baas.'

De enige persoon waarvan ik zeker wist dat hij onschuldig was, was Steven, en nu had hij een mes in zijn borst. De man waar iedereen van hield had blijkbaar minstens één vijand gehad.

Misschien overdreef tante Amber toch niet over haar eigen veiligheid. Zolang we niet wisten wat het motief van de moordenaar was, kon iedereen die iets met de film te maken had gehad gevaar lopen.

Ik rilde toen ik naar tante Amber keek, die met haar mouw haar tranen wegveegde.

Wie zou de volgende zijn?

HOOFDSTUK 21

Tyler haalde de lijkschouwer en het forensisch team Shady Creek terug naar het hotel. Tante Amber en ik stonden op wacht buiten de suite van Steven terwijl Tyler alles onder controle hield. De mensen uit Shady Creek kwamen in recordtijd aan en binnen een uur had Tyler de plaats delict aan de ME en de forensische techneuten overhandigd. Toen gingen we naar beneden.

Tyler had ons allemaal, inclusief Bill, tot geheimhouding gezworen. Hij wilde niet dat er details werden onthuld totdat het lichaam van Steven werd verwijderd en de plaats delict werd onderzocht. Ik begreep waarom. Iedereen zou in paniek raken en meteen naar boven rennen. Dat zou vrij moeilijk tegen te houden zijn aangezien Tyler in wezen in zijn eentje de hele politiemacht van ons stadje was. Nu we twee moorden hadden, was het duidelijk dat de dingen waren geëscaleerd.

De moed zonk me in de schoenen toen we de deur van de eetkamer bereikten. Brayden zat nog steeds aan zijn tafeltje en hij merkte meteen dat tante Amber nog steeds rondliep toen die dwars door de eetkamer rende en de keuken inging. Ze had in wezen haar kans op huisarrest in het hotel gesaboteerd, dus Tyler zou geen andere keuze hebben dan haar naar het politiebureau te brengen.

Maar eerst had hij nog wat uit te leggen voordat Brayden het busje van het Shady Creek forensisch team weer op de parkeerplaats zou zien staan. Maar het bleek dat Brayden al eerder op de hoogte was gebracht door de medisch inspecteur toen die was binnengestapt. Het zag er voor Tyler helemaal niet goed uit en ik verwachtte dat de staatspolitie elk moment zou arriveren.

Brayden wees naar de keukendeur waarachter tante Amber zich verborg. 'Haal haar hier weg.'

Ik vroeg me af of Brayden dacht dat tante Amber ook verantwoordelijk was voor de moord op Steven. Dat zou belachelijk zijn, maar gebaseerd op tante Ambers eerdere bekentenis dat ze Stevens medeplichtige was, geloofde Brayden misschien wel dat Amber een dubbele moordenaar was.

Tyler gebaarde met zijn hoofd in de richting van de keuken. 'Ik neem haar mee naar het bureau, maar er is iets wat ik je eerst moet vertellen.'

'We kunnen later praten.' Brayden leek alles bij elkaar genomen tamelijk kalm.

Een beetje té kalm, eigenlijk. Nu was ik er zeker van dat de staatspolitie onderweg was. Ik kon niets doen, geen bezwaar maken zonder Tyler nog meer problemen te bezorgen. Dus ik haalde tante Amber weg uit de keuken en trof Tyler die buiten stond te wachten. Tante Amber en ik gingen op de achterbank zitten en Tyler reed de heuvel af, langs de voorpoort waar tientallen Dirk-fans zich hadden verzameld.

Mijn tante rolde haar raampje naar beneden en stak haar hoofd naar buiten. 'Help! Ik ben erin geluisd.'

Ik probeerde haar naar binnen te trekken, maar de gordel die ik om had hield me tegen. 'Stop ermee, tante Amber. Je gedraagt je als een verwend kind.'

Tylers ogen ontmoetten de mijne in de achteruitkijkspiegel. Hij zei niets.

'Ja, dat is precies wat ik doe.' Tante Amber pruilde. 'Dat is mijn enige kans op een beetje drama.'

'Nou, stop ermee. Het is totaal ongepast op een moment als dit.

Je bent nog erger dan tante Pearl.' Mijn humeur was tot een dieptepunt gezakt en ik wist niet zeker hoeveel meer ik nog kon hebben. Ik voelde me vooral schuldig tegenover mam, die in haar eentje voor alles zorgde in het hotel terwijl haar zussen een ravage aanrichtten. Tante Pearl was waarschijnlijk de bar aan het afbranden.

We legden de rest van de weg naar het bureau in stilte af. We kwamen aan en ontdekten dat alle parkeerplaatsen door filmtrucks waren ingenomen.

Tyler vloekte binnensmonds en ging een straat verderop een parkeerplaats zoeken. Ik hielp tante Amber van de achterbank en gooide mijn jasje over haar handboeien om ze te verbergen, maar ze gooide het eraf en zwaaide met haar geboeide handen in de lucht.

'Ik ben onschuldig!' jammerde tante Amber toen ze wankelend Main Street in liep, richting het stadhuis waar ook het kantoor van de sheriff zich bevond. 'Dit is een aanfluiting van de rechtsstaat.'

Gelukkig was Main Street zijn gebruikelijke, verlaten zelf. Alle filmmensen waren in het hotel of elders.

Dat maakte me niet minder geïrriteerd over tante Ambers theaterstuk. We liepen met z'n drieën over straat, moe en terneergeslagen. Tyler liep aan de ene kant van tante Amber en ik aan de andere kant.

Toen we dichterbij kwamen, flitste er plots iets. Eerst dacht ik dat de mannen en vrouwen die ik zag staan deel uitmaakten van de filmploeg, maar ze zagen er niet bekend uit. Toen herinnerde ik me dat een paar van Dirks fans zich in de stad hadden verzameld. Behalve dat het niet alleen zijn fans waren...

Er waren ook een handjevol journalisten. Het nieuws was bekend, over Dirk in ieder geval. Ik vroeg me af hoelang het zou duren voordat ze achter Stevens dood kwamen.

Er kwamen verschillende busjes aangereden en plotseling waren er zoveel huurauto's en busjes op straat dat ze hun eigen minispitsuur creëerden. Op basis van deze activiteit vreesde ik dat het nieuws van Stevens dood al was uitgelekt. Dat betekende ofwel dat Bill zijn mond voorbij had gepraat, ofwel tante Amber. Niemand anders wist ervan.

'Heb je...'

Tante Amber stak een hand op. 'Volgens het vijfde amendement heb ik gewoon het recht om te praten, dus houd maar op.'

'Maar dit is belangrijk, tante Amber. Waarom doe je zo moeilijk?'

Ze negeerde me gewoon. Wat de reden ook was, de pers was nu op Main Street beland en was druk bezig. Ik was geschokt toen ik zelfs een CNN-busje aan de overkant van de straat zag staan.

We trokken niet veel aandacht, totdat tante Amber de camera's zag. Ze bleef ineens stil staan en liet me daarbij bijna struikelen. 'Hé, die vrouw is van CNN. We zijn op de nationale TV.' Ze deed alsof ze naar de camera's lachte.

Ik trok aan haar arm. 'Laten we naar binnen gaan. Ze zijn niet geïnteresseerd in de film óf in jou, tante Amber. Ze zijn hier vanwege de moord op Dirk.' Ze konden het onmogelijk weten over Steven... toch?

Tante Amber wendde zich tot de camera's en jammerde: 'Help me!'

Ik klemde mijn kaken op elkaar en mijn greep op haar arm werd strakker, omdat ik half verwachtte dat ze zou wegrennen. 'Laten we gewoon naar binnen gaan.'

Inmiddels werden we omringd door een tiental verslaggevers, die hun armen uitstrekten met opnameapparatuur en microfoons erin. 'Heeft u hem vermoord?

'Zeker niet!' Tante Amber rukte haar arm uit de mijne. 'Ik heb Steven Scarabelli heus niet vermoord uit wraak voor de moord op Dirk.'

'Wat? Wacht eens even!' Een blonde vrouw van ongeveer dertig jaar die duidelijk hier was om een TV-opname te maken, kwam dichterbij en stak haar recorder uit, recht in het gezicht van tante Amber. 'Steven Scarabelli is óók dood?'

Tante Amber wendde zich tot mij als in een trance. 'Mag ik niet eens één interview geven?'

'Absoluut niet! Tyler perste zijn lippen op elkaar. 'De enige met wie je praat ben ik. Een moordonderzoek is serieus, Amber. Niemand praat nu met de media, behalve ik. Begrepen?'

'Oké dan.' Tante Amber zag er verslagen uit. 'Jullie twee zijn me een stelletje, zeg. Zo rechtdoorzee, altijd alles verpesten met jullie strenge regeltjes. Geen wonder dat je een liefdesdrankje nodig hebt, Cen!'

Tylers ogen ontmoetten de mijne en hij kreeg een verwarde uitdrukking op zijn gezicht.

'Oma heeft het je verteld? Waarom?' Ik begon te protesteren, maar bedacht me toen. Alle ogen waren op ons gericht en alles wat we zeiden of deden zou in het nieuws komen. Blijkbaar waren Tyler en ik ook nieuwswaardig, tenminste binnen mijn familie.

Het leek een eeuwigheid te duren, maar we bereikten uiteindelijk het stadhuis en stapten naar binnen. Tyler deed de deur achter ons op slot.

'Ik vraag me af of ik op de voorpagina kom.' Tante Amber straalde, haar wangen blozend van opwinding. Ze was opgewonden over alle media-aandacht, zelfs als het de speculatie dat zij de moordenaar was aanwakkerde.

'Stop er nou eens mee, tante Amber,' siste ik. 'Dirk Diamond en Steven Scarabelli zijn voorpaginanieuws, niet jij. Niemand weet zelfs maar wie je bent. Het kan niemand iets schelen.'

Ze trok een pruillip. 'Ik weet niet waar je je negatieve houding vandaan hebt, Cendrine West. Zeker niet van mij.'

'Je zet het onderzoek op een zijspoor, tante Amber. Dit is geen tijd om jezelf een glansrol toe te bedelen. Als je echt om Tyler geeft, waarom doe je dan niet iets constructiefs en werk je mee aan zijn moordonderzoek?'

'Oké, prima,' zei ze. 'Ik heb nieuws voor jullie: Bill was niet de laatste persoon die Steven levend heeft gezien. Dat was ik.'

Het duurde het grootste deel van een uur voordat tante Amber over haar laatste momenten met Steven Scarabelli had kunnen vertellen. Ze beweerde de laatste persoon te zijn die Steven levend had gezien. Dat was in tegenspraak met Bills verklaring dat hij Steven maar heel even achter had gelaten terwijl hij naar zijn kamer ging. Er was maar één versie van de waarheid, dus een van hen moest liegen.

Eigenlijk waren ze allebei betrapt op meerdere leugens, dus geen van beiden kon als betrouwbare getuige worden beschouwd. Dat baarde me zorgen. Tante Amber en haar neiging tot het achterhouden van informatie was op zijn zachtst gezegd niet heel handig.

Na het verlaten van de bar was ze naar de keuken gegaan om mam te helpen opruimen, en vervolgens vertrok ze voor een wandeling op het terrein. Ze beweerde dat ze Steven tegenkwam in de tuin die het hotel omringde. Volgens tante Amber hadden ze een soort wapenstilstand bereikt met betrekking tot het ontslag van tante Amber. Ze had met hem onderhandeld.

'Toen ging ik terug naar de eetkamer. Je hebt me daar zelf gezien.' Haar glimlach was totaal misplaatst.

Ik dacht terug aan het moment dat ik haar had zien zitten, helemaal verhit alsof ze net de marathon had gelopen.

Ik wist dat ze loog. Ze had veel meer gedaan dan alleen maar een ommetje in de tuin gemaakt. Niet alleen dat, maar ik betwijfelde of er iets te onderhandelen was geweest over haar filmrol. Die was in rook opgegaan door Dirks dood. Geen Dirk betekende ook: geen film.

Tyler keek op van zijn notitieblok. 'Dus...na je wandeling ging Steven naar boven en jij ging naar de eetkamer.'

'Eh...ja, dat is wat er gebeurd is.' Haar gezicht werd rood toen ze haar blik naar beneden richtte. 'Ik kwam binnen door de keukendeur.'

'Zijn er getuigen?' Als ze door de keuken was gelopen, zou mam haar hebben gezien. Ze loog en ik wist het.

Tante Amber gaf geen antwoord.

Tyler fronste. 'Ik denk dat je in Stevens kamer was, of je het nu toegeeft of niet. Liegen brengt je alleen maar meer in de problemen. Het kan je zelfs in de gevangenis laten belanden.'

Ze haalde haar schouders op terwijl ze om zich heen keek. 'Ik zít al in de gevangenis.'

'Je weet wat ik bedoel, Amber. Serieus.' Tyler haalde zijn vingers door zijn haar en zuchtte. 'Eerlijk gezegd zou het makkelijker voor me zijn om je gewoon aan de staatspolitie uit te leveren. Dan zou Brayden me tenminste ook niet op mijn nek blijven zitten.'

'Nee, dat kun je niet maken!' Ik hoopte dat hij blufte, maar ik kon het hem niet echt kwalijk nemen als hij er inderdaad genoeg van had.

Tante Amber begon zachtjes te mompelen. Toen ik dichterbij leunde om haar woorden te ontcijferen, voelde ik me opeens slaperig worden.

'Een, twee, drie, tijd loop terug...'

Ik schudde met mijn hoofd. 'Tante Amber, stop ermee! Je kunt geen hekserij gebruiken om een misdaad te verdoezelen. Jij weet dat het beste van allemaal.' De tante Amber die ik kende was een gerespecteerd, hooggeplaatst lid van WICCA, geen bedriegster. De tante Amber die ik kende volgde de regels. Ze zou het onderzoek niet in de weg staan. Ik was nu echt geschokt door haar gedrag; het was alsof mijn tante een vreemde voor me was geworden.

'Ik wilde de dingen gewoon terugveranderen naar hoe ze waren voordat ik ermee aan de haal ging.' Ze veegde een traan uit haar oog. 'Ik zit er tot mijn nek in.'

Mijn mond viel open. 'Je bedoelt knoeien met het bewijs? Ik ben geschokt dat je zoiets zou doen.' Tante Ambers verrassing bij het ontdekken van Stevens lichaam had zo oprecht geleken. Misschien dat haar acteerkunsten toch veel beter waren dan ik wist.

'Waarom niet? Ik wéét dat ik Steven niet heb vermoord, dus ik wil niet dat Tyler tijd verspilt aan mij onderzoeken.'

'Je was in Stevens kamer nadat hij werd vermoord? Waarom?' Tyler leunde voorover in zijn stoel.

'We hebben het nooit echt goedgemaakt tijdens ons gesprek in de tuin, omdat ik nog steeds dacht dat Steven loog. Later besefte ik dat het waar was: Dirk liet Steven mij ontslaan. Ik ging naar boven om me alsnog te verontschuldigen. En het was te laat.' Ze snikte in haar handen. 'Maar ik heb hem zeker niet vermoord.'

'Je was al in de kamer geweest vóórdat we naar boven gingen met Stevens rosbief?' Ik dacht terug aan haar hysterie. Ze was écht een goede actrice. 'Waarom heb je niets gezegd?'

'Ik weet het niet. Ik was te bang, denk ik. Er was de moord en onze filmbewerking, dus ik dacht gewoon dat...'

Ik sprong zowat uit mijn stoel. 'Wélke filmbewerking? Waar heb je het over?'

'Nou, Pearl en ik dachten dat het een attent gebaar zou zijn als we film voor Steven zouden afmaken. Omdat Dirk er niet meer was en zo... Hoe dan ook, Pearl voegde wat speciale effecten toe en we monteerden de film een beetje. De slechte scènes hebben we eruitgeknipt. Het enige wat we nog moesten doen was mijn scènes aan de film toevoegen.'

'Wacht, wat voor slechte scènes?' Voor zover ik wist had tante Pearl geen filmproductie-achtergrond.

'Nou ja, scènes waarin een acteur zijn tekst vergeet en dergelijke. Ik dacht dat als we wat zouden knippen, het iedereen zou helpen. Pearl en ik deden gewoon wat post-productiewerk met behulp van hekserij zodat iedereen minder te doen zou hebben.'

'En de film zou sneller klaar zijn,' zei ik.

'Juist. We waren bijna klaar toen Tyler de film meenam.' Ze schudde haar hoofd. 'Veel afgebroken scènes, hoor. Het was echt een puinhoop totdat wij dingen goed monteerden.'

'Je bedoelt dat de film die we al die tijd hebben bekeken níét de originele is? Heb je een kopie van het origineel bewaard?'

Ze haalde haar schouders op. 'Pearl had hem als laatste. Wat ze ermee heeft gedaan, weet ik niet.'

Ik sloeg mijn ogen ten hemel. Ik moest de onbewerkte film te pakken krijgen voordat het ding voor altijd verloren was.

Als het al niet te laat was.

HOOFDSTUK 23

Ik zocht overal naar tante Pearl, maar ze was nergens te bekennen. Ze was niet in de stad, niet in het hotel en zelfs niet op *Pearl's Charm School*.

Ik liep over het terrein naar de Witching Post terwijl Tyler met Bill in de eetzaal wat verdere details besprak. De stemmen van dronken feestvierders dreven naar me toe toen ik de bar naderde. Te oordelen naar het geluidsniveau was het nu nog drukker. Het was ook al flink wat later. Een aantal van de *locals* moest zijn afgereisd om zich bij de cast en de filmploeg aan te sluiten.

Ik opende de deur en keek rond in de bar. Wie van de cast en de crew waren er aanwezig? Eén ding verontrustte me meteen. Zowat iedereen was dronken – tenminste, dat concludeerde ik uit wankelende mensen, de prut op de grond en de gemorste drankjes. Hoe betrouwbaar zouden ze als getuige zijn om Bill een alibi te verschaffen? Ik had geen idee.

Wachten tot morgenochtend met de ondervragingen leek te laat, maar wat voor keuze hadden we verder nog?

Ik zag Kim Antonelli, Dirks voormalige agent, in de bar staan. Ze zat rustig in een hoekje met een overvol glas rode wijn.

Ik was opgelucht toen ik tante Pearl de bar zag doen. Ze was tenminste bezig, ook al was ze overdreven gul als ze glaasjes inschonk. Ze zag me staan en glimlachte. Haar ongewoon goede humeur viel me op, maar ze was in ieder geval niet veranderd in haar Carolyn Conroe alter ego zoals ze geneigd was te doen in de bar. We hadden al genoeg problemen.

Ik liep naar de bar net op het moment dat Rick Mazure, de scenarioschrijver, naar Kim toeging. Hij sloeg een arm om haar heen voordat hij haar een dronken schouderklopje gaf. Hij ging op de barkruk naast de hare zitten.

'Ik denk dat je geen baan meer hebt.' Rick brabbelde nogal. Hij had duidelijk te veel gedronken de laatste paar uur.

Ik ging bij tante Pearl achter de bar staan. 'Tante Amber heeft me over je redactie-avonturen verteld. Ik heb de originele, onbewerkte film nodig. Waar is die?'

'Ik weet niet waar je het over hebt.' Haar glimlach verdween terwijl ze zich bezighield met het poetsen van een niet-bestaand vuil plekje op de bar.

'Tante Amber zit in de gevangenis én ze wordt beschuldigd van moord. Alleen die film kan haar nog redden. Heb je dat ding of niet?' Oké, ik had de belangrijkheid van de film wel een beetje overdreven, maar het zou makkelijk echt waar kunnen zijn.

'Wat is het je waard?' Haar ogen vernauwden zich toen ze mijn reactie peilde.

'Dit is geen tijd om te onderhandelen, tante Pearl. Heb je de film of niet?'

'Nee.' Ze hervatte het wegpoetsen van de onzichtbare vuiltjes op de bar. 'Zelfs als dat wel zo zou zijn, ga ik mezelf niet in een lastige positie brengen door hem te overhandigen.'

'Wil je echt dat tante Amber voor moord wordt veroordeeld? Tyler kan niets meer doen als de staatspolitie het overneemt. Ze kunnen hier elk moment zijn.' Zelfs tante Pearl had een hart. Ondanks haar voortdurende rivaliteit met tante Amber zou ze nooit toestaan dat haar zus valselijk beschuldigd werd.

Haar ogen ontmoetten de mijne toen ik de staatspolitie noemde. Ze reikte in haar zak en trok een geheugenstick tevoorschijn, die ze in mijn handpalm drukte. 'Je staat bij me in het krijt.'

'Uiteraard,' zei ik. 'Hé, waarom neem je geen pauze? Ik neem het wel over.'

Tot mijn verbazing stemde ze daarmee in. Een tante Pearl die het druk had, was beter dan een tante Pearl die zich verveelde, maar ik wilde haar weghouden bij de cast en de crew voor het geval ze nog meer slechte ideeën kreeg. Ik wilde niet dat ze nog meer problemen zou veroorzaken voor Tyler en zijn onderzoek.

Ik stopte de USB-stick in mijn zak en bedacht me dat ik Tyler moest onderscheppen en met hem terug moest naar het politiebureau. Behalve dan dat ik interessante stukjes van Rick en Kims gesprek had opgevangen, waar ik eigenlijk meer over wilde weten.

Dat was de andere reden dat ik het wilde overnemen van tante Pearl: het gaf me een excuus om bij de bar te blijven hangen. Ik wilde geen kans missen om mensen af te luisteren. Als Dirks agent had Kim misschien wat ideeën over wie Dirk zou willen vermoorden. Tyler had Kims verklaring al opgenomen, maar misschien dat de losse atmosfeer en de alcohol haar wat loslippiger zouden maken.

Maar het was haar metgezel die nonstop praatte.

'Ik ga rijk worden, Kim. Doe je mee of niet?'

Ik hield me zogenaamd bezig met het rechtzetten van de flessen achter de bar. Mijn rug was naar hen toegedraaid, maar mijn oren waren gespitst.

Kim reageerde niet. Ik wilde me graag omdraaien om haar gezichtsuitdrukking te bekijken, maar ik durfde de aandacht niet op mezelf te vestigen. Ik had het gevoel dat Kim ofwel afkeurde wat Rick voorstelde, ofwel niet wist waar hij het over had. Ze slikte haar slok wijn door en zuchtte.

Rick vroeg om nog meer drankjes en ik schonk maar al te graag voor ze in. Ik zette een nieuwe whisky voor hem neer en nog een glas wijn voor Kim. Ik bleef zo lang mogelijk bij hen in de buurt staan door tante Pearls denkbeeldige vlekje op de bar weg te poetsen.

Rick sloeg zijn glas in één keer achterover en zette het glas met een klap op de bar. 'Ik zal Dirk missen, maar zijn slechte humeur niet. Hij behandelde ons allemaal als vuilnis. Vooral jou, Kimmie.' Hij legde zijn hand op die van Kim.

Kim haalde langzaam haar hand uit zijn greep en legde hem buiten bereik op haar schoot. 'Dirk was niet de aardigste man die er was, maar ik zal hem nog steeds missen. Ik weet niet wat ik zonder hem zal moeten. Hij was mijn enige klant, dus ik zit nu zonder werk.'

'Je kunt bij mij komen werken.' Ricks hand schoof weer dichter bij die van Kim. 'Ik ga mijn eigen bedrijf beginnen.'

Kim schudde haar hoofd. 'Ik ben een agent, Rick. Ik schrijf geen screenplays, ik vertegenwoordig acteurs. Ik wilde dat ik meer dan één klant had gehad, maar Dirk was gewoon zó veeleisend. Hij stond erop dat ik uitsluitend voor hem zou werken. Het betaalde goed, maar kijk waar het me uiteindelijk heeft gebracht. Nu ben ik gewoon werkloos. Zomaar.' Ze knipte met haar vingers.

'Maakt niet uit, Kim. Ik kan je rijk maken. Zeg het maar en ik geef je een kans.'

'Een kans op wat precies?'

Hij klopte op zijn jaszak. 'Ik heb de volgende Oscarwinnaar al geschreven. Alles wat ik nodig heb is dat je wat sterren voor me vindt om dit script tot leven te brengen.'

HOOFDSTUK 24

Tyler en ik hadden de filmbeelden die tante Pearl ons had overhandigd in het afgelopen uur al meerdere keren bekeken. Tante Amber had de inhoud een beetje verkeerd voorgesteld. De film die ze me had gegeven was niet bepaald de ruwe, onbewerkte versie. In plaats daarvan was het een verbeterde versie met een bonusgehalte.

De bonusinhoud was niet de gebruikelijke soort die bij films wordt meegeleverd. In plaats van grappige bloopers, gewiste scènes en alternatieve eindes, hadden we iets heel anders gekregen.

'Wat dacht je in hemelsnaam, tante Amber?' Mijn twee tantes waren helemaal losgegaan op de film en hadden elke paar minuten explosies en andere pyrotechnische trucjes ingevoegd, naast een nieuwe rol voor tante Amber. Nu was zíj de ster in plaats van Dirk. De enige *High Noon Heist* die uiteindelijk had plaatsgevonden, was de totale kaping van het script die mijn twee tantes hadden uitgevoerd.

'Ik kan je niet horen. Vergeet niet dat je me hier in de gevangenis hebt opgesloten.' Haar stem weerklonk tegen de muren.

'Ik kan niet geloven dat ze dit gedaan hebben.' Tyler haalde zijn sleutels uit zijn zak en ging naar de aangrenzende ruimte. Hij kwam in minder dan een minuut terug met tante Amber.

Technisch gezien zou ze in de gevangeniscel moeten blijven, maar gezien de drastische bewerkingen van de film hadden we haar zo goed als nodig in de interviewruimte om ons scène voor scène een uitleg te geven. Het was duidelijk dat je niet zomaar een heks kon opsluiten en verwachten dat alles daarna soepel verloopt.

'Heb je geen kopie gemaakt voordat je al deze wijzigingen hebt aangebracht?' Tylers gezicht stond somber. Hij was duidelijk gefrustreerd door het gebrek aan bruikbare aanwijzingen.

Tante Amber schudde haar hoofd langzaam. 'Pearl zei dat ik haar niet moest storen omdat we weinig tijd hadden. We probeerden alleen de film te redden nadat Dirk dood werd aangetroffen.'

'Waarom zou je dat doen?' Ik staarde haar verdwaasd aan, ik begreep het niet.

'We wilden gewoon de film afmaken, zodat iedereen betaald kon worden,' zei ze. 'We dachten dat het maar om een paar korte extra scènes ging, dus hebben we ze verzonnen. Het plot is een beetje anders, maar het is zelfs beter dan het origineel, naar mijn bescheiden mening.'

'Oh. Mijn. God.' Ik leunde achterover in mijn stoel en keek naar het plafond. Ik was woedend op mijn tantes, maar tegelijkertijd voelde ik me ook vreemd ontroerd. Ze probeerden alleen maar te helpen. Nou ja, vooral zichzelf.

'Vind je ook niet?' Ze lachte lief naar ons. 'Het is nu klaar om gepubliceerd te worden, zodat we wat geld kunnen verdienen in de bioscoop.'

'Je hebt dit gedaan zonder het iemand te vragen?' Ik betwijfelde of mijn tantes echt zo behulpzaam en onbaatzuchtig waren. Ze wilden gewoon erkenning en zagen de film als een perfect voertuig voor zelfpromotie.

'Ik praatte niet meer met Steven, weet je nog? Hij is nu dood, dus het is niet zo dat hij überhaupt nog kon regisseren. Niemand leek hier enig initiatief te willen nemen, dus we hebben het op ons genomen om de film te redden. Het maakt nu niet meer uit hoe het gebeurd is.'

'Het maakt juist heel véél uit,' zei ik. 'De originele, onbewerkte film had ons kunnen helpen om Dirks moordenaar te identificeren.' Ik voegde Stevens moordenaar niet toe, omdat dat me voor de hand leek te liggen: ik was er zeker van was dat die twee met elkaar te maken hadden. 'Nu je de film hebt veranderd, is het veel moeilijker om die als bewijs te gebruiken.' Was ze maar met haar tengels van die opnames afgebleven! Als iemand hier geen initiatief had moeten tonen, was het mijn tante wel.

'Ik wilde alleen maar helpen.' Een onzekere uitdrukking flitste over haar gezicht. 'We hebben onze speciale talenten toegevoegd: mijn acteerwerk en Pearls speciale vuureffecten. We wilden niet dat Bill of iemand anders ons in de weg stond, dus we hebben het niemand verteld. Het moest een verrassing zijn.'

'Oh, geloof me, het is een verrassing.' De extra scènes zouden best komisch zijn geweest als de situatie niet zo ernstig was. Tante Amber had een aantal optredens en huilscènes die totaal buiten de context van een actiefilm vielen en er waren minstens zes branden en explosies in de beelden die we tot nu toe hadden bekeken. En we waren pas halverwege.

Tyler zette de film stil bij de vuurgevechtsscène. 'Daar. Kijk naar links. Er is een deel van een hand te zien, en het is niet een van de acteurs.'

Ik loenste naar het scherm. Het beeld was zo wazig dat het moeilijk te zien was of de hand van een man of een vrouw was. 'Er is geen pistool te zien, maar aan wie die hand ook toebehoort: hij of zij staat op de exacte plek van waar het schot vandaan kwam. Ik wilde dat we meer konden zien.' Ik wendde me tot tante Amber. 'Weet je zéker dat je geen originele versie meer hebt?'

Ze schudde haar hoofd langzaam. 'Sorry. Ik denk dat we ons een beetje hebben laten meeslepen. Ik kan de film nog steeds gebruiken als auditiemateriaal, toch?'

'Ik betwijfel het. Ik denk dat de half afgewerkte film tot Stevens erfenis behoort. Jouw foto's dan weer niet.' Dat gaf me een idee. Tante Ambers fotograaf was op de set bezig geweest, pal vóór de plek waar de mysterieuze hand te zien was. 'Heb je de foto's al?

Ze schudde haar hoofd. 'Ik krijg ze pas van de fotograaf over een dag of twee.'

'We hebben die foto's nodig, tante Amber. Kun je de fotograaf vragen om ze naar ons te sturen?'

'Ja, dat is dus een beetje raar. Ik kan hem nergens vinden. Ik heb ook geprobeerd hem te bellen, maar hij neemt niet op,' zei ze. 'Het is alsof hij van de aardbodem is verdwenen.'

Ik wendde me tot Tyler. 'We moeten de fotograaf van tante Amber meteen opsporen. De schutter moet achter tante Amber hebben gestaan toen ze haar foto's liet maken. Misschien staat hij of zij wel op de achtergrond.'

Tyler knikte. 'Met alle camera's die overal stonden is het moeilijk te geloven dat we geen beelden hebben van Dirks moord. En nu, met de moord op Steven, lopen de zaken uit de hand.'

Daarin had hij gelijk. Ik verwachtte ieder moment Brayden te zien die de deur binnen zou stappen om Tyler te ontslaan. Ik wendde me tot tante Amber. 'Oké, ik zal kijken of ik een advocaat voor je kan regelen. Je hebt een goede nodig om een dubbele moordaanklacht het hoofd te bieden.'

'Wat? Nee. Je wilt mijn fotograaf spreken, zei je?' vroeg tante Amber. 'Ik eh, kan hem in een handomdraai vinden.'

Ik fronste. 'Maar je zei net dat je geen idee had waar hij was.'

'Ik herinnerde me ineens dat ik nog een ander nummer van hem heb. Ik ben bereid om alles te doen wat nodig is om mezelf... Ik bedoel, om de zaak op te lossen.' Ze struikelde over haar woorden toen ze een visitekaartje uit haar zak haalde en het aan Tyler overhandigde.

'Ik ga proberen hem te bellen.' Tyler nam de kaart aan en wees naar tante Amber. 'Laat haar nergens heengaan, Cen. Ik ben zo terug.'

We keken Tyler na toen hij de deur uitstapte.

'Hij kan me toch niet zomaar tegen mijn wil vasthouden?' protesteerde tante Amber. 'Ik werk heus mee, Cen. Misschien moet je die advocaat toch bellen.'

'Je zit momenteel niet in een gevangeniscel, tante, voor het geval je het nog niet gemerkt hebt. En je hebt dit allemaal aan jezelf te danken. Je had nooit moeten bekennen in het bijzijn van Brayden. Je weet dat hij gewoon een snelle veroordeling wil; alles om deze zaak snel achter de rug te hebben.'

'Ik probeerde alleen maar de stemming te verbeteren. En kijk waar het me gebracht heeft.' Tante Amber fladderde met haar wimpers en veegde een denkbeeldige traan van haar wang. 'Het was een valse bekentenis, geuit onder dwang.'

Oh ja? Wie had haar dan gedwongen? Ik rolde met mijn ogen. 'Je kunt zulke dingen niet zeggen, tante Amber. Het laat Tyler er slecht uitzien. Hij gaat waarschijnlijk zijn baan verliezen en jij helpt niet om de dingen beter te maken. De enige manier om alles op te lossen is de moordenaar vinden. Wáár is die fotograaf?'

Tante Amber antwoordde niet en keerde zich af. Ik kwam dichterbij en probeerde te zien wat ze deed. Haar rug stond naar me toe terwijl ze met haar schouders wiegde en haar armen heen en weer bewoog. Ze sprak met een lage stem in afgemeten tonen.

Zoek mijn foto's en de maker,
Breng ze hier, veilig en wel,
Maak haast en breng de maker,
Klaar om te doen wat ik wil,
In het verleden, het heden, en de toekomst.

Ik herkende de Boomerang-spreuk onmiddellijk, hoewel ik hem zelf nooit had geprobeerd. Het was een gemiddeld ingewikkelde spreuk die helaas veel te moeilijk voor mij was. Er waren ook ernstige gevolgen als het verkeerd werd gedaan. Dit soort spreuken werkten zowel op mensen als op dingen, dus het kon ernstig fout gaan. De betovering was zowel gevoelig als krachtig, omdat het in potentie zowel het heden als de toekomst veranderde.

Ik had geen idee waarom tante Amber de fotograaf samen met de foto's wilde oproepen, maar misschien was dat wat je deed als je de exacte locatie van een object niet kende. Als ik tijdens mijn lessen had opgelet, zou ik dat waarschijnlijk hebben geweten.

We wachtten.

En wachtten.

Er gebeurde niets.

'Het is zo lang geleden dat ik heb getoverd dat ik mijn gevoel voor magie heb verloren.' Tante Amber snikte in haar handen. 'Ik heb al die tijd besteed aan acteerlessen ten koste van mijn hekserij. Ik nam mijn talent voor lief, allemaal voor een langverwachte filmcarrière die al een stille dood is gestorven voor hij überhaupt begonnen was. Oh, Cen, wat heb ik gedaan?'

Ik sloeg mijn arm om haar schouders. 'Het is oké, tante Amber. Misschien heb je gewoon een slechte dag.' Ik was wel bezorgd, eerlijk gezegd. Tante Amber had nóóit problemen met haar spreuken.

Haar schouders zakten naar beneden terwijl ze onbeheerst snikte. 'Ik ben te overstuur. Niets werkt.'

'Laat mij het proberen.' Ik dacht bij mezelf dat als er iets fout ging, het vast wel door tante Amber kon worden opgelost. Ik herhaalde de spreuk en verwachtte er niet echt veel van.

Binnen enkele seconden steeg er een mist op uit de vloer rond ons tweeën, die ons in een grijsgroene wolk omhulde. Seconden later verdween de wolk en stond ik oog in oog met een lange, slanke, groenogige man met blond haar. Het was de fotograaf van tante Amber.

Mijn hart roffelde in mijn keel. Waarom had mijn spreuk gewerkt en die van tante Amber niet? Als ik niet wist wat ík anders had gedaan, hoe zou ik de spreuk dan ongedaan kunnen maken en hem weer terug kunnen sturen naar waar hij vandaan kwam?

'Wat is er net gebeurd?' De fotograaf keek wild om zich heen. 'Hoe ben ik hier terechtgekomen?'

'Relax,' zei tante Amber. 'We moeten je alleen een paar vragen stellen. En die foto's van jou zien.'

'M-maar ze staan nog steeds op mijn camera. Ik heb ze nog niet bewerkt.' Hij staarde naar tante Amber. 'Je hebt iets in mijn koffie gedaan, hè?'

Tante Amber schudde haar hoofd. 'Nee, maar maak je geen zorgen. Alles is in orde. Ik leg het later wel uit. Nu moeten we die foto's zien.'

Hij keek naar beneden naar zijn camera, verrast toen hij de riem om zijn nek zag hangen. 'Wacht even. Ik heb mijn camera op mijn bureau laten liggen. Hoe is dat ding hier gekomen? Word ik ontvoerd of zo? Wat wil je van me?'

'De foto's, idioot. Geef gewoon de geheugenkaart aan ons en dan is er niets aan het handje.' Tante Amber stak haar hand uit terwijl ze ongeduldig met haar voet op de vloer tikte.

De fotograaf rommelde met zijn camera om de geheugenkaart te pakken, die hij aan tante Amber overhandigde. 'Ik begrijp nog steeds niet wat er aan de hand is.'

'Shhhh.' Ze drukte een vinger op zijn lippen. 'Geef me een minuutje, oké?'

'Tante Amber! Je kunt niet zomaar...'

De deur vloog open en Tyler marcheerde naar binnen met een gezicht rood van woede. 'Waar komt híj ineens vandaan?' riep hij uit.

Tyler wist dat we heksen waren, maar hij besefte niet hoezeer we hem konden helpen. Of hoezeer hij ons nu nodig had.

Tyler wreef met zijn handpalmen over zijn voorhoofd. 'Dit wordt steeds erger. Je kunt geen dingen fixen met hekserij. Het verbergt de waarheid. Ik heb geen idee meer wat echt is en wat niet.'

Ik klopte op zijn hand. 'Ik beloof je dat ik ervoor zal zorgen dat het niet uit de hand loopt.' Ik maakte me zorgen dat het al uit de hand aan het lopen was, eerlijk gezegd. Ik had geen controle over wie dan ook in mijn familie, vooral niet als het om hekserij draaide, maar dat hoefde Tyler niet te weten.

'Ik denk dat dit de foto's zijn die je zoekt.' Tante Amber gaf Tyler de geheugenkaart. 'Je kunt ze beter eerst controleren voordat ik deze man laat gaan.'

De fotograaf bestudeerde Tylers uniform. 'Bent u een echte agent? Waar ben ik?'

'Natuurlijk is hij echt,' snauwde tante Amber. 'Je bent in Westwick Corners, idioot. Je hebt mijn foto's genomen, weet je nog?'

'Maar ik herinner me dat ik vanochtend vertrokken ben...' Hij fronste. 'Dit maakt geen deel uit van de film, of wel?'

Niemand antwoordde.

'Wat gebeurt er verdomme met me?' De fotograaf begon te zweten. 'Heb ik soms een advocaat nodig?'

'Nee. Je bent vrij om te vertrekken wanneer je maar wilt.' Tyler wuifde hem weg.

De fotograaf keek in de richting van de deur, maar zijn voeten leken vast te zitten. Hij boog voorover om zijn schoenen uit te doen, maar die wilden ook niet uit. 'Er is iets raars aan de hand. Waarom kan ik niet bewegen?'

'Doe wat hij zegt, Amber. Stuur hem terug naar waar hij vandaan is gekomen.' Tyler keek boos naar haar.

'Maar wat als niet alle foto's er zijn? Dan moet ik hem wéér terughalen.'

'Doe wat Tyler zegt, tante Amber.' Ik herinnerde me ineens dat ík het was die de betovering had uitgesproken. Tante Amber kón hem waarschijnlijk niet eens terugsturen, zelfs als ze wilde. 'Uh-oh. Ik denk dat ik het moet doen.'

Ik probeerde het, maar er gebeurde niets.

Tante Amber deed ook een halfslachtige poging.

Niets.

'Wanneer kan ik gaan?' Het ongeduld van de fotograaf was omgeslagen in angst. Hij wreef over zijn trouwring terwijl het zweet op zijn voorhoofd stond. Hij zag eruit alsof hij op het punt stond een paniekaanval te krijgen. We moesten hem hier weg zien te krijgen, en snel ook.

'Relax.' Tante Amber zwaaide met haar hand en mompelde iets binnensmonds.

De voeten van de fotograaf braken plotseling los. Hij verloor zijn evenwicht en viel op de grond. Hij keek zenuwachtig rond voordat hij opkrabbelde.

'We krijgen je wel weer thuis.' Tante Amber wendde zich tot Tyler. 'Als je dat goed vindt. Ik moet hem zelf terugbrengen naar Shady Creek, ben ik bang.'

Ik knikte. 'We moeten haar laten gaan,' zei ik. 'Er is geen andere manier om hem naar huis te brengen zonder andere mensen erbij te betrekken.' Dat was belangrijk omdat als andere mensen hem ineens weer zagen, het hun huidige en toekomstige lot ook kon veranderen.

Wéér een spreuk te gebruiken om ons dilemma op te lossen leek me geen goed idee. Ik had er de kracht niet voor en tante Amber voorlopig ook niet. Gelukkig was de fotograaf alleen maar uit Shady Creek gekomen en niet nog verder hiervandaan.

'Oké, prima. Doe het snel en laat niemand je zien vertrekken.' Tyler had al foto's binnengehaald van de geheugenkaart op zijn laptop. Hij bekeek ze allemaal aandachtig. Omdat het foto's van tante Amber waren, lag de focus op haar gezicht en niet op de achtergrond, maar de set achter haar was duidelijk zichtbaar.

Onze inspanningen om de foto's te pakken te krijgen hadden al vruchten afgeworpen. Ik tikte op het scherm. 'Kijk eens naar dat raam aan de overkant van de straat. Ik zie daar iemand. Kun je het vergroten?'

Tyler en ik wachtten tot tante Amber en haar fotograaf waren vertrokken voordat hij de grote monitor aansloot en het beeld op het wandscherm projecteerde.

Het beeld was korrelig, maar er was zeker iemand te zien die vanuit een van de ramen aan de overkant van de straat toekeek. Wie het ook was, die persoon had een perfecte hoek gehad om Dirk Diamond neer te schieten. Van een afstand was het onmogelijk om te zien of het een man of een vrouw was.

Eén ding was echter zeker. De mysterieuze persoon maakte geen deel uit van de crew. De leegstaande winkel was al meer dan een jaar gesloten, de ramen waren voor de filmopname met multiplex beplakt. De planken waren alleen verwijderd voor het filmen. Niemand had in dat gebouw moeten zijn. Het was geen onderdeel van het script dat daar iemand stond, in dat lege en afgesloten gebouw

Het duurde even om uit te zoeken wat er in het script zou moeten gebeuren op het exacte tijdstip waarop de foto werd genomen, maar we stelden langzaam een tijdlijn samen van de achtergrondactiviteit die zich afspeelde op de set van de foto's van tante Amber. Tyler klikte in volgorde langs elke foto tot we op het moment kwamen dat Dirk werd neergeschoten.

Maar tegen die tijd lag er niemand meer op de loer in het gebouw aan de overkant van de straat. De mysterieuze figuur was in het niets verdwenen.

Ik begon te twijfelen of we iets zouden vinden. Er was geen gebroken glas, geen openstaande deuren of ramen. Misschien was de figuur gewoon een geest of bestond deze persoon alleen in onze verbeelding.

Toen zag ik het. Ik sprong van mijn stoel en tikte op het grote scherm. 'Het is een man en hij zit hier op het dak.' Dat verklaarde waarom hij niet op de film voorkwam, omdat het dak buiten beeld was.

Tyler sprong van zijn stoel. 'Je weet wat ze zeggen: een foto is duizend woorden waard. Nou, deze is misschien wel een miljoen dollar waard.'

Er was slechts één probleem. De man had geen pistool in zijn hand. Het was pijnlijk duidelijk dat we niet alle foto's hadden. Ik hoopte maar dat de fotograaf nog ergens een tweede geheugenkaart had.

We moesten de puzzel ontcijferen voordat Tylers lot werd bezegeld en Brayden hem echt de laan uit zou sturen.

HOOFDSTUK 26

*E*r waren meer dan drie uur verstreken. Het was na middernacht en tante Amber was nog steeds niet terug. Dat baarde me zorgen, want tante Amber reed als een Formule-1 coureur en Shady Creek was maar een uurtje hiervandaan. Hoewel ze gedwongen was om de fotograaf op een normale manier terug te brengen, had ze gemakkelijk hekserij kunnen gebruiken voor haar terugreis.

Toch was ze nog steeds niet terug.

'Misschien kan ze de tweede geheugenkaart van de fotograaf te pakken krijgen zonder dat we hem weer terug moeten halen.' Ik was er vrij zeker van dat mijn spreuk geen tweede keer zou werken. 'Ik zal proberen haar te bereiken.'

Tante Ambers mobiele telefoon ging direct naar voicemail. Ik probeerde te wensen dat ze me belde, maar mijn telepathische vaardigheden waren ronduit zielig. Ik voelde me inmiddels behoorlijk pissig en overwoog zelfs om tante Pearl en mam te bellen voor hulp.

Tyler tikte op zijn horloge. 'In feite is het al morgen. Ik denk niet dat Brayden nog langer gaat wachten, zeker niet met al die mensen buiten. Ik wilde gewoon dat we meer te weten waren gekomen.' Hij beende heen en weer.

Ik zoog mijn adem in. 'Ik ga die spreuk nog een keer proberen. Misschien heb ik de eerste keer per ongeluk niet om alles gevraagd.'

'Het is een poging waard,' zei Tyler. 'Ach, luister nou eens naar mij. Ik denk dat ik zo wanhopig ben geworden, dat ik het met je eens ben.'

'Oké, daar gaan we.' Die opmerking maakte dat ik nog meer mijn best wilde doen. Ik haalde diep adem en herhaalde de Boomerang-spreuk. Mijn vaardigheden waren niet erg betrouwbaar, dus ik verwachtte niet dat de spreuk een tweede keer zou werken. Maar momenteel hadden we te veel te verliezen als er niet snel iets zou gebeuren.

Deze keer visualiseerde ik een stapel foto's en een stapel geheugen-kaarten terwijl ik de spreuk herhaalde. Als er ooit een gelegenheid was die het roekeloze gebruik van magie rechtvaardigde, dan was het deze wel. Ik wist niet hoe de dingen nog erger zouden kunnen worden. Het was niet echt valsspelen omdat de bewerkte foto's uitein-delijk wel zouden worden afgedrukt. Ik was gewoon het proces aan het versnellen.

Ik sprong op toen er iets achter me knalde. Het geluid was een kruising tussen popcorn die werd gebakken en een knetterend vuur, behalve dat het steeds luider en sneller werd, tot het uiteindelijk in een crescendo van geluid tot een hoogtepunt kwam.

Een rookpluim van grijsgroene rook omhulde ons. Tyler zat aan de overkant van de tafel en was nauwelijks zichtbaar.

'Wauw.' Tyler hoestte terwijl de rook verdween. 'Dat was spec-taculair.'

'En effectief ook.' Ik keek naar mijn hand, die nog een geheugen-kaart en een tiental foto's vasthield. Ik wist niet zeker of het geluk of pech was, maar deze keer was er in elk geval geen geflipte fotograaf of tante Amber te bekennen.

De bovenste foto toonde Amber zittend op een stoel met de set op de achtergrond, vergelijkbaar met de foto's die we op de laatste geheu-genkaart hadden gezien. De volgende foto in de stapel bleek een paar seconden na de eerste genomen te zijn. Ze leken allemaal op volgorde te liggen. Het tijdsbestek van deze nieuwe foto's liep parallel aan de eerdere reeks, hoewel deze foto's bleken te zijn afgekeurd vanwege slechte belichting, compositie of andere redenen. Misschien was dat de reden waarom ze op een andere geheugenkaart waren gezet. Met alle foto's in deze laatste batch was iets mis.

Maar één foto had ons toch iets waardevols te tonen, want de figuur op het dak was duidelijk zichtbaar.

Het was een man. Zijn gezicht werd verduisterd door een capuchon en een sjaal over zijn mond en neus. Hoezeer we de foto ook uitvergrootten, we konden zijn identiteit niet achterhalen.

Tyler hing over de tafel en tuurde naar de foto. 'Ik wou dat ik hem herkende, maar dat is helaas niet zo.'

Ik keek mee over zijn schouder en plots viel me iets op. 'Kijk naar zijn hand. Ik heb die ring eerder gezien.' Het was een zwarte zegelring. Ik kon de gravure niet goed zien, maar hij kwam me erg bekend voor. Ik kon alleen niet plaatsen waar ik hem eerder had gezien.

Kon ik het me maar herinneren.

Tyler knikte. 'Jammer dat we niet meer details kunnen zien, want die persoon heeft absoluut geen reden om daar te zijn. Alle acteurs staan waar ze moeten staan.'

Ik staarde naar de hand aan de rand van de foto, maar het bleef een mysterie aan wie de hand toebehoorde.

'We kunnen de drager opsporen, zolang hij de ring niet heeft afgedaan,' zei Tyler. 'Misschien kun je iedereen die in het hotel verblijft controleren, om maar eens ergens te beginnen.'

Dat was het mooie van een kleine stad als Westwick Corners. Er waren maar weinig plekken om iets te eten of te drinken. Vroeg of laat kwam iedereen terecht in de eetzaal van ons hotel of in de bar van de Witching Post.

Ik keek op mijn horloge. Het was één uur in de ochtend, maar gezien de gebeurtenissen van de afgelopen tijd waren er misschien nog wel wat mensen die in de nachtelijke uren in onze bar rondhingen. 'Ik ga er nu heen.'

'Nog één ding.' Tyler schoof een map over de tafel naar me toe. 'Ik heb nog meer slecht nieuws. Steven Scarabelli had een miljoen dollar verzekering op Dirk Diamond afgesloten, net zoals Bill zei. Hij had er ook een op Dirks vrouw, Rose Lamont.'

'Dat is toch niet zo ongewoon? Rose en Dirk waren de twee grootste sterren van Steven Scarabelli. Als er iets met hen gebeurde, zou een verzekering Steven voor een financiële ramp behoeden. Veel bedrijven doen dat. Op die manier kon Steven, wat er ook gebeurde, de opbrengst gebruiken om de cast en de crew te betalen.'

'Dat zal niet snel gebeuren,' zei Tyler. 'Het geld gaat nu naar Stevens erfgenamen. Ik denk dat de acteurs de familie zullen moeten aanklagen om betaald te worden. Er is iets dat je moet weten, Cen.'

'Wat dan?' Ik ging er niet vanuit dat Tyler iets voor me achterhield, maar hij klonk ineens zo geheimzinnig.

'We hebben nu drie mensen die vermoord zijn, als je de hersenbloeding van Rose Lamont meetelt.'

Ik stopte met ademen. 'Denk je dat Rose' dood misschien aan iets anders dan een hersenbloeding te wijten is?'

'Ik weet het niet, Cen. Maar de timing is opvallend. Man en vrouw sterven binnen een week na elkaar en ze hebben geen kinderen. Rose was pas in de dertig. Statistisch gezien is dat hoogst ongebruikelijk.'

'Dat is waar,' zei ik. 'Rose en Dirk waren wereldberoemd. Ik vraag me af wie hun fortuin erft.'

'Ik vroeg het me ook al af.' Tyler klopte op de map met spullen. 'Ik ben dus achter die informatie aangegaan, en je zult het nooit raden, nog niet in een miljoen jaar.'

'Wie?'

'Amber West. Het lijkt erop dat ze toch een goede vriendin van Dirk was.'

Ik kreeg het gevoel dat ik ging flauwvallen. 'Hoe is dat mogelijk? Dirk en zijn vrouw laten hun fortuin aan háár na, maar toch wil Dirk haar laten ontslaan?'

Tyler haalde zijn schouders op. 'Misschien is ze een goede vriendin, maar een slechte actrice?'

'Ze heeft het nooit over een erfenis gehad.' Misschien had ze hun vriendschap toch niet overdreven. Maar tot deze film werd gemaakt, had ze Dirk Diamond zelfs nooit genoemd. Toch waren ze blijkbaar zo goed bevriend dat ze werd genoemd als zijn erfgenaam. Het was bijna alsof ze een geheim leven had gehad waar niemand in onze familie iets vanaf wist. 'Misschien wist ze er niets van.'

'Of het kan verklaren waarom ze ineens is verdwenen. Misschien heeft ze besloten om toch niet terug te komen.' Tyler stond op en begon heen en weer te ijsberen. 'Ze weet dat ze een hoop vragen zal moeten beantwoorden als ze hier weer opduikt.'

'Nee, dat kan niet. Hoe kun je dat zelfs maar zeggen?' Ik fronste. 'Ze zou haar familie nooit zomaar achterlaten. Trouwens, ze moet het geld daadwerkelijk ophalen, toch?'

'Dat klopt, maar dat kun je ook doen via advocaten en zo,' zei Tyler. 'Ik beschuldig haar niet, ik zeg alleen het voor de hand liggende. Als het waar is, kan iedereen zien dat zij baat had bij Dirks dood. Wat was hun relatie precies? Hoelang kende ze Dirk al?'

Ik hief wanhopig mijn handen in de lucht. 'Géén idee. Ik kwam er een paar dagen geleden pas achter dat ze die acteurs kende. Ze heeft het nooit eerder over ze gehad, maar blijkbaar zijn ze allemaal altijd al dikke maatjes geweest. Ik heb altijd geweten dat ze graag in het middelpunt van de belangstelling stond, maar ik had geen idee dat ze ook acteerde. Of dat ze Dirk zijn "lucky break" heeft gegeven.' Ik maakte aanhalingstekens in de lucht.

Ik had zo het idee dat ik mijn tante helemaal niet kende.

'Misschien heeft Amber zelf niet zo'n geluk,' zei Tyler. 'Ze moet namelijk lang genoeg in leven blijven om het geld binnen te krijgen.'

Ik liet Tyler eindelijk in de verhoorkamer achter, nadat ik nog heel even had gewacht of tante Amber terug zou komen. Maar toen ze om twee uur nog steeds niet terug was, werd ik steeds ongeruster. Als ze echt een erfgenaam was van het fortuin van Dirk Diamond, had ze nu misschien wel een prijs op haar hoofd staan.

Ik stapte de donkere gang in en botste meteen tegen een soort muur op. De stevige borstkas van een man, om precies te zijn. Mijn hartslag versnelde toen iemand een hand om mijn arm klemde.

'Laat me los!' schreeuwde ik, terwijl ik probeerde me om te draaien, maar het had geen zin. Ik kon niet loskomen.

'Relax! Waarom ben je zo aan het flippen? Ik probeer alleen maar te voorkomen dat je valt.' De man liet los en deed een stap terug. Ik rook alcohol op zijn adem.

Ik herkende de stem van Rick Mazure. 'Hoe ben je hier binnengekomen?' Misschien had tante Amber de deur open laten staan tijdens haar haastige aftocht.

'Ik heb de bewaker overtuigd me binnen te laten. Ik moet dringend met sheriff Gates praten. Is hij er? Er is iets wat ik hem moet vertellen.'

Ik blies mijn adem uit en voelde me ineens een idioot. 'Er is je nog iets te binnen geschoten sinds je hem de laatste keer zag? Is het iets nieuws?'

'Niet precies.' Rick keek ongemakkelijk naar zijn voeten. 'Ik ben een beetje in de war over de hele zaak. Ik vond Steven Scarabelli een geweldige man, maar...'

De deur klikte open en Tyler stond in de deuropening. 'Wat zei je over Scarabelli?' zei hij.

Rick fronste. 'Het is vertrouwelijk. Moeten we niet naar je kantoor gaan?'

'Eigenlijk ging ik net weg.' Tyler deed de deur op slot. 'Je kunt met me meelopen.'

'M-maar ik denk niet dat eh...' Rick wierp een ongemakkelijke blik op mij.

'Wat je ook te zeggen hebt, het kan gezegd worden in het bijzijn van Cendrine. Ze helpt me met het onderzoek.'

Rick keek gealarmeerd toen hij me bestudeerde. 'Is dat normaal? Ik bedoel, je bent geen politieagent of zo.'

'Ik kan alle hulp goed gebruiken,' zei Tyler. 'Ik heb haar als hulps-heriff aangesteld.'

Dat was niet zo, maar ik wist dat Tyler mij als getuige wilde hebben als Rick zijn verklaring af zou leggen. Niet alleen dat: als Tyler tot morgenochtend wachtte, zou Rick nog weleens van gedachten kunnen veranderen. Nu was hij dronken en loslippig.

Rick keek de ontvangstkamer rond om er zeker van te zijn dat er niemand anders in de buurt was. 'Het is geen geheim dat Dirk Scarabelli aan het lijntje hield. Dirks divagedrag maakte iedereen woedend. Scarabelli was erg geduldig met hem, maar ik denk dat hij uiteindelijk een punt had bereikt dat hij het gewoon niet meer aankon.'

'Heeft Steven je in vertrouwen genomen?' Ik kreeg een misselijk gevoel in mijn maag. Nóg meer bewijs dat wees naar Steven Scarabelli. Inmiddels wist Brayden dat Tyler Steven had vrijgelaten. Stevens dode lichaam in het hotel was daar het onomstotelijke bewijs van. Het vrijlaten van een moordenaar zou weleens de laatste druppel kunnen zijn, bij wijze van spreken. Zelfs nu Steven dood was, zou Brayden Tyler beschuldigen van incompetentie, of nog erger. Ik huiverde.

'Steven heeft niet letterlijk gezegd dat hij Dirk uit de weg heeft geruimd. Ik bedoel, niet met zoveel woorden.' Rick beet op zijn lip. 'Maar hij zei eergisteren wel dat hij er genoeg van had en dat hij ervoor zou zorgen dat Dirk nooit meer aan een film zou maken zolang hij leefde.'

'Er zijn een hoop andere manieren om dat te interpreteren dan als een doodsbedreiging,' zei Tyler. 'Misschien wilde Steven gewoon niet meer met hem werken. Het klinkt alsof niemand anders in Hollywood nog met Dirk wilde werken.'

Rick lachte. 'Mensen zullen alles accepteren als er maar genoeg geld mee gemoeid is. Zelfs Dirk Diamond lijkt ineens niet zo'n slechte kerel als er miljoenen te verdienen zijn.'

'Je zegt dus dat Steven Scarabelli Dirk Diamond heeft vermoord?' herhaalde ik. Steven leek me gewoon niet zo voor de hand liggen als moordenaar. Vrijwel elk lid van de cast en de crew had gezegd hoe aardig en eerlijk Steven was, en dat hij alles zou doen om een ander te helpen. Hij had zelfs Dirk geholpen, ondanks het lompe gedrag dat hij er voor terugkreeg.

Rick haalde zijn schouders op. 'Je kunt het hem echt niet kwalijk nemen. Dirk heeft het zelf uitgelokt.'

Tyler fronste. 'Heb je bewijs om je verdenkingen te staven?'

'Ik hoorde Steven en Amber ruzie maken. Amber beweerde dat ze Dirks fortuin zou erven en ze weigerde iets te delen met Steven. Ik was nogal geschokt toen ik ontdekte dat Amber een begunstigde was in Dirks testament. Nu ik erover nagedacht heb, besef ik dat het belangrijk genoeg is om te vermelden,' zei Rick. 'Het spijt me dat ik niet eerder iets heb gezegd.'

Ik dacht terug aan de ruzie. Ricks bewering sloot aan bij Tylers commentaar. Was er meer aan de hand geweest dan alleen tante Ambers ontslag?

'Wat heb je precies gehoord?' Tyler maakte wat notities in zijn boekje.

Rick keek voorzichtig rond in de lege ontvangstkamer. 'Kunnen we niet gewoon...'

Tyler schudde zijn hoofd. 'Hoe eerder je het me vertelt, hoe beter.'

Rick zuchtte. 'Oké, luister, Steven werd in een hoek gedreven en hij was wanhopig. Hij zat in de problemen met de investeerders die de film steunden. Toen Dirk ermee wilde kappen en Steven de cast en de crew nog moest betalen, was hij in feite genaaid. De investeerders waren al hun geld kwijt en die zouden niet blij zijn. Steven moest geld regelen, en snel.'

Ik herinnerde me ineens de ring. Ik keek naar Ricks handen, maar zijn vingers aan beide handen waren ringloos.

'Ik wilde liever niemand verraden omdat Steven mijn vriend was,' zei Rick. 'Maar toen zei Steven dat hij Dirk ging vermoorden. Ik nam hem eerst niet serieus, maar toen begon hij allerlei vragen te stellen over de wapens die in het script werden gebruikt. Dat leek me toen vreemd, maar pas nu heb ik alle puzzelstukjes in elkaar gezet.'

'Denk je echt dat Steven een geladen pistool heeft geplaatst?' Tylers ogen vernauwden zich.

'In het licht van wat er gebeurd is, lijkt dat wel zo te zijn. Ik weet dat Steven wanhopig was, maar ik dacht dat hij alleen maar grote woorden in zijn mond nam. Dat hij gewoon zou besluiten om nooit meer een film met Dirk op te nemen of zoiets. Totdat, nou ja... Ik had nooit gedacht dat hij écht iemand zou vermoorden. Ik denk dat Dirk hem er uiteindelijk toe gedreven heeft.'

Het drong tot me door dat Steven Ricks beweringen niet bepaald kon bevestigen of ontkennen nu hij dood was. Maar alle stukjes leken in elkaar te passen.

Behalve de schimmige figuur op het dak, die duidelijk kleiner en slanker was dan Steven Scarabelli was geweest.

'Het is een behoorlijke aanname,' zei Tyler. 'Maar we zullen er naar kijken.'

'Het is geen aanname, sheriff Gates.' Rick schopte tegen een stukje uitstekende tegel in de marmeren vloer. 'Steven voerde zijn dreigement domweg uit.'

'Waarom heb je niet eerder iets gezegd?' wilde Tyler weten.

'Ik weet het niet... misschien dacht ik op een of andere manier dat Dirk het verdiende. Ik bedoel, hij was echt een gemene kerel, en als iemand sterallures had, dan was hij het wel. Hij heeft alles verknald voor Steven. Maar niemand verdient het om te sterven.'

'Nee, dat is zo,' zei ik zachtjes. 'Hoe slecht ze ook met andere mensen omgaan.' En niemand verdient het om zondebok te zijn, en al helemaal niet als ze heel handig ook nog eens dood waren. Ik vertrouwde het verhaal van Rick niet.

Het leven was soms oneerlijk. Blijkbaar was de dood dat ook.

HOOFDSTUK 28

De ooit drukke straten buiten het stadhuis waren nu donker en verlaten, een scherp contrast met een paar dagen geleden. Tyler was naar zijn kantoor teruggekeerd om Ricks informatie te valideren. Ik liep alleen over straat, mijn hakken klikklakkend op de verlaten stoep terwijl ik nadacht over Ricks beweringen. Ik was vergeten hem te vragen of iemand anders dichtbij genoeg had gestaan om Steven en Ambers ruzie af te luisteren.

Het leek wel een eeuwigheid te duren voor ik bij mijn auto was, al was het maar twee blokken verderop. Ik had geparkeerd in de aangrenzende straat zodat het Brayden niet zou opvallen dat ik met Tyler op het politiebureau zat. Ik had niet verwacht dat Brayden op dit late uur nog naar zijn kantoor zou gaan en mijn auto zou zien, maar ik kon er niet zeker van zijn. Het laatste wat ik wilde was Brayden irriteren. Dat maakte het alleen maar erger voor Tyler.

Ik versnelde mijn pas toen ik mijn roestige en trouwe oude Honda zag wachten onder de enige nog werkende straatlantaarn in deze straat, die er droevig en eenzaam uitzag.

Ik liet mijn portemonnee op de bijrijdersstoel vallen, sprong in de bestuurdersstoel en draaide de sleutel om in het contact. Nu eerst maar eens naar de bar. Ik draaide de parkeerplaats af en trapte het gaspedaal in, in de wetenschap dat ik op dit late uur toch niet aangehouden zou worden voor een snelheidsovertreding. Ik reed door de stad en was opgelucht te zien dat de Dirk-fans hun post ook voor de nacht hadden verlaten. Ik draaide de oprit op en reed naar ons hotel toe.

Het was waarschijnlijk te laat, maar ik wilde toch de handen van alle cast- en crewleden controleren als ze nog in de eetzaal of bij The Witching Post waren. Sommige mensen hadden de stad misschien al verlaten, omdat de film nu toch niet door kon gaan. Anderen zouden zich al in hun kamer hebben teruggetrokken om te gaan slapen. Maar ik kon er waarschijnlijk nog wel een paar onderscheppen.

Ik parkeerde mijn auto en rende over de oprit naar The Witching Post toe. De muziek en stemmen die naar buiten dreven vertelden me dat het er nog steeds behoorlijk druk was.

Ik zag Arianne als eerste. Ze zat aan de bar met Rick Mazure, die blijkbaar net voor mij was aangekomen. Ik liep snel naar ze toe, maar bedacht me toen. Iets zei me dat ik beter afstand kon houden en stiekem kon luisteren naar hoe het gesprek tussen Rick en Arianne zich zou ontwikkelen.

Ik knikte naar Rick en Arianne en gleed in een lege stoel een paar meter verderop, aan Ricks linkerkant. Ik glimlachte naar tante Pearl, die achter de bar stond. Ze knikte naar me en draaide me toen de rug toe. Een fractie van een seconde later legde ze woordeloos een onderzetter op de bar voor me neer en zette er een glas rode wijn op. Ze was ongewoon stil toen ze zich vervolgens terugtrok en aan de andere kant van de bar ging staan om bier te serveren aan een paar lokale bewoners.

Het was duidelijk dat Rick zo dronken als een aardbei was. Hij leek wat nuchterder te zijn op het stadhuis zonet, maar misschien had hij daar heel erg zijn best voor gedaan. Ach, het was ook niet verwonderlijk dat hij zich hier zat te bezatten, nu hij ineens werkloos was. Of misschien was hij niet echt dronken en was tante Pearl weer bezig met haar trucjes. Ik spitste mijn oren om hun gesprek te horen.

'Waar had ik het nou net over?' Ricks woorden klonken lodderig toen hij zijn hoofd achterover gooide en de rest van zijn whisky met een teug opdronk.

'Je vertelde me hoe je een ster van me ging maken.' Arianne Duval draaide haar plastic cocktail roerstokje in haar glas rond. Ze klonk een beetje sarcastisch, alsof ze niet geloofde wat Rick beweerde.

'Een ster? Jij bent een compleet sterrenbeeld, lieve meid.' Hij legde zijn hand boven op die van Arianne. 'Ik heb een geweldig idee voor een serie, maar het is nog geheim.'

Ik vroeg me af of het hetzelfde script was dat Rick eerder naar Dirks hoofd had gegooid.

Arianne Duval roerde traag door haar cocktail. 'Wat is het uitgangspunt?'

Ik bestudeerde haar handen bestudeerd. Hoewel ze ringen aan beide handen had, waren ze veel delicater dan die op de foto. En haar ringen waren van goud, niet van zilver.

Rick leunde naar haar toe. 'Meisje dat tot nu toe alleen maar pech heeft gehad wordt door een talentenscout ontdekt. Je bent gewoon perfect voor de rol.'

'Laat me raden. Ze wordt wereldberoemd en verliefd op de scout?' Arianne wachtte niet op antwoord. 'Je maakt een grapje, zeker? Dat is allemaal al eens eerder gedaan.'

'Alles is al eens eerder gedaan, Arianne. Het is een formule en ik weet hoe die werkt. Dat is de reden waarom Dirk zo succesvol is geworden. Mijn schrijfkunsten lieten hem schitteren. Ik kan jou ook beroemd maken.'

'Ik ben al beroemd. Je moet met iets beters komen.'

'Teken bij mij en ik garandeer je dat je al snel je voeten in het cement van de Hollywood Walk of Fame zult zetten. Fans zullen in je voetsporen treden.'

Arianne rolde met haar ogen. 'Ik denk dat je jezelf een beetje te veel eer toeschrijft.'

'Luister, ik weet hoe ik een kaskraker moet schrijven. In feite is het al klaar.' Rick tikte tegen zijn glas om tante Pearl te vragen om een nieuw drankje. 'Het is niet zo alsof je momenteel nog iets anders te doen hebt. Wil je meedoen of niet?'

Arianne was even stil terwijl ze haar drankje dronk. 'Misschien.'

'Ik zou niet te lang wachten als ik jou was. Kim zoekt op dit moment meer talent voor me,' zei hij.

'Oké, prima. Ik zal het script eens bekijken.' Arianne dronk haar laatste slok op. 'Wat heb ik te verliezen?'

'Je doet mee.' Rick stak zijn hand uit. 'Afgesproken.'

Arianne schudde zijn hand en Rick haalde een stapel papieren uit zijn jasje en stak ze naar haar uit. 'Dit script is alleen voor jouw ogen bedoeld. Beloof me dat je er geen woord over zult zeggen.'

Arianne knikte.

'Goed,' zei hij. 'Ik laat morgenochtend een contract voor je opstellen. Ik kan zo'n beetje geld als water verdienen met mijn scripts. Mensen zullen spijt hebben dat ze me niet serieuzer hebben genomen.'

Daar had hij een punt. Nadat ik dit gesprek had afgeluisterd, had ik het gevoel dat sommige mensen er al voor hadden moeten boeten...

HOOFDSTUK 29

ante Pearl trok mijn aandacht met een zwaai van haar hand, die me naar de andere kant van de bar bracht. Ik stond op van mijn stoel en liep naar haar toe met mijn wijnglas in de hand. Ik ging op de kruk naast Kim Antonelli zitten. Ze staarde me aan en ik liet mijn blik naar haar handen glijden, waarvan er één een drankje vasthield.

Geen ringen.

Kim zette haar margaritaglas op de bar neer en morste groene vloeistof op het hout. 'Het is niet eerlijk,' klaagde ze. 'Dirk Diamond was mijn enige klant. Hij monopoliseerde al mijn tijd totdat ik al mijn andere klanten opgaf. Nu is hij dood en opeens zit ik op een nulinkomen. Ik heb eigenlijk geen werk meer.'

Haar tirade leek meer voor de show dan wat dan ook. Er leek geen emotie achter te zitten.

'Misschien had je op meer paarden moeten wedden.' Tante Pearl legde een onderzetter op de bar voor me, gevolgd door een ijskoud glas water. 'Maar één klant hebben is niet zo handig.'

'Misschien moet je je met je eigen zaken bemoeien,' snauwde Kim. Nou, haar boosheid op tante Pearl leek in ieder geval oprecht.

Ik fronste naar tante Pearl voordat ik me tot Kim wendde. 'Wie denk jij dat Dirk heeft vermoord?'

Kim hief haar handen in de lucht. 'Wie zal het zeggen? Iedereen, en dan bedoel ik ook echt iederéén, haatte hem. Zelfs zijn vrouw Rose. Ze wilde een scheiding, maar hij zei dat ze er spijt van zou krijgen als ze dat doorzette. En toen was ze dood, omdat híj haar vermoordde.'

Ik hield mijn adem in. 'Denk je dat Dirk Rose heeft vermoord?'

'Ik denk het niet, ik weet het zeker,' knikte Kim. 'Hij wilde geen geld kwijtraken door een echtscheiding. Hij heeft het letterlijk gezegd. Hij zei dat de enige manier waarop zijn huwelijk zou eindigen was als een van hen stierf.'

Ik gebaarde subtiel naar tante Pearl om Kim nog iets in te schenken. Ik moest haar aan de praat houden. 'Dus hij kreeg wat hij wilde. Voor even, dan.' Ik herinnerde me Tylers opmerkingen over tante Amber als enige erfgenaam. 'Had Dirk een testament?' ging ik verder.

Kim knikte, maar weidde niet uit.

Ik dronk wat van mijn water. De koude vloeistof kalmeerde mijn uitgedroogde keel. Hoeveel had ik de afgelopen dagen al gepraat? Hoeveel mensen had ik al ondervraagd? 'Wie erft zijn fortuin nu?' vroeg ik nonchalant.

Kim keek even in het rond en liet haar stem dalem. 'Ik erf,' antwoordde ze.

Ik verslikte me in mijn water en spuugde het over de hele bar uit. Het groene vloeistofplasje voor ons werd wat wateriger. Kims bewering klopte niet met wat Tyler had verteld. 'Jij erft álles?'

Kim fronste. 'Dat is wat Dirks advocaat me vertelde toen ik hem belde over Dirks dood. Blijkbaar ging de nalatenschap van Rose naar Dirk, maar toen Dirk stierf, werd alles aan mij nagelaten.'

Ik was een beetje verbaasd dat Kim zijn advocaat al had gebeld, en dat die advocaat haar dit soort dingen zou hebben verteld. Maar misschien regelden Hollywood-agenten een heleboel persoonlijke dingen voor grote sterren zoals Dirk.

Tante Pearl kwam aan met een doekje en dweilde de rommel op. Ze pakte Kims lege glas en verving die door een nieuwe margarita.

Kim dronk meteen de helft van haar drankje op.

Ik keek haar peinzend aan. Misschien was de relatie tussen Kim en Dirk meer dan professioneel geweest. 'Je moet wel verbaasd zijn geweest over de inhoud van zijn testament.' Ik vond het maar vreemd dat ze blijkbaar net miljoenen had geërfd, maar zich nog steeds zorgen maakte over het verliezen van haar baan.

'Een beetje wel. Ik dacht dat hij het misschien als een tijdelijk iets deed toen Rose de echtscheiding aanvroeg, maar de advocaat zei van niet. Dirk had alles veranderd zonder hem te raadplegen. Dat was typisch Dirk, maar ik vind het nog steeds vervelend dat hij mij zijn fortuin zou nalaten. Ik weet wat je denkt, maar Dirk en ik gingen strikt professioneel met elkaar om. Vraag het maar aan mensen die ons kennen. Joost mag weten waarom hij alles aan mij heeft nagelaten. Dirk deed soms rare dingen. Ik werkte gewoon voor hem, meer niet.'

'Rose heeft dus echt een echtscheiding aangevraagd?' Als dat waar was, dan was Rose' dood misschien geen ongeluk. Dirk had een sterk motief gehad om haar te vermoorden! Mijn hoofd draaide rond met alle tegenstrijdige informatie. Iemand, of misschien zelfs iedereen, loog. Zowel Rick als Tyler geloofden dat Amber Dirks erfgenaam was. Toch beweerde Kim het tegendeel. Hoe vaak had Dirk zijn testament wel niet veranderd?

Dirk had waarschijnlijk om de een of andere reden op Kims loyaliteit gerekend. Of hij wist gewoon dat hij haar hiermee kon manipuleren. Geen enkele fatsoenlijke advocaat zou een cliënt adviseren om zo'n regeling te treffen, dus natuurlijk had hij de verandering in zijn testament geheim willen houden – hij had niet gedacht dat hij daadwerkelijk zou sterven terwijl deze tijdelijke regeling van kracht was.

'Wie wist dat Dirk zijn testament had veranderd?' vroeg ik.

Kim zuchtte. 'Geen idee. Ik wist het in elk geval niet. Misschien wist niemand het, behalve Dirk. Hij was erg geheimzinnig over bepaalde dingen.'

We vielen allebei zowat van onze kruk toen er iets achter de bar neerstortte, gevolgd door het breken van glas. Een glazen plank was van de muur getuimeld, waardoor flessen dure likeur op de grond waren gevallen.

'Oh jee!' Tante Pearl onderzocht de schade en ze klonk verdacht vrolijk. 'Gen zorgen, ik kan dit in een handomdraai repareren.'

Ik hield mijn hand omhoog. Ze was vast niets goeds van plan. 'Je gaat toch niet...'

Maar tante Pearl fluisterde al een terugspoelspreuk. 'Een, twee, drie...tijd loop terug...'

Kim leek het niet op te merken. Niet dat het er echt toe deed. Een terugspoelspreuk zou alleen Kims recente geheugen wissen en alles terugspoelen naar een moment eerder. De geschiedenis zou zich gewoon herhalen als de gewiste momenten werden herbeleefd.

Ik was boos op tante Pearl omdat ik echt vooruitgang had geboekt met Kim. Nu moest ik haar verdorie wéér gaan ondervragen om uit te komen op het moment waar ik wilde zijn. Het was een verspilling van kostbare tijd, en dat terwijl we ons geen uitstel konden veroorloven. Maar ik begon met de moed der wanhoop helemaal opnieuw totdat ik hetzelfde punt in ons gesprek had bereikt.

'Kim, hadden jij en Dirk een affaire?' Ik hield haar goed in de gaten, op zoek naar een aanwijzing in haar expressie of lichaamstaal.

'Wat? Nee! Bah! Hij is zo oud! Ik weet dat hij een ster is en zo, maar hij is twee keer zo oud als ik! Trouwens, ik zou nooit de man van een andere vrouw stelen.' Kims lallende woorden werden luider. De terug-spoelspreuk had de tijd wel laten teruglopen, maar ze was er niet nuchterder op geworden.

'Maar hij liet je al zijn geld na....'

'Oh, dat.' Ze wuifde mijn opmerking weg. 'Ik weet zeker dat ik dat niet echt ga krijgen. Hij liet dat gewoon veranderen totdat hij tijd had om uit te zoeken wat hij moest doen. Nadat Rose dood ging, besloot hij zijn geld aan een goed doel na te laten, maar hij wist niet welke. Dus zette hij mijn naam daar een maand of zo in, terwijl hij dingen uitvogelde. Het zal worden betwist, ik weet het zeker.'

Zo zo, dát was interessant. Haar antwoord was veranderd voor en na de terugspoelspreuk van tante Pearl. Wat betekende dat ze de eerste keer had gelogen – ze wist wel degelijk dat Dirk haar in het testament had gezet.

'Maar als er iets rampzaligs gebeurde terwijl hij dingen aan het uitvogelen was... zou je miljoenen erven.' Als Kim echt achter Dirks dood zat, had ze heel weinig tijd gehad om haar plan uit te voeren. 'En nu is er dus iets rampzaligs gebeurd.'

'Beschuldig je me van Dirks moord? Ik geloof mijn oren niet.' Kim liet haar vinger over de rand van haar margaritaglas glijden en likte het zout van haar vinger. Ze smakte met haar lippen. 'Ik ben wel de laatste mens op aarde die zoiets zou hebben gedaan. Ik was de enige persoon die hij uiteindelijk nog vertrouwde.'

'Dus jullie waren vrienden?

'Nou, vrienden is een groot woord, aangezien Dirk die niet had. Ik ben de enige die hij vertrouwde. Ik wist dingen over hem die zelfs zijn vrouw niet wist.'

'Zoals wat?' Wat ze ook voor hem was geweest, ze leek het niet erg te vinden dat hij dood was. Nou ja, het vooruitzicht op al dat geld had de klap vast en zeker wat verzacht.

Kim was een paar seconden stil en dacht na over wat ze wilde zeggen. 'Dirk was van plan om zijn eigen productiebedrijf te starten en zijn eigen films te maken, in plaats van voor Steven te werken. Dát is de echte reden waarom hij zo moeilijk was en waarom hij wilde stoppen. Hij rekte dingen zoveel mogelijk omdat hij niet wilde dat Stevens film zou concurreren met de film die zijn nieuwe bedrijf zou gaan maken.'

'Laat me raden... een nieuwe actiethriller?' Ik dacht terug aan Rick Mazures vermoedens over Steven Scarabelli. Misschien zat er toch iets in.

'Yep.' Kim leunde achterover op haar barkruk en verloor bijna haar evenwicht voordat ze de bar greep om haar evenwicht te bewaren. Wat voor gevoelens iedereen ook had gehad bij Dirk, zijn overlijden had in elk geval een universeel verlangen om dronken te worden teweeggebracht.

'Weet iemand anders van Dirks nieuwe bedrijfsplannen?'

Kim haalde haar schouders op. 'Ik betwijfel het. Dirk wilde het geheim houden tot hij klaar was om de stekker eruit te trekken bij deze film.'

'Jammer dat hij niet lang genoeg leefde om dat te doen,' zei ik. 'Dan had hij nu misschien nog geleefd.'

'Ik zie niet in hoe dat iets te maken heeft met zijn dood of die van Steven.' Kim zag eruit alsof ze persoonlijk beledigd was. Als de persoon die de miljoenen van Dirk zou erven, zou ze vast niets zeggen om zichzelf verdacht te laten lijken.

'Wat als iemand het al wél wist?' Ik betwijfelde of het toeval was. 'Als Dirk stopt met de film, zit een heel stel mensen zonder werk. Dirk had veel vijanden. Misschien zelfs vijanden die hem wilden vermoorden. Kun je iemand bedenken die dat echt zou hebben kunnen doen?'

'Ik wilde het niet zeggen, maar er is er wel een, ja.' Kim liet haar stem dalen. 'Amber West had hem bedreigd om een rol te krijgen. Ze leek te denken dat hij haar een gunst verschuldigd was. Ze had altijd driftbuien als ze niet kreeg wat ze wilde. Die vrouw is me er eentje.'

'Hmm.' Ik verborg mijn schok zo goed als ik kon. Ik wilde Kim gewoon aan de praat houden, maar het deed me pijn om haar de schuld op andere mensen af te horen schuiven, met name op mijn tante. Zo te horen had ze geen idee dat Amber mijn tante was, of dat tante Pearl en tante Amber zussen waren.

Tante Pearl leunde voorover en ging zogenaamd met haar doekje in de weer. 'Amber is gewoon vol passie over haar vak. Ze is zó'n getalenteerde actrice.'

Ik fronste naar tante Pearl. Haar overdreven opmerkingen waren vast bedoeld om Kim te triggeren.

Kim knikte haar toe en draaide zich toen terug naar mij. 'Hoe meer ik erover nadenk, hoe meer ik er zeker van ben dat Amber het gedaan heeft. Die vrouw is zo opvliegerig. Ze ziet eruit als een lief klein oud vrouwtje, maar ze is echt gemeen.'

Iedereen leek met de vinger te wijzen naar tante Amber, maar dat kon niet kloppen. Ze had domweg geen tijd gehad om Dirk te doden. Het kon dus niet waar zijn, maar het baarde me toch zorgen. Amber had toegegeven dat ze boven was geweest rond de tijd dat Steven werd vermoord.

Ik kon me niet herinneren dat Kim in de eetzaal had gezeten ten tijde van tante Ambers valse bekentenis, maar dat had best gekund. Of misschien had ze het van iemand anders gehoord.

'Laat me dit even op een rijtje zetten. Je denkt dat Dirk Rose heeft vermoord, en Amber weer Dirk? Wat is het motief?' *Vooral omdat jij Dirks geld nu in handen hebt*, wilde ik er nog aan toevoegen.

'Weet ik veel? Amber is oud en doorgedraaid.' Kim draaide haar wijsvinger rond bij haar slaap. 'Die doet alles om te krijgen wat ze wil.'

'Amber is helemaal niet oud!' Tante Pearls gezicht werd rood. Tante Pearl was de oudste van de drie zussen, een paar jaar ouder dan tante Amber. Als Amber oud was, maakte dat haar nóg ouder.

Kim fronste. 'Tuurlijk wel... ze moet minstens zestig zijn. Ik denk dat sommige mensen alleen maar gemener worden op hun oude dag. Wist je dat ze een stoel naar Steven heeft gegooid? Ze was zo gemeen tegen hem, maar toch hield hij haar aan voor een bijrol. Dat is het soort persoon dat Steven was. Trouw als een hond.'

Een bijrol?

Ik besefte ineens dat Kim volledig van onderwerp was veranderd om de aandacht te richten op tante Amber in plaats van op haar. Het drong ook tot me door dat als Dirk zijn eigen films zou maken, hij geen agent meer nodig had om acteerrollen voor hem te vinden. Misschien was Kim wel meer betrokken dan ze liet doorschemeren.

HOOFDSTUK 30

Kim stond op en pakte haar tasje van de bar. 'Ik heb het gehad met dit plattelandsstadje. Ik zie je nog wel.' Ze trok haar portemonnee tevoorschijn en haalde er wat biljetten uit, die ze op de bar liet vallen.

Tante Pearl, die het gebroken glas in de buurt inmiddels had opgeruimd, riep haar achterna: 'Wacht, je bent iets vergeten!'

'Nee hoor, ik heb alles.' Kim fronste.

Tante Pearl hield een ketting omhoog. 'Je hebt dit laten vallen.'

Kim kwam teruggelopen en pakte de zilveren ketting aan. Ze bestudeerde hem even voordat ze de sluiting opende en de hanger van de ketting liet glijden.

Mijn mond viel open toen ik de hanger herkende. Het was alleen helemaal geen hanger, maar een zilveren zegelring die aan de ketting hing. 'Waar heb je die vandaan?' vroeg ik.

Kim gebaarde met haar hoofd naar de andere kant van de bar. 'Vraag het die kerel.' Ze legde de ring op zijn kant op de bar en gaf er een draai aan, alsof het een tol was.

Rick Mazure kreeg het ding in het oog. Hij sprong van zijn kruk en rende naar waar wij stonden, waar de ring nog een paar rondjes draaide voor hij ratelend tot stilstand kwam. Hij klemde zijn hand over de ring en pakte hem op.

'Is dat de jouwe?' Ik liep langzaam naar hem toe terwijl ik mijn mobiel pakte om Tyler als de bliksem een bericht te sturen. Ik begon net te typen toen de bardeur langzaam openging. Godzijdank kwam Tyler binnen, onopgemerkt door Rick of de andere klanten.

Rick stak de ring in zijn zak. 'Natuurlijk is hij van mij.'

'Die lijkt veel op de ring van mijn vriend. Laat me eens zien.' Rick wist niet dat Tyler mijn vriendje was. Ik moest lang genoeg tijdrekken tot Tyler bij ons stond, dus verzon ik een langdradig verhaal over hoe ik de ring voor mijn vriendje had gekocht en hij was hem altijd kwijt was.

Rick trok de ring uit zijn zak. 'Het is de mijne, oké? Zie je de R die erop staat? Dat is het bewijs.'

Tyler was stilletjes achter ons komen staan.

'Dat is zeker bewijs,' zei ik. 'Bewijs dat jij Dirk Diamond hebt vermoord. We hebben alles op film staan.'

'Wat? Je bent gek.' Rick keek me boos aan. 'Wat is het toch met deze idiote stad? Ik zei al tegen Dirk dat we hier nooit hadden moeten komen. Het was allemaal Stevens idee, hij werd beïnvloed door die gekke Amber.'

'Ik denk dat je Dirk precies het tegenovergestelde hebt verteld,' zei ik. 'Wat is er nu beter dan hem vermoorden in een stadje waar welgeteld één sheriff rondloopt?'

Tante Pearl had de muziek inmiddels uitgezet. Niet dat dat nog nodig was, want inmiddels had iedereen in de bar ons gesprek gehoord. De meesten van hen waren al uit hun stoel opgestaan en liepen in ongeloof naar ons toe.

Ik keek naar Tyler. Hij knikte toen hij zich tussen Rick en de deur plaatste. 'Rick Mazure, je staat onder arrest voor de moord op Dirk Diamond én Steven Scarabelli.' Hij las vervolgens een met stomheid geslagen Rick zijn rechten voor.

'Je gaat toch niet echt naar haar luisteren, hè?' Rick vloekte zachtjes.

Ik glimlachte naar hem. 'Iedereen was gefrustreerd door Dirks belachelijke eisen en de manier waarop hij mensen behandelde,' zei ik. 'Maar niemand meer dan jij. Dirk behandelde jou het ergste van allemaal. Je werkte als een slaaf door zijn constante herschrijvingen, maar toch heeft hij je nooit maar bedankt.'

Rick haalde zijn schouders op. 'Hij was een eikel, nou en? Dat wisten we allemaal toen we besloten mee te doen aan deze film en Steven heeft ons goed betaald. Waarom zou ik de gans met de gouden eieren slachten?'

'Je was gefrustreerd door alle overhaaste scriptwijzigingen,' vervolgde Tyler. 'Wie kan het je kwalijk nemen? Terwijl alle anderen rustig konden wachten tot Dirks meest recente eisen in het script werden verwerkt, moest jij je over de kop werken. En dat stak, of niet soms?'

Rick haalde zijn schouders op. 'Dat is mijn werk. Dirk was toch de ster van de show? Ik moet de sterren tevreden houden.'

'Maar iedereen heeft zijn grens, Rick. De jouwe werd bereikt toen jij en Dirk samen aan een project werkten. Hij begon zijn eigen productiebedrijf en huurde jou in om zijn eerste script te schrijven. Je werkte dag en nacht om het te schrijven, bovenop de dagtaak die je al had, maar Dirk heeft het uiteindelijk afgewezen.'

Rick werd rood, maar reageerde niet.

'Dat was de druppel, nietwaar?' vroeg Tyler. 'Dirk was ondankbaar. Hij heeft je bedrogen, maar je hebt de ultieme wraak op Dirk genomen door zijn moord in de film te verwerken en pistolen in plaats van messen in het script te stoppen.'

'Nee, je hebt het helemaal mis. Ik ben mijn eigen bedrijf begonnen en was van plan om te vertrekken...'

Tyler schudde zijn hoofd. 'Je kreeg dat idee pas nadát je Dirk had vermoord. Maar dingen werden gecompliceerd toen Steven achterdochtig werd over de wapens in de overval, die van messen in pistolen waren veranderen. Toen begon hij zich af te vragen wat er aan de hand was.'

Rick hield een hand omhoog in protest. 'Steven had het te druk om zich om die dingen te bekommeren. Hij vroeg mij om direct met Dirk te werken.'

Tyler ging onverstoorbaar verder. 'Er was nog een probleem met het fatale pistool. Steven wist dat de wapens normaal allemaal losse flodders bevatten. Bill had zijn gebreken, maar Steven had lang genoeg met hem gewerkt om te weten dat Bill nooit een geladen pistool op de set zou laten slingeren.'

Bill knikte; hij stond een paar meter verderop. Iedereen had zijn plek aan de bar verlaten en vormde een losse halve cirkel om ons heen.

Rick schudde zijn hoofd. 'Steven moet alle herschrijvingen goedkeuren. Hij wist van de veranderingen.'

'Nee, dat is niet wat er gebeurd is,' zei ik. 'Je wist dat hij het niet van tevoren zou lezen, omdat hij je al eerder had vertrouwd. Steven had het te druk met het laten tekenen van ieders contracten en had geen tijd om naar élke scriptwijziging te kijken. Ik hoorde hem zeggen dat je gewoon door mocht gaan.'

Tyler knikte. 'Ondanks dat Steven niet tekende voor je herschrijvingen, was het duidelijk dat het veranderen van de wapens van messen naar pistolen vrij groot was. Steven wist dat dat niet iets was waar Dirk om had gevraagd. Dirks verzoekjes waren altijd bedoeld om hem er beter uit te laten zien in een scène, en daar droegen wapens niet echt iets aan bij.'

'Nee! Je hebt het helemaal mis,' protesteerde Rick. 'Dirk vroeg om de gekste dingen en ik moest ze uitvoeren.'

'Steven confronteerde je, zeker?' Tyler wachtte niet op een antwoord. 'Zodra hij wist wat je had gedaan, wilde hij je ontmaskeren. Je had geen andere keuze dan hem ook vermoorden. Op die manier zou niemand anders erachter komen dat jij Dirk had vermoord. Je ging naar Stevens kamer en trof hem in zijn eentje aan.'

Rick boog zich voorover en begroef zijn gezicht in zijn handen. Hij snikte ineens ongecontroleerd. 'Steven was mijn vriend.'

'Maar waardoor je echt door de mand bent gevallen is je zegelring,' zei ik. 'Je droeg hem namelijk toen je Dirk neerschoot. Je hebt hem weggedaan omdat je bang was dat er kruitsporen op konden zitten. Dus je gaf hem aan Kim.'

Ricks mond viel open. Hij kon nauwelijks ontkennen dat de ring van hem was nadat hij hem eerder had opgeëist.

Kim verbleekte en haar hand vloog naar haar borst. 'Nee!'

'En toen probeerde je een dode vent erin te luizen door Steven de schuld te geven van Dirks dood, en Amber te beschuldigen van de moord op Steven. Jammer dat je plan niet zo goed in elkaar zat als je scripts.' Ik dacht terug aan de ochtend dat ik tante Ambers jurken naar haar trailer had gedragen. Toen had ik de ring van Rick ook al gezien, maar dat was ik door alle commotie vergeten.

'Het klinkt allemaal logisch,' zei Bill. 'Mijn vermiste pistool, en die belachelijke veranderingen zoals het paard en de pistolen. Ik had geen andere keuze dan mijn rekwisieten onbeheerd achterlaten om alles te regelen. Anders zou het de filmopname vertragen. Dat gaf Rick ruimschoots de gelegenheid om een pistool te stelen en te laden met echte munitie.'

Arianne liet zich horen. 'Tegen de tijd dat Dirk zich realiseerde dat de veranderingen vreemd waren, was hij al dood.' Ze veegde een traan van haar wang. 'En we waren allemaal zo hard bezig om deze scène opgenomen te krijgen dat we allemaal aan het klooien waren. Ik denk dat ik daarom mijn eigen pistool uit de rekwisietenkist moest gaan halen.' Ze knikte naar Bill en keek er berouwvol bij.

'Rick heeft de scène herschreven om andere wapens toe te voegen als afleiding.' Tyler trok handboeien uit zijn jaszak en legde ze om Ricks polsen. 'En jij dacht dat de schietpartij de echte kogel die je afvuurde zou maskeren, maar je maakte een grote fout. Je hield geen rekening met het traject van de kogel. Het was me al snel duidelijk dat die kogel niet van de set afkomstig kon zijn, maar alleen van de overkant van de straat.'

'Je dacht dat niemand het zou merken,' zei ik. 'Maar Bill heeft absoluut zijn vermiste pistool opgemerkt. Je kon het niet terugplaatsen in de wapenkoffer zonder ontdekt te worden. Je had alleen tijd om het snel in de grote rekwisietenkist te laten vallen.'

'Waarom heb je het gedaan, Rick?' Bill schudde zijn hoofd. 'Het ging ons allemaal voor de wind.'

Rick sprong wild naar Bill toe om hem aan te vallen, maar verloor bijna zijn evenwicht omdat hij al geboeid was. Tyler stapte tussen hen in.

'Waaróm?' brulde Rick. 'Omdat dieven voor hun slechte gedrag moeten boeten. Dirk stal míjn idee voor een nieuwe serie, die ik speciaal voor hem had geschreven. Hij beloofde me dat hij me rijk zou maken, maar toen ik de scripts eenmaal af had heeft hij ze gewoon van me gestolen en me aan de kant gezet. Hij kreeg een televisiedeal voor miljoenen dollars aangeboden die gebaseerd was op de serie die ík had geschreven, en ik bleef met lege handen achter.' Ricks gezicht was rood aangelopen. 'Mijn scripts maakten hem in de eerste plaats een ster, en dan behandelt hij me zo?'

'Ik weet zeker dat hij je uiteindelijk zou hebben betaald.' Ik betwijfelde het ten zeerste, maar wilde Rick graag wat kalmeren.

Rick schudde zijn hoofd. 'Nee. Niet alleen noemde hij mijn naam niets eens in de aftiteling, maar hij beweerde ook dat hij het zelf had bedacht! Hij was niets anders dan een dief, een ordinaire crimineel.'

'Maar hij was zo'n grote ster...' mompelde tante Pearl. 'Hij had jouw stomme script helemaal niet nodig.'

Rick ontplofte zowat. 'Mijn stómme scripts hebben hem beroemd gemaakt, mens. Zonder mij stelde hij niets voor.'

HOOFDSTUK 31

$\mathcal{I}$k volgde Tyler in het holst van de nacht in mijn Honda terwijl hij Rick naar de gevangenis reed.

De cel bleek alleen al bezet te zijn door een opvallend berouwvolle tante Amber. Ze was teruggekomen toen wij bij de Witching Post waren. En blijkbaar had ze zichzelf per ongeluk opgesloten in de cel. Ze greep de tralies met beide handen vast terwijl ze zachtjes vloekte. 'Ik kan niet geloven dat ik alle actie heb gemist.'

Tyler gaf me de sleutels en ik ontgrendelde de deur. Ik pakte tante Ambers hand en escorteerde haar de cel uit zodat Tyler Rick kon opsluiten. 'Je gaat met mij mee, tante,' zei ik.

Ik leidde haar de deur uit en naar het buitenkantoor.

'Wat gebeurt er nu?' Tante Amber perste een traan uit haar ooghoek. 'Alles waar ik voor gewerkt heb is weg. De film wordt nooit afgemaakt.'

'Je was een *last-minute* toevoeging,' wees ik haar terecht. 'Je hebt niet zóveel geïnvesteerd in de film. Ik bedoel, je gebruikte zelfs hekserij om je tekst te onthouden.'

Ze haalde haar schouders op. 'Alleen omdat ik van nature getalenteerd ben, betekent niet dat het makkelijk is om tekst te onthouden. Ik ben helemaal vanuit Londen komen vliegen. En ik heb de hele week

Ruby's toetjes overgeslagen om wat af te vallen. Al dat lijden voor niets.'

Ik had kunnen opmerken dat zij van alle mensen die bij de film betrokken waren het minste had geleden, maar dat zou me nergens brengen. In plaats daarvan klopte ik haar op haar arm. 'Het spijt me, tante Amber. Wat kan ik doen om je op te vrolijken?'

Ze knipperde met haar wimpers en haar gesnik stopte abrupt. 'Ik weet dat de film niet echt is afgemaakt, maar kunnen we geen *wrap-up party* houden?' Ze maakte aanhalingstekens in de lucht. 'Het is niet onze schuld dat we het filmen niet konden afmaken.'

'Ik weet niet. Dat lijkt een beetje ongevoelig aangezien Dirk, Rose en Steven allemaal vroegtijdig zijn overleden.' De lijkschouwer uit Los Angeles had inmiddels bevestigd dat de dood van Rose echt het gevolg was van een hersenbloeding. Dirk had haar niet vermoord. Het was gewoon een verschrikkelijk, tragisch toeval dat het stel aan dezelfde film had gewerkt en ook binnen enkele dagen na elkaar waren gestorven. Hun huwelijksproblemen leken eerst een motief te zijn, maar uiteindelijk bleek de vork toch anders in de steel te steken.

Tenminste één van de mysterieuze sterfgevallen had een natuurlijke verklaring. Niet echt goed nieuws, alleen minder slecht nieuws dan ik had verwacht.

'Daar heb je wel gelijk in.' Ze zag er beroerd uit. 'Wat als we de naam van de film nu eens veranderen? Nieuwe scènes toevoegen?'

'Geen goed idee,' zei ik. 'Je hebt net een moordaanklacht van jezelf afgewenteld. Misschien moet je je acteercarrière in de ijskast zetten en je voorlopig maar rustig houden.'

Tante Ambers gezicht klaarde op. 'We kunnen een rode loper-evenement hier in de stad houden ter nagedachtenis aan de film. Alle grote Hollywoodsterren zullen worden uitgenodigd in Westwick Corners. Het wordt het evenement van het seizoen.'

'Is dat wat Dirk of Steven zouden hebben gewild?' Ik fronste en bedacht me dat tante Pearl waarschijnlijk heel Main Street in vuur en vlam zou zetten als er nóg meer bezoekers naar de stad zouden komen.

Tante Amber haalde haar schouders op. 'Wie weet? Ze zijn er niet meer om het ons te vertellen.'

'Je hebt gelijk, ze zijn er niet meer. We kunnen het 't beste aan hun families overlaten om te beslissen,' zei ik.

'Dit voelt zo... onafgemaakt aan.' Tante Amber zuchtte. 'Mijn kans op een Oscar is voor altijd vervlogen.'

'In mijn ogen zul je altijd een ster zijn.' Misschien overdreef ik een beetje, maar ik had nooit begrepen waarom tante Amber haar bovennatuurlijke talenten opzij wilde zetten voor een acteercarrière. Ze wás al een ster, in de heksenwereld.

Ach, zelfs een heks als tante Amber wilde weleens dingen die ze niet kon krijgen, terwijl ze alles wat ze nodig had al binnen handbereik had. Wat dat betreft begreep ik haar wel: ik wilde ook liever journalist zijn dan heks. 'Beroemd zijn is ook niet alles,' voegde ik er nog aan toe.

'Je hebt gelijk, Cen. Alle paparazzi, de fans... het is beter om een gewoon mens te zijn.' Ze zuchtte. 'Nou ja, zo gewoon als ik kan zijn. Ik ga terug naar mijn oude leventje. Dan ben ik tenminste een vrije vrouw.'

'En je hebt mij aan een exclusief verhaal geholpen. Ik ben de laatste journalist die met Steven Scarabelli heeft gesproken. Ik heb al telefoontjes gehad van de Hollywood-media.' Het was een leugen die bedoeld was om haar een lol te doen, maar ik had meteen spijt van mijn woorden toen tante Amber opveerde en met een lok van haar haren begon te spelen.

'Echt waar? Zeg dat ze mij ook moeten bellen. Ik heb wat sappige Hollywood-roddels met ze te delen.'

De deur van Tylers kantoor ging open en mama en tante Pearl stapten naar binnen.

'Ik heb het nieuws gehoord.' Mam omhelsde tante Amber. 'Het spijt me dat je filmrol niet goed is uitgepakt.'

'Ja, heel jammer.' Het enige dat tante Pearl jammer leek te vinden was dat ze die woorden moest uitspreken om de lieve vrede te bewaren.

'Maakt niet uit. Ze betaalden me toch niet genoeg. Na alles wat er gebeurd is, denk ik dat ik het beter voor gezien kan houden.'

Tyler stapte het buitenste kantoor in en ik liep naar hem toe om in zijn oor te fluisteren: 'Kun je tegenover de pers breed uitmeten dat je tante Amber vrijlaat? Dat vindt ze fijn.'

Tante Amber stond al klaar in de wachtkamer.

'Maak je geen zorgen, Cen. Half Hollywood is hiervoor uitgelopen. Ze stonden een paar minuten geleden voor de deur, vlak nadat ik Brayden had gebeld over de arrestatie van Rick Mazure.' Tyler deed de deur achter ons op slot terwijl we ook naar de wachtruimte liepen.

Ik lachte. 'Ik denk dat goed nieuws snel de ronde gaat.'

Tyler lachte ook. 'Ik heb nooit geweten dat bewondering zo belangrijk is voor je tante. Ze hoefde ons niet allerlei valse aanwijzingen te geven om aandacht te krijgen. Ik bedoel, ze kan een menigte mensen bij elkaar toveren wanneer ze maar wil.'

'Dat is waar,' zei ik. 'Maar tante Amber heeft geen idee dat deze menigte hier is voor Rick Mazure's arrestatie en niet haar vrijlating. Daarom is dit publiek zo speciaal voor haar. Het is écht – niet iets wat ze bij elkaar getoverd heeft. En vrijspraak van moord is wat haar betreft de beste manier om een publiek te krijgen.'

HOOFDSTUK 32

$\mathcal{D}$e late ochtendzon verwarmde onze schouders toen mam en ik na een zeer korte nacht bij de trap van het stadhuis stonden. We rekten onze nek uit om langs de menigte mediamensen te kunnen kijken die op tante Amber stonden te wachten. Ze had ineens het sterrendom bereikt waar ze zo naar had verlangd, al was het op een manier die ze zich waarschijnlijk nooit had kunnen voorstellen.

Tante Amber had aangedrongen op een heruitvoering van haar vrijlating midden in de nacht in combinatie met een persconferentie, en Brayden had verrassend genoeg ingestemd. Het leek erop dat de kuren van mijn tante wat flair zouden toevoegen aan wat anders maar een saaie persconferentie zou zijn geweest. En wat ook geen verrassing was, was dat Brayden met de eer zou strijken voor Rick Mazures arrestatie en het op vrije voeten stellen van mijn nu bewezen onschuldige tante.

Ik speurde met slaperige ogen de trappen van het stadhuis af, maar zag geen teken van tante Amber of Tyler. Die kon nu wel om Braydens capriolen lachen, nu zijn baan weer veilig was. Hij was de dans maar net ontsprongen. Ik hoopte maar dat ons geluk zou standhouden, zodat mijn ex-verloofde ons niet nog meer verrassingen zou bezorgen.

Er was nog niemand uit het gebouw gekomen voor de inderhaast georganiseerde persconferentie van burgemeester Brayden Banks. Er stonden nieuwsbusjes van grote netwerken en verslaggevers klaar bij de camera's en filmlampen. Er waren bijna net zoveel lampen en camera's als tijdens de eigenlijke filmopname.

Ondanks het zonlicht wiste de krachtige cameraverlichting elke aanhoudende ochtendschaduw uit, en verlichtten de lampen de ingang van het stadhuis nog helderder dan Times Square op oude-jaarsavond. Het voelde alsof we allemaal deel uitmaakten van een *low-budget* reality show, waarin we wachtten op een grootse entree of een schandaleuze plotwending.

Ik kneep mijn ogen half dicht en tuurde naar de deuren van het stadhuis voorbij de felle lichten, de camera-apparatuur en de groep filmploegen en verslaggevers die ons zicht blokkeerden. De media waren niet alleen maar lokale journalisten. Naast een lokale Shady Creek verslaggever stond de gastheer van een populaire televisie-entertainmentshow uit Hollywood. Hij liet iemand van de visagie zijn make-up bijwerken en leek niet op zijn plaats in zijn pak en stropdas.

Ik keek naar mijn gekreukte kleren en voelde me opeens zo groezelig en moe. De laatste paar dagen waren op z'n zachtst gezegd een gekkenhuis geweest. Maar het was eindelijk voorbij en daar was ik dankbaar voor. De aanklacht tegen Amber werd ingetrokken, Rick Mazure zat in de gevangenis en Tyler mocht zijn baan houden. Tenminste, daar ging ik vanuit. Wat Brayden ook zou doen, hij moest zijn kritiek naar Tyler toe nu in elk geval inslikken.

'Ze komt eraan,' fluisterde iemand. De mensen mompelden, rommelden en fluisterden rusteloos toen iedereen in beweging kwam. De deuren van het stadhuis stonden op het punt open te worden gezwaaid.

Mam haakte haar arm in de mijne. 'Het lijkt erop dat Amber einde-lijk haar vijftien minuten roem gaat krijgen. Ik wou gewoon dat het niet zo'n gedoe was geweest.'

Ik knikte. 'Er gaat niets boven vrijspraak van moord om je naam in de krant te krijgen. Ik denk dat elke vorm van publiciteit goede publiciteit is.'

'Ik wou gewoon dat ze geen filmster had willen zijn,' zei mam. 'Niemand zou dan naar Westwick Corners zijn gekomen om die film te maken. Misschien zou dit allemaal niet gebeurd zijn en zouden Dirk en Steven nog steeds in leven zijn.'

'Niet waar.'

Ik maakte een sprongetje door de stem achter me. 'Oma Vi!'

'Het zou niet veel verschil hebben gemaakt.' Oma Vi zweefde voor ons. 'Rick zou op een ander moment met Dirk samen hebben gewerkt. En hij zou hem alsnog hebben vermoord. Je moet weten dat je het lot niet kunt veranderen. Het enige dat verandert zijn de details, maar nooit de uitkomst.'

Tante Pearl knikte. 'Karma is soms een *bitch*.'

Plotseling gingen de grote deuren van het stadhuis open en ik zag een glimp van rood haar toen tante Amber in beeld kwam. Ze zag er zo klein uit naast de hoge deuren. Ze werd geflankeerd door Brayden Banks aan de ene kant en Tyler Gates aan de andere kant.

Tante Amber droeg een lange, witte avondjurk met handschoenen tot aan haar ellebogen, uit de jaren vijftig van de vorige eeuw. Ze trakteerde de menigte op een koninklijke zwaai en draaide langzaam van links naar rechts. 'Dank u allen voor uw steun. Ik ben eindelijk vrij.'

Ik moet iets te hard gesnoven hebben, omdat de mensen voor ons zich omdraaiden.

'Stop het drama nu maar weer,' zei tante Pearl. 'Ik heb wel genoeg opwinding gehad.'

'Schaamteloos!' riep Oma Vi. 'Amber moest altijd in het middelpunt van de belangstelling staan. Omdat ze het middelste kind is, denk ik.'

Tante Amber buitte haar tijd in de schijnwerpers zoveel uit als ze kon door de vragen van journalisten uitgebreid te beantwoorden en te poseren voor de camera's. De cirkel was rond. Het had twee moorden, een valse bekentenis en het manipuleren van de burgemeester en de sheriff ins ons stadje gekost, maar tante Amber had dan eindelijk haar moment van glorie.

Ze was er echter niet rijker op geworden. Ricks bewering dat Amber de erfgenaam was van het fortuin van de familie Diamond was een leugen die bedoeld was om het onderzoek in verkeerde banen te leiden. Hij had zelfs een nieuwe versie van Dirks testament opgesteld om tante Amber erin te luizen. Tyler had zijn leugen ontdekt toen hij met Dirks advocaat belde. Het feit dat tante Amber het geld niet kreeg was misschien maar beter, omdat zo'n hoeveelheid geld zeker tot problemen zou leiden.

Het spookachtige beeld van oma Vi fladderde heen en weer, duidelijk overstuur. 'Waarom krijgt Amber alle eer? Misschien heeft Amber dan al die bekende mensen naar Westwick Corners gehaald, maar ík ben degene die alles heeft opgelost.'

Ik keek naast me om de reactie van tante Pearl te zien, maar die was verdwenen.

'Hoe dan, oma?' Ze was nog gevoeliger als een geest dan toen ze nog leefde. Omdat ze onzichtbaar was voor iedereen behalve voor haar eigen familie, was ze misschien onzeker. Ze voelde zich alsof niemand haar ooit opmerkte.

'Ik heb de moord op Dirk opgelost.'

Ik staarde haar stomverbaasd aan.

'Oké dan. Ik heb je verteld wie de moordenaar was,' bond ze wat in.

'Nee, helemaal niet,' zei ik boos. 'Je hebt me alleen maar halve hints gegeven, maar je hebt nooit gezegd wie het gedaan had. Je was steeds weg als ik je nodig had. Tyler en ik hebben beide zaken zelf opgelost.'

'Hoe kun je dat nu zeggen, Cen? Ik ben de enige reden dat de moordenaar achter de tralies zit.'

'Oh ja? Jij vertelde me anders dat er twéé mensen waren, een man en een vrouw. Dat deel is niet waar. Rick was de enige moordenaar.'

'Ik wilde het niet te gemakkelijk maken.' Oma Vi grijnsde. 'Ik wilde je denkvermogen testen.'

'Het is geen spelletje, oma.'

'Laten we geen ruzie maken,' zei mam. 'Het enige wat telt is dat Rick Mazure nooit meer iemand zal kunnen vermoorden. Hij gaat heel wat jaren de gevangenis in.'

'Oké, dus misschien had je een klein aandeel in het oplossen van de zaak, Cen, maar je zou er nooit achter zijn gekomen zonder mijn hints.' Oma's aura werd lavendelpaars. 'Eigenlijk zou ik degene moeten zijn die de eer krijgt, niet Amber.'

'Je bent gewoon jaloers,' zei mam. 'Trouwens, hoe kan iemand je nu nog eren? Je bent een geest, weet je nog?'

Oma Vi zag er droevig uit.

'Niemand kan je zien of horen, behalve wij, oma,' zei ik.

Blijkbaar had ze ons niet gehoord. Oma Vi kruiste haar armen. 'Ik wilde gewoon dat iedereen zou stoppen met mij te negeren. Ik heb nooit gevraagd om onzichtbaar te zijn. Het zou leuk zijn als Amber de eer zou geven aan de persoon aan wie de eer toekomt.'

Ik had oma Vi nog nooit zo overstuur gezien. Als spook kon ze niet huilen, maar haar verschijning flakkerde en kreeg een bleke, blauwachtige kleur. 'Het spijt me echt, oma. Misschien kunnen we het op een of andere manier goedmaken?'

Haar spookachtige vorm werd helderder. 'Misschien kunnen we een leuk familiediner organiseren?'

Ik zuchtte. Oma Vi was nog steeds niet gewend aan haar spookachtige status. 'Tuurlijk, waarom niet? Jij kiest een restaurant en ik reserveer wel.' Haar suggestie was nog belachelijker dan een persconferentie omdat geesten helemaal niet konden eten. Maar daar ging ik haar niet op wijzen.

Ik maakte een sprongetje toen er iets op een paar meter afstand van ons vandaan ontplofte. Ik draaide mijn hoofd in de richting van het lawaai net toen er vuurwerk boven mijn hoofd losbarstte. De kakofonie van geluid en licht leek uit alle richtingen te komen.

Natuurlijk, ik had het kunnen weten. Tante Pearl zwaaide naar ons vanaf het dak van het stadhuis. Ze kakelde als een gek oud wijf terwijl ze bij elke uitbarsting met haar vingers knipte. Een cascade aan veelkleurig vuurwerk regende op ons neer alsof het oud en nieuw was.

'Nee!' Oma Vi schudde met haar vuist naar tante Pearl. 'Stop daarmee, Pearl! Kom van het dak af voordat je jezelf bezeert!'

Ik rolde met mijn ogen. Ik had kunnen weten dat tante Pearl de show zou willen stelen tijdens tante Ambers moment, en dat er op een of andere manier vuur mee gemoeid zou zijn. Hun rivaliteit kende geen grenzen, en ondanks dat mam de jongste van de drie was was, moest zij vaak tussenbeide komen.

'Zie je hoe het ook kan, Bill?' gilde tante Pearl vanaf het dak. 'Je rekwisieten hebben meer pit nodig.'

Niemand leek haar boven al het lawaai uit te horen. Ik was vooral blij dat Bill het niet hoorde. Anders zouden we misschien wel getuige van nóg een moord zijn.

Ik keek de menigte rond. Iedereen keek verrukt naar de toespraak van tante Amber. Gehypnotiseerd, zelfs. Ik vermoed dat ze een beetje hekserij had toegepast.

Tante Amber stopte plotseling midden in haar toespraak. Ze was verward door het vuurwerk dat duidelijk geen deel uitmaakte van haar betovering. Tante Pearl was niet zichtbaar vanaf de trap van het stadhuis, dus ze concludeerde dat het vuurwerk deel uitmaakte van de viering.

Ze ging snel door met haar speech. 'Vandaag is de dag waarop we het leven van twee onschuldige mannen te vieren.'

Ik voelde mijn aandacht verslappen terwijl tante Amber maar doorneuzelde. Ze was blijkbaar vastbesloten om zo veel mogelijk tijd met de camera's en verslaggevers te pakken.

'Hoe ben ik ooit aan zulke gekke zussen gekomen?' Mam schudde haar hoofd. 'Ze moeten echt een beetje dimmen en zich gedragen naar hun leeftijd. Amber maakt zichzelf belachelijk en Pearl speelt met vuur.'

Gek of niet, er was tenminste iets goeds uit hun capriolen voortgekomen. Tante Amber had deze film naar de stad gebracht, wat uiteindelijk goed was voor de Westwick Corners Inn. Ondanks de tragedie hadden de Hollywood-agenten besloten dat de film door zou gaan en zou worden afgemaakt. En ze zouden ook alle uitstaande rekeningen betalen. De studio had al nieuw talent voor de hoofdrollen gevonden. Het filmen zou over twee weken worden hervat.

Zonder tante Amber.

We hadden een ticket naar Hawaï voor haar gekocht om haar hier weg te krijgen.

Tante Pearl had ook een uitlaatklep voor haar pyromanie ontdekt en ik vermoedde dat ze zich bij Bill zou verontschuldigen in de hoop dat hij haar opnieuw zou inhuren. Mijn tante gaf nooit fouten toe, dus ik was nogal trots op haar. Ze probeerde tenminste een nieuwe start te maken.

Tante Amber maakte haar toespraak af en gaf de microfoon aan Brayden.

Het was subtiel, maar Brayden klopte Tyler wel op zijn rug. 'Dank u, Sheriff Gates, voor het goede politiewerk en dat u ons veilig hebt gehouden. Dankzij uw detectivewerk zit er vanavond een meedogen-loze moordenaar achter de tralies. We zijn u allemaal dankbaar.'

Oma Vi zweefde boven de trap en achter de twee mannen om wat applaus mee te pikken.

Ik klapte. Mam deed hetzelfde, en al snel volgden anderen in de menigte.

'Bravo mevrouw West,' schreeuwde ik.

Oma Vi straalde. Haar transparante vorm kreeg een mooie, gouden glans toen de krachtige lichten haar vorm lieten spiegelen. Voorlopig was ze zich niet bewust van het feit dat ze onzichtbaar was en dat het applaus voor tante Amber was.

Tante Amber merkte het ook op. Ze glimlachte naar haar moeder en liep terug naar de microfoon. 'Dit is het einde,' zei ze, en de dubbele betekenis ontging me niet. Ze daalde langzaam af van de trap van het stadhuis en genoot van het moment.

Tyler volgde een paar meter achter hen en oma Vi zweefde op haar beurt weer achter hen aan terwijl ze naar ons toeliepen.

Mam zuchtte. 'Ik had nooit verwacht dat het echte leven span-nender zou zijn dan een Hollywood filmopname. Vooral niet in West-wick Corners.'

Tante Amber floot *There's No Business Like Show Business'* terwijl ze bij ons kwam staan.

'Prachtige toespraak,' zei ik. 'Het is jammer dat de film niet is doorgegaan. Ik denk dat er gewoon te veel ellende mee gemoeid was. Het heeft ons geen geluk gebracht.'

'Nee, Cen. Heksen maken hun eigen geluk.' Ze knipoogde naar me.

'Wat bedoel je daarmee?' Ik fronste. 'Ach, vergeet het maar. Ik wil het niet eens weten.'

'Ik hoop dat je dat acteervirus nu uit je systeem hebt, Amber,' zei mijn moeder.

'Oh, zeker niet, Ruby. De beste rollen moeten nog komen.' Amber glimlachte met een afwezige blik in haar ogen. 'Ik ga rijk en beroemd worden. Wacht maar af.'

Tot dusver Ambers plan om naar haar gewone leven terug te keren. Nou, ik stond in elk geval te popelen om naar mijn gewone leven terug te keren. Ik had een mooi verhaal om in de krant te zetten, ik had een vriend die gelukkig zijn baan had weten te behouden en in het stadje kon blijven, én ik had mijn toverkunsten zelfs kunnen gebruiken tijdens het oplossen van de moordzaak. Want je weet wat ze zeggen: niet getoverd is altijd mis.

* * *

Vond je *Niet Getoverd is Altijd Mis* een leuk boek? Het volgende boek in de serie, *Kerstmis, heksen en een moord* is nu ook verkrijgbaar!

OOK VAN COLLEEN CROSS

De Heksen van Westwick
Jong Gehekst is oud Gedaan
Een goede spreuk is het halve werk
Niet Getoverd is Altijd Mis
Kerstmis, heksen en een moord

Katerina Carter juridische thrillers
Nooduitgang
Met gelijke munt
Engel des doods
Groene schijn
In het rood
Blauwe Maandag

Wil je op de hoogte gehouden worden van Colleens nieuwste boeken,
schrijf je dan in voor haar nieuwsbrief!

www.colleencross.com

www.ingramcontent.com/pod-product-compliance
Lightning Source LLC
Chambersburg PA
CBHW030854200726
48289CB00003B/743